风中的故事

刘奔海 著

51篇短篇、微型小说
见证人世间的霓虹烟火

绽放爱与温暖

百花洲文艺出版社

图书在版编目（CIP）数据

风中的故事 / 刘奔海著. -- 南昌： 百花洲文艺出
版社， 2025. 1. -- ISBN 978-7-5500-5794-4

Ⅰ . I247

中国国家版本馆CIP数据核字第20243V36C1号

风中的故事
FENG ZHONG DE GUSHI

刘奔海　著

出 版 人　陈　波
责 任 编 辑　胡艳辉
特 约 编 辑　张立云
装 帧 设 计　云上雅集
出 版 发 行　百花洲文艺出版社
社　　　址　南昌市红谷滩区世贸路898号博能中心一期A座20楼
邮　　　编　330038
经　　　销　全国新华书店
印　　　刷　长沙市精宏印务有限公司
开　　　本　710 mm×1000 mm　1/16
印　　　张　16
字　　　数　210千字
版　　　次　2025年1月第1版
印　　　次　2025年1月第1次印刷
书　　　号　ISBN 978-7-5500-5794-4
定　　　价　78.00元

赣版权登字 05-2024-370
邮购联系　0791-86895108
网　　　址　http://www.bhzwy.com
图书若有印装错误，影响阅读，可与承印厂联系调换

目 录
CONTENTS

第三辑 悬崖上的树一棵长在

第一辑 风中的故事

风中的故事

一

那年三月，乍暖还寒。在古城西安，各高校即将毕业的学子们已开始四处奔走，为了能找到一份称心如意的工作。因为从那年开始，国家已不再负责分配大专以上毕业生的工作。我也是西安一所高校即将毕业的大学生，学的是前景看好的无线电技术专业，心想找个工作不会是什么难事，说不定好多单位还会争着要我。但我很快就感觉到了就业形势的严峻，本科生找个好工作都不容易，何况我还是个大专生。我参加了十几场招聘会，发出了无数份求职简历，依然没有一个单位愿意接收我。我一个电话也没有等到，甚至几次跑到同一个招聘摊位，人家笑着对我说："你已经来过了。"我的心情无比沉重，感到自惭形秽。

四月的一天，我的一位同班同学告诉我，新疆吐鲁番市人事局局长来到了西安，准备招聘一批大学毕业生。学校又号召我们到祖国最需要的地方去建功立业，我想祖国的大西北一定是一个广阔的天地。吐鲁番，一个多么遥远的地名。小学课本里，我就读过《吐鲁番的葡萄沟》那篇文章，盛产葡萄的地方，能不美吗？一想到那一串串晶莹剔透的葡萄，我的口水都流了出来。那该是一个多么美丽神奇的地方呀！我和几位同学立刻打听到了那位局长下榻的地点，当天晚上，我们便决定去找找看。等我们走进那位局长所住的房间，发现房间里已围满了和我们同样渴望有一份工作的年轻学子们，他们已捷足先登了。局长姓于，五十多岁的样子，头发已花白。他乐呵呵地给大家讲解吐鲁番的自然环境、风土人情，并说他的家乡是天津，年轻时也是个支边青年。于局长回忆起过去那些艰苦的岁月、奋斗的历程，又给我们讲现在国家西部大开发，祖国的西部正在成为有志青年建功立业大显身手的战场……同学们听得热血澎湃，纷纷把《毕业生就业推荐表》递到他面前，希望他能够接收。但于局长并不急于签字同意，只是说大家最好还是亲自到吐鲁番看看再决定，因为有很多人去了以后又吃不了苦。我们已顾不了那么多了，只想着把就业协议签了心里才踏实。终于在我们的一再要求下，于局长给我们一一签了"同意接收"。签到我了，他笑着对我说："新疆可是离大海最远的地方啊，你是不是'奔'错了地方？"一句话，惹得大家都笑了。

夜已很深了，我们告别了于局长，一块压在心头的石头终于落了地。我们满怀憧憬地走在霓虹闪烁的大街上，心中有说不出的兴奋……

第二天一早，我就给父母打电话，把决定去吐鲁番的"喜讯"告诉他们。一听说我要去那么远的地方，他们都吃惊得半天说不出话来。母亲说："吐鲁番，那是多远的地方呀？像神话故事里的地方。"父亲说："那里太荒凉了，听说还是个'火炉'，那里有个'火焰山'！"小时候，父母都盼我们长大，盼我们走出家门在外面闯出一片天地，可真要离开家乡去一个遥远的地方，他们又都舍不得。

而我的心里却感到从未有过的轻松和快乐。年轻的心儿总是向往着远方，我早就想出去闯闯了，越远越好！

在父母的眼里，我一直是个软弱胆怯恋家的孩子，我甚至不愿离开家去学校。上了高中，离家远了需要住校，我天天盼着星期六，到了就可以回家了。升入高三的那年秋天，父亲找人托关系把我从镇中学转到县城里的重点中学。那些年，农村学校的学生能考上大学的都是凤毛麟角。可进城的第一天，就给我留下了永生难忘的耻辱记忆。

那个秋日的中午，在父母的催促下，我带着他们早已给我准备好的几百元报名费，闷闷不乐地坐上了去县城的班车。我心里很不情愿去。虽然城里什么都好，但离家太远，一个月才能回趟家。我背着书包和被褥下了车，走在繁华的城市街道上，却显得无精打采。我走在一个偏僻的街巷，忽然感觉到有人碰了我一下，还没回过神来，一个贼眉鼠眼的男子便挡住了我的去路，说："你撞了我还想走？"这时又有一个男的跟了上来，我吓坏了，傻傻地被他们拉到一个更偏僻的角落。在他们的威逼下，我如数地掏出父母给我的报名费。我哭着回到家，几天后才较为清晰地给父母讲述了那天的事情经过。城里的高中是不能去了，我甚至还有一丝兴奋，但却在父母亲人眼里成了一个窝囊废。那次遭遇似乎成了令我永远抬不起头的疤痕。

现在，该是我洗雪耻辱的时候了，我要用行动证明给父母看：我可以离开家，可以成为一个顶天立地的男子汉！

几天后的一个星期天早晨，我还躺在宿舍睡着懒觉，父亲却已风尘仆仆从上百公里外的家里赶来学校。一见面，父亲就对我说，他打听到他有一个高中同学，现在已是陕西宝鸡一家大型国企的领导，说不定会对我的工作有所帮助，想带我去见见这位老同学。我嘴上说："爸，我不想去了，我已决定就去吐鲁番。"但在父亲的坚持下，我也觉得国企工作更稳妥些。

父亲是个乡村教师，对待工作总是认真负责、兢兢业业，却因性格太刚直不愿向权贵低头。几十年来，父亲从乡村到城里，又从城里到乡村，风里来，雨里去。父亲常说他最不愿看人脸求人办事，但为了我的工作前途，他只好求他的那位老同学了。我和父亲坐上了去宝鸡的班车。一路上，父亲偶尔会给我谈起他的这位老同学，说上学时他们一直很要好，家也离得近，像对亲兄弟般形影不离。只是后来那位同学随父母搬了家，便失去了联系。然而，父亲更多的时候则是沉默不语，看得出来他的心里也是忐忑不安，毕竟已经三十多年没见过面了，并且人家当了那么大的官，能看得起他一个穷酸的乡村教师吗？

宝鸡到了，因为人生地不熟，经多方打听，我们才得知了父亲那位老同学家的具体地址。父亲和我精心地挑选了两袋水果，便开始艰难地找寻。我们终于走进了他家所在的那个小区。真是很巧，突然，父亲看到不远处一位领导模样的中年人像是往家走。父亲一下子兴奋了起来，惊喜地对我说："我看这个人很像，咱们赶快跟上他。"我曾想象过无数遍父亲和他的老同学久别重逢的场面，一定会热烈地拥抱，大声喊着对方的名字，甚至会热泪盈眶……此时的我也是激动不已。等我们跟着那个人上了楼，看到他进了房门，便听到"砰"的一声，防盗门关上了。我和父亲在门外站了几分钟，调整好了情绪，我便按响了门铃。过了很久，出来一个胖胖的中年妇女。父亲怯怯地说了老同学的名字，问是不是他家。胖女人看了看我们父子俩，眼睛特别瞅了瞅我手里提的东西，便冷冷地说："他不在！"随即缩了进去，又"砰"地关上了防盗门。我和父亲呆呆地在门外站着，迷惑、屈辱。过了十分钟，我又按响了门铃，又是那个女人拉开了门，脸上有了一丝恼怒，大声喊："人不在，你们怎么还不走？"不容父亲说话，又是"砰"的一声。我愤怒了，真想狠狠地踢一脚防盗门，父亲难过地对我说："我们走吧……"

走在大街上，父亲显得很疲惫，他几乎是哽咽着对我说："你现在该知道求人办事有多难。"我昂起头，走在父亲前面，眼望着道路两旁那一树树盛开的泡桐花，我想我一定要活出个人样来。

誓言说起来容易，可做起来却很难。

二

大学终于毕业了，我离开了学校，回到了家里，发现父亲和母亲的心情都显得很沉重。他们都盼我长大，盼我走出家门，但没想到现在却要离家那么远。父亲说，他再为我的工作想想办法。

还能想什么办法！后来还是爷爷支持我去，他态度坚决地说："去！年轻人就要志在四方！"爷爷经常给我讲的，便是他的少年时代。爷爷说起小时候，便是说不尽的辛酸和苦难，军阀混战、日寇入侵，老百姓处在水深火热之中。因为家里穷，上不起学，爷爷只上过一两年私塾。十五岁那年，我那老爷（注：曾祖父）把他叫到跟前，说家里太穷了，要让他独自外出谋生，不能在家里等死。爷爷说他难过得眼泪流了一老碗。可不离开家又有什么办法呢？老奶奶（注：曾祖母）含着眼泪给他装上一袋干粮，带上一两件衣服，叮嘱他路上小心，照顾好自己。老爷说，往西边走吧，那边还能活命，并说他们年龄大了，出去也走不动了，只能在家里盼着他的音讯。一家人抱头痛哭……

就那样，还是一个孩子的爷爷牵上家里的那头小毛驴一步一回头地告别了父母和家乡，独自一人开始了流浪。爷爷走到西安，过了宝鸡，进入天水，沿着河西走廊一路向西。那时还没有修公路，更没有铁路，他走过一个又一个山沟，讨饭吃，采野果吃，什么苦都吃过。两三个月后，他竟流落到了甘肃的兰州城里。爷爷到处找活干，什么苦活都愿意干，终于一个洗染坊的老板看他老实诚恳，便收留了他，让他当了一名学徒……爷爷常给我讲起过去的兰州是如何的荒凉破败，全城最高的楼房也才几层，现在的兰州到处高楼林立，那楼高得仰头看，头上的帽子都会掉到地上。听到这儿，我也会把头向后仰去，眼望着蓝天。

爷爷说他虽没去过吐鲁番，但知道那里是个好地方，出产葡萄、哈密瓜，现在国家西部大开发，前景无限美好。

父母终于同意了我的决定。母亲说，再远也不是出国；父亲说，艰苦的环境更能锻炼一个人，现在全国上下都在学习孔繁森，何况吐鲁番比西藏阿里条件要好多了。那几天，我常看到父亲翻出他那本早已泛黄的地图册，静静地看着看着；而母亲则常常一个人默默地流泪。离家的前一天晚上，全家人围坐在一起，你一言我一语地叮嘱我这叮嘱我那，直到我昏昏欲睡。第二天早上起来，我发现我已整装待发的背包里又塞进了好多东西。

该离开家了，父母一定要送我到村口的公路上等车。我满腔豪气地说："送啥呀，我都这么大了！"坚持没让他们送。我背上背包，笑着向父母告别，却见母亲的眼圈已红了。当她给我叮嘱完最后一遍"路上小心"时，早已泣不成声。

傍晚时分，我们同去的六位同学都汇集到了西安火车站，可以看出，每个人都掩饰不住内心的兴奋和激动。在夜幕完全降临的时候，我们登上了开往新疆的列车。欢快悦耳的音乐声响起，车轮缓缓地驶出西安火车站，透过车窗玻璃，看着夜色中璀璨美丽的古城渐渐离我们远去，我也昏昏然进入了梦乡。

第二天清晨，我被车厢里悦耳的晨曲唤醒，睁开眼睛一看，火车已进入连绵起伏的群山之中。火车呼啸着钻过一个又一个山洞，那么大的一座座山脉，被铁路建设者们打通了一个又一个隧道，这是何等令人振奋的壮举啊！曾听爷爷讲过，修筑陇海铁路时，最艰险的要数宝鸡至天水段，火车要钻一百多个山洞……山势渐渐变得平缓，火车在山沟里蜿蜒绕行。兰州到了，这是爷爷待了一辈子的地方。我对这里的山，这里的水，这里的一切都是那样的亲切。站台上人潮涌动，市区里高楼林立，和西安没什么两样。过去，爷爷走了那么久，历尽了千辛万苦千难万险才来到这里，而我坐在火车上竟是如此的舒适和快捷。

继续西行。我在心里自豪地说："终于比爷爷还要'走'得远。"景色越来越单调，过了甘肃武威，眼前已成了开阔的荒漠景象。有时火车飞驰一两个小时也看不到一点人烟，偶尔一些风景如画的村庄也是一掠而过，满眼都是戈壁和荒山。我第一次真切地感受到了什么是荒凉。

吐鲁番到底还有多远？我第一次坐这么长时间的火车，先前的兴奋激动现在完全变成了焦躁和煎熬。

第三天中午，正当我们在车上睡得迷迷糊糊的时候，火车停在了柳园车站。当我看见站牌上那个大大的站名"柳园"时，惊喜地几乎要喊出声来，她竟和我出生长大的村子是一模一样的名字，多么熟悉和亲切啊！我猛然发现家乡的一草一木已深深地扎根在我的心底……

三

吐鲁番站终于到了。一下火车，我们都疑惑：吐鲁番市怎么就像个小镇一般大？这时几位出租车司机向我们招呼："去吐鲁番市吗？"我们才恍然大悟，原来，这儿只是个远离市区的火车站。后来我才得知，吐鲁番火车站离市区还有五六十公里。

当我们一行人来到魂牵梦萦的吐鲁番时，才发现吐鲁番市区其实也比火车站大不了多少，街道狭窄、建筑破旧、行人稀少。当时正值七月中旬，头顶上的烈日晒得人浑身灼烫，但我们每个人的心却感到冰凉。当天晚上，我们六个人围坐在一起，重新商讨起我们的前途和命运。最后，我们中有四个人都决定回去。他们说："回去在老家种地也比在这儿强！"只有一个表示要坚决留下，他便是子坚。我一贯都爱随大流，但面对这样的现实，我又犹豫了，当时信心百倍地来，却又这么窝囊地回去，让父母让亲友怎么看怎么想？况且回去工作怎么办？我内心煎熬了整整一个晚上，还是决定先留下，看看后面的情况再说。

第二天清晨，送走了四个同行者，我和子坚感到无比的失落和孤独。我们俩漫无目的地走着，谁也不说一句话，走着走着便出了城。眼前是一片茫茫的戈壁滩，子坚这时才伤感地对我说："就剩下咱们两个了。"说着便一屁股坐在满地大大小小的石子上。我也叹了口气，浑身无力地坐下，头顶上的太阳虽然只有一竿子高，戈壁滩上却热似蒸笼。我随手捡起一块石子向远处抛去，看着手中的石子像箭一样飞出，在空中划一道弧线落下。我忽然想，也许这是这块石子成百上千年甚至亿万年来最远的一次旅行。我若有所思地问子坚："你说这种荒凉的景象多少年会改变？"沉默了良久，子坚坚定地说："我们既然来到这里，就一定要扎下根来，我就不相信吐鲁番永远是这个样子！"

我们俩被分配进了同一个工作单位，那是一个坐落在驰名中外的葡萄沟里生产果汁饮料的小厂。啊，这就是我魂牵梦萦的葡萄沟！不就是光秃秃似烈火燃烧般的火焰山下的一处峡谷吗？不就是满山满坡的葡萄架和一条条流淌的小溪吗？那么多的中外游客还不远千里万里慕名前来。哎，那些游客只是来一天两天图个新鲜，而我却要在这儿长期工作生活。一进厂，我们又被安排进了同一个生产车间，住在同一个宿舍。然而不久，我们之间的距离便拉开了。子坚整天围着工人师傅问这问那，虚心学习认真实践，很快适应了这里的工作环境，不久便被安排在一个重要的技术岗位；而我，却越混越"悲惨"。刚开始单位领导对我还颇为器重，常找我谈心，问我生活上有什么困难，并在工作中重点培养我。但我却对这份工作提不起兴趣，我总想着在这混一段日子，再想办法回老家找个工作，所以也懒得去钻研。特别是看到那些车间技术员因为维修机械设备搞得满手油腻，我更是避而远之。然而，工友们有时候也会喊我递个工具，可我连那些常用的维修工具也分不清，让我拿个扳手，我却递个钳子，惹得工友们一阵大笑。晚上夜深人静的时候，子坚也总是打开随身带来的大学的专业课本，认真地研读；而我，却在思念着遥远的家乡和亲人。

也许是好奇吧，工友们常会问起我的家乡。我一下子便来了精神，带着自豪的口气讲给他们听。我说："我生长在素有'八百里秦川'之称的关中平原，那里土地肥沃、景色优美、物产丰富，是过去皇帝待的地方！"一提到吐鲁番，我便一下子流露出不屑的语气，说："这是个什么鬼地方！"但谁不爱自己的家乡，工友们立即会反问我："那你为什么不远千里来到吐鲁番？"我便愤愤地说："我是被'骗'来的！"接着他们便是一阵哄笑，我觉得那是他们对我的嘲笑和怀疑，更会涨红了脸大声向他们分辩……

后来，我便被安排在了车间里最繁重，最没有技术含量的岗位上抱箱子，就是把已装满饮料的纸箱从生产线上抱下来，码好。看着那些只有小学、初中文化的工友们却在熟练地操作着精密的仪器设备，我瘦弱的身躯整日却只是机械地抱起沉重的纸箱又机械地放下，心中除了一股怨气再没有任何思想。我的那点自尊已完全崩溃，我活得真窝囊！我从西安那么繁华的都市来到这么荒僻的地方，虽不奢求当什么先进，也不至于遭人冷眼，被人嘲笑。我开始越来越强烈地想家。我曾经渴望离开家乡、离开父母，然而那段日子，我却感到自己是那样的脆弱。

那些天，我整天盼着家里的来信，盼着父母在信中说让我回去，说他们在家乡给我找了份工作。我也几次在子坚面前流露出离开这儿的想法，说我想回家。子坚总是开导我、鼓励我，他总爱说："既来之，则安之！"劝我好好工作，不要整天胡思乱想。

四

我终于忍受不了思乡的煎熬，第二年刚一开春，便找了一个理由向单位请假，怀着一种从地狱解放的喜悦和激动，兴冲冲地登上了回家的列车。列车上有很多新兵老兵回家探亲，他们坐在座位上高谈阔论，浑身洋溢着青春的气息，而我只买了一张站票，蜷缩在两节车厢间的角落里，心里真不知是什么滋味。

但回家的感觉真好。

列车载着我飞驰。家乡到了，我又看到了那一树树淡紫色的泡桐花张着喇叭似的小口在空中盛开……

然而团聚的喜气还没有消散，浓浓的乡情还没有诉完，一团愁云又笼罩在父母的心头，因为我的婚姻大事。母亲开始四处托人给我介绍对象，她知道我生性腼腆，在找女朋友上总不愿主动。她想着如果能给我介绍个女友，人家又愿意跟我一块去新疆，我就不再孤单。没想到，在我假期的最后几天，还真有一个女孩愿和我见面。她是艾，在离我家不远的镇上工作。

第一次和一个女孩见面，我就被她深深吸引。她留着齐耳短发，清纯秀丽。我紧张而兴奋，心中有好多话想对她表白，却又不敢说出口，怕她不高兴。她始终低着头，小声问了我一句话："你为什么要去那么远的地方？"说起这个问题，我更没了底气，仿佛一下子被人抽去了筋骨，我感到无限的悲哀。为了掩饰自己脸上的慌乱，我随即答非所问地说："其实那地方也挺好的。"声音小得只有自己能听到……没说几句话，我们便互相留了电话号码，尴尬地收场了。虽然时间很短，但艾却给我留下了深刻的印象，我下决心要追到她。可我离家那么远，工作又是那个样子，怎么才能追到她呢？我要打动她，必须赶快行动！当天夜里，天下起了蒙蒙细雨，我翻来覆去地睡不着，索性披衣下床，铺开信纸，在淡淡的泡桐花香里给艾写下了我的第一封情书……

第二天中午，我精心挑选了一袋从吐鲁番带回的葡萄干，又装上那封信，骑上自行车，满怀希望却又万分紧张地来到了艾的单位。我敲开她的办公室门，竟看到满屋子的女孩，她们正在嬉戏打闹。她们突然看到一个陌生腼腆的男孩站在面前，都停止了打闹，目光齐刷刷地投向我，审视我。我一下子觉得太唐突，第一次让一群女孩审视，我脸红到了脖子根，真想转身跑出去消失。可我既然来了，就要硬撑着。静默了漫长的几分钟，女孩们似乎都明白了过来，冲着艾神秘地一笑，便一个一个退出。她们从我身边走过时，还要上下打量我一眼。等办公室就剩下我们两个人了，艾看着我的窘样，想笑又没笑出来。她羞怯地小声对我说："你坐呀……你来时怎么不给我打个电话？"我磕磕巴巴地"我"了几次，实际上我是想说："我怕打电话你就不会让我来了。"一颗忐忑的心终于落了地，就像风浪中的一条小船终于靠了岸。我坐在那儿，仍然面红耳赤，但故作镇静地环视了一下她的办公室：虽不宽敞却很整洁明亮，给人一种雅致的感觉。我一下子又自惭形秽起来。我们的第二次交谈就在这种氛围中展开了。我给艾讲吐鲁番奇异的自然风光和民族风情，讲我是一名献身西部边疆的青年志愿者，讲我一定要在吐鲁番大干一番事业，讲着讲着，我似有一股热血在胸中沸腾……临走时，我小心翼翼地掏出我的第一封情书，像给领导递交报告般交到艾的手里。艾站在我面前，是那般的青春动人。我突然有一种想拥她入怀的冲动，但我只是紧张没有勇气。艾静静地看着信，我看到她的眼里有晶莹的东西在闪烁。我又忙不失时机地从包里掏出那袋葡萄干，艾很是欣喜地接过，我的内心一阵狂喜！我知道"离成功不远了"。出来时，艾没有送我，我知道她怕影响不好，但我还多此一举地说："不用送了。"谁知，刚一开门，门口围了一堆女孩，她们伸长脖子往里瞅，一见我出来，忙又缩回脖子。我低着头还没走远，身后便传来一片银铃般的笑声……

我又无奈地离开了家，虽然艾没有来送我，但这一次，我的心里又多了一份思念和牵挂。坐在列车上，我还沉浸在幸福的回味中。

五

回到单位，我又回到了那个平凡得不能再平凡的工作岗位。我甚至觉得，在这里我将平庸得永无出头之日。我在艾面前的豪情壮志消失得无影无踪。我开始期盼艾给我的第一封情书，我知道她一定会给我写。

我一天几次地往单位传达室跑，第一次体会到了什么是煎熬，甚至等大学的《录取通知书》也没有体会得这么深刻！终于在失望了无数次之后，我等来了那封还飘散着淡淡清香的信。

奔海：

你好！很高兴认识你，也因为你让我了解了吐鲁番。

我虽是个女孩，但我却向往大西北那雄浑的大漠风光。我知道你是一个志向远大的男孩，从你的名字就可看出你是一个勇往直前、不怕艰险的人！新疆虽然远离大海，但那里浩瀚的戈壁沙漠也一样会成为你施展才华的乐土。我相信你一定会在遥远的异乡克服重重困难，能够有一番作为，我等着你在吐鲁番的好消息……

我一字一句地读完了信，心里的喜悦真是无以言表。虽然艾的信里还没有明确表示愿做我的女友，但我已很满足了。

我知道我和艾心目中的光辉形象相差太远。我甚至内心深处有一个卑鄙的念头，我想着等把艾追到手，我就离开这个鬼地方！

我和艾的恋情迅速升温。然而，一想到我的生存状况，我的内心就感到一阵恐惧和失落。我这个样子能配得上她吗？可我又能干什么呢！我开始催促父亲再为我找找熟人想想办法，把我调回老家去。

我一封接一封地给家里写信，给父亲和母亲说我这儿的环境是多么的恶劣，条件是多么的艰苦。我只是想让父母心疼我，为我离开这里做铺垫。可父母每次回信都是让我认真工作，不要想家，说国家正在大力建设大西北，一切都会好起来的。可我还是越来越坚定了离开这里的念头。

六

第三年五月的一天，我像个逃兵一样背上行囊，踏上了回家的列车。我不打算再去新疆了，可我该如何给父母说呢？家门口到了，我忐忑不安地敲开屋门，父母惊喜万状，他们想不到还正在唠叨挂念的远在几千公里外的儿子突然就一下子站在了面前，责怪我回家怎么也不打个电话。看着二老高兴的样子，我不忍打破一家人相聚的幸福场面。我对父母撒谎说单位放假了。父亲忙催促母亲为我做饭，说我一定饿坏了。

快一年没见父母了，我发现他们都苍老了许多，头发花白了，脚步也蹒跚了。

母亲给我端上一碗香喷喷油汪汪的手擀面，让我快吃。熟悉的香味扑鼻而来，我突然难以抑制住悲伤，放声哭了出来，眼泪一滴滴落进碗里。我低着头对父母说："我再不去新疆了，回家种地也比在那儿好。"母亲一下子就愣住了，好久才叹口气："怎么会这样。"父亲一言不发，一转身走出了屋子。

这一次回家，我再也感受不到家的温暖。我带给家人的不是团聚的欢喜，我的出现给本应充满着浓浓亲情的家庭笼罩上一层阴影，给父母带来无尽的烦恼。

然而更令我失魂落魄的是我的初恋也从此结束了。我和艾只是用书信谈了半年美好的恋爱。等我回到朝思暮想的恋人身边，艾却向我提出了分手，她已经知道了我的一切。她说她的父母一开始就反对她和我在一起，因为我离得太远。只是她被我那种不怕艰苦的精神深深感染，才愿意和我谈。然而，我却令她失望了……

自卑却又自尊的我什么也没说，昂起头，义无反顾地离开了。我在心里愤愤地默念道："天涯何处无芳草！"

然而，不争气的我却真的无法忘记艾，我甚至为她吃不下饭睡不着觉，神情恍惚。

那天下午，我准备再次去找艾，我幻想着再次打动她。母亲不让我去，并说如果我去了就再也别回家！但我决定的事情谁也别想阻拦！母亲最后伤心地哭了。在我的记忆里，母亲就为两件事哭过：一次是因为我离家，心疼我；这次却是因为我不争气，恨铁不成钢。我发疯般地骑上自行车赶到了艾的单位，艾正在办公室忙着工作。我几乎是乞求着对艾说："我一定会在家乡找一份好工作，我们在一起不是更好吗？"艾笑着摇了摇头，她说："我们还是做个朋友吧，最好的朋友。"我知道那是敷衍的话，是对我的施舍，是对我一种极大的侮辱。

天渐渐黑了，又飘起了小雨，一丝丝的寒风细雨吹落在我的脸上、身上，我的心也冰冷到了极点。我已经成了这个世界上多余的人，生活对我已经山穷水尽。

夜已经很深了，我推着自行车艰难而狼狈地向家走去。快到家了，我却不敢进门，呆呆地站在院外那棵已经"枯死"的泡桐树下，思绪万千……

七

小时候，我是一个喜欢花花草草的男孩子，家里的院子便是我的花园。我会在院子的角角落落栽种上各种花草，小小的院子被我装扮得五彩斑斓。春天是播种的季节，最令我欣喜的便是看到自己埋下的花种生根发芽，从泥土里探出头来。一个生命在我的手里诞生，我觉得很有成就感。

十一二岁那年，一个初春的早上，我又在院子里东瞅西看，忽然发现墙角一处地面被一股强大的力量顶起。我仔细一看，原来是个泡桐树芽，毛茸茸的、胖嘟嘟的。它可不像那些花儿的种子发芽，先是地面裂开一条小缝，接着，一个头大身子细的嫩芽弯曲着身子从裂缝里探出头来，顶着一块沉重的泥土盖子，似乎随时都会被压垮。泡桐树芽力大无穷，它像一个大力士般挺直着身子从泥土里冒出，很大一块地面都被它掀开。泡桐树对我们来说太普通了，可我仍然喜出望外，一天三次地去看它。我觉得这棵泡桐树是我发现的，它的成长就该由我负责。

这棵泡桐树在我的期盼中一天天长高，叶子也逐渐伸展开来，大如蒲扇。谁知，正在它茁壮成长的时候，厄运却降临了。初夏的一天中午，我请来了我的几个小伙伴，高兴地带他们参观我的花园，给他们介绍我种出来的各种花儿，我的心中充满了自豪感。当然，重点给他们讲了那棵我发现并看着一天天长大的泡桐树苗。一会儿，伙伴们便在院子里玩闹起来，玩着玩着，就开始毫无顾忌，互相打闹。我猛然意识到不能让他们在我的花园里这样放肆，刚准备阻止他们，悲剧就发生了。只听一声脆响，我的那棵泡桐树苗一下子就从根部折断。瞬间，院子里鸦雀无声，那个莽撞的小伙伴吓得站在那儿，不停地对我说："对不起，我不是故意的，我不是故意的……"可有什么用呢？我气得把他们都赶出了院子。我看着那棵都长了半米高的泡桐树苗躺倒在地上，叶子逐渐被太阳晒蔫，伤心地哭了起来。我觉得它也一定在哭泣，那种伤心的感受是每一个在成长道路上遭受过挫折打击的人都能体会到的。为此，我难过了好一阵子，每天趴在那已经折断的泡桐树根旁，悄悄地对它说着安慰的话，希望它能再长出新芽。可它像一个受了委屈的孩子，不愿再把头伸出地面。

但只要有根在，生命就不会停止。第二年的初春，我惊喜地发现那棵泡桐树根又长出了新芽。这一次它长得更快，似乎怕再次遭受厄运，赶快让自己变得足够强壮，半年工夫它就长出了一米多高！

树越长越高，我也一天天地长大了，小学毕业，上了初中，又读高中，学习一天比一天紧张，回家的次数也就渐渐少了。但每次回到家里，我都要站在那棵泡桐树前，倾诉着我的心声和希望，像面对着我的知心朋友。

转眼，我就要参加高考了，父母把所有的希望都寄予在我的身上。可我，却令他们失望了。高考，是我人生中经历的第一个挫折，我曾有过三次高考经历。记得第一年参加高考，那心情可真是激动不已，寒窗苦读，就为了这龙门一跃。可这样一场庄严的人生大考，我的心里反而没有多少紧张和压力。我自信满满，觉得心中向往的大学正在向我招手，这也许就是"初生牛犊不怕虎"吧。

终于等到了开榜的日子，我看到分数的那一刻，追悔莫及，分数离最低控制线还差几分。我痛恨自己在考场上怎么不仔细一点，别说几分，十几分我还是可以争取到的。可父母都没有责怪我，他们觉得虽然我没考上，可已经看到曙光了。母亲笑着说："就差几分，再复读一年咋样都考上了。"父亲也显得很高兴，他甚至拿出了陈年的老酒，说："虽然没考上，我们也庆祝庆祝！"父母对我的要求不高，只要能考上大学就行，不管是个怎样的大学。秋天，我又走进母校，开始了我的高四生活。我想，就这样不紧不慢地学着，明年考上大学应该是十拿九稳。我学得很轻松，一天天地数着日子，盼着高考赶快到来。盼着，盼着，高考就来了。可谁能想到，高考那几天，我患了场重感冒，考场上发挥失常，竟然又差了十几分。可以想象，得知这个结果，我们一家人的心情该是多么的失望和悲伤，就像农村干活时推着碌碡（注：陕西关中方言）上坡，费了九牛二虎之力，眼看就推到坡顶了，却稍一松劲，碌碡又滚了下去。我几乎都绝望了。那一刻，我对大学产生了恐惧，我想大学真的与我无缘了，只是让我看到一点点曙光，那种虚幻的光芒便瞬间黯淡了下去。

那真是一个令人痛彻心扉的秋天，父母都沉默了，偶尔一声叹息让人沉重得无法喘息。"屋漏偏逢连阴雨"，持续了二十多天的绵绵秋雨。一个凄冷的夜里，泡桐树身旁的院墙轰然倒塌，这棵泡桐树也连带着遭殃，它被倒塌的院墙重重地压倒在下面。等我们修好了院墙，父亲蹲下身子，抚摸着泡桐树的断根，叹口气说："你可真是一棵可怜的泡桐树……"我当时就站在父亲身边，父亲是对树说的，也是对我说的，可我觉得真正可怜的不是我，是父母他们。

八

母亲常说，小时候，她因为家里贫穷，姊妹多，又是家里的老大，没上过几天学，大字不识几个，吃尽了睁眼瞎的苦头。现在条件好了，无论如何，她也要让我上大学，多读书。父亲也常给我讲起他的求学岁月，他说他上学时一直学习刻苦，成绩优异，决心一定要考上大学。他都定好了目标，要考哪所大学，可因那个动荡的年代，全国高校停止招生而失去了上大学的机会，只好回乡务农。后来他便在村办小学里当了民办教师。他日益感到自己知识的匮乏，想进大学深造的愿望也日益强烈。可年纪越来越大，家庭负担也越来越重，他只能把这种心愿深埋在心底。

父亲说他最大的愿望就是他的儿子能考上大学。他只要能在儿子读书的大学校园里转一转，今生也就不遗憾了。

在我上初中的时候，父亲因为教学成绩突出转了正，调进了城。他也把我带到城里读书，让我能接受良好的教育。

父亲骑一辆破旧的自行车带着我，每个星期在家和学校之间往返一次。每个星期六，是我最高兴的日子，我终于可以和父亲回家了。几十里的路，虽不十分远，但因都是坑坑洼洼的土路，颠簸难行。最难忘的一次回家经历是在一个阴雨绵绵的星期六。下午放学后，父亲看着天空中飘飞的细雨，问我："算了，就不回去了吧？"可我却回家心切。父亲犹豫了几分钟，又说："走，那就回吧。"我和父亲打一把雨伞上了路。路泥泞不堪，自行车在路上越行越艰难，后来，父亲就骑不动了，车子的前后轮都因泥沙的阻塞转不动了。我们只好下车，父亲把泥沙清一下推着走。可推不了几步，车轮又不转了，父亲便手里拿个小木棍，不时地将阻塞住车轮的泥沙戳下去。而我，跟在父亲身后也走得很艰难，双脚不时陷入泥浆难以拔出。离家还有好远，父亲实在推不动了，他歇了歇，一鼓劲把车子扛在肩上。那是一辆笨重的自行车，父亲扛起它，一步一步地艰难前行。看着风雨中父亲憔悴瘦弱的背影，我的眼泪混着雨水流了下来。我曾经是那样地惧怕父亲，他常常会因我的一点小错误对我大发脾气，但此刻，我开始心疼父亲……天完全黑了下来，路上除了我们父子再无别人。父亲怕我害怕，就不停地大声唱歌，偶尔还吼几声秦腔，声嘶力竭，可再怎么喊，也喊不醒这孤寂的夜，喊不停那连绵的雨。就这样，父亲和我在黑夜里，在雨水中摸索着，前行着，夜里很晚才回到家里。

也许是父亲生性耿直，不愿向权贵低头，得罪了领导，没过几年，他又被调回农村，此后便接二连三地被调动。但不管到哪里，父亲都要把我带在身边，以便于督促我的学习。每次父亲骑着他那辆快要散架的自行车，带着我气喘吁吁地在路上奔波，我的心里总是不忍心看他受累受罪。

而母亲在家里也更辛苦。别人家男人都是家里的主要劳力，可我们家，家里、地里所有的脏活累活都是母亲一个人用瘦弱的肩膀承担。那时，父亲工资低，母亲知道他舍不得吃，知道我正在长身体，便常会在家烙些油饼或者蒸上一锅红薯，做些我爱吃的饭菜，从左右邻居家借辆自行车给我带来。家里只要有好吃的，母亲总是舍不得吃，给我留着。

我渐渐长大了，有力气了，回家可以帮着母亲干活了。可母亲不到万不得已，总是不让我干，她说学习要紧，让我好好学习，将来能考上大学，跳出农门，不再受她这份苦。

等我上了高中，父亲已力不从心了，我才开始离开父亲独自上学。我像脱笼的小鸟，一下子觉得自由了许多，却渐渐荒废了学业。

九

又开学了，我真不想再复读了，觉得我就没有上大学的那个命。那天，一家人正在吃午饭，我鼓起勇气对父亲和母亲说了我的想法，我说："我想出去打工。"父亲没有看我，他自顾自地吃着饭。许久，他才放下碗筷，叹了一口气，自言自语地说："别人能考上，为什么我们就考不上呢？"似乎在质问苍天，又似乎是恨铁不成钢。又是一阵沉默，父亲才把目光转向我，缓缓地却坚定地对我说："再考一年吧，天道酬勤，只要你付出了足够的努力，我就不信考不上！高考对每个人都是公平的，不用看人脸色，只要分数够了，谁也别想拦住。"母亲也劝我，说这么多年的苦都受了，就差这么一点了，让我咬咬牙，再努力一年。

我又开始了我的复读之路。我怕面对那些熟悉的老师和同学，选了另一所学校去复读。来到了新学校，我仍然觉得抬不起头来，觉得老师和同学们都在嘲笑我。我对自己越来越没有信心，要是明年还考不上该怎么办？我整天都是在这种惶恐不安中度过，根本静不下心来认真复习。

又是一个春天，一个周末，我从学校回家，又走到了那棵泡桐树前。啊，又有一颗嫩芽从树根上冒出。我蹲下身去，仔细地观察着这颗泡桐芽，它稚气却又坚强，对明天充满着希望，仿佛在对这个世界说，它还要从头开始。我被这颗小小的嫩芽深深地打动了，一种必胜的信念开始在心中升腾。

我开始振作起来，发奋努力。只要学得足够扎实，考场上就不会发挥失常。我终于如愿以偿，考上了一所理想中的大学。收到录取通知书的那天，我久久地站在我家那棵泡桐树前，回味着走过的艰难岁月，憧憬着美好灿烂的明天。我知道，这成绩的取得，也有泡桐树的功劳，是它给了我无穷的力量。

走进了大学校园，我的天地逐渐变得开阔，我在知识的海洋里尽情地遨游，为即将走向社会，努力充实着自己。我家那棵泡桐树也在奋力地生长，长得越来越高大粗壮，转眼，就有碗口粗了，树身挺直，枝繁叶茂，像一个朝气蓬勃的青年。

然而，这棵泡桐树又一次遭受了命运的挫折。母亲说："那年秋天，因为家里要盖一座小房子，选来选去，只好占用这棵泡桐树的地盘。"最后父亲决定移栽这棵泡桐树，他在院外选了一片更适合它生长伸展的地方。可已经进入五月，阳光明媚，万木竞绿，到处都是生机盎然的景象，这棵泡桐树依然光秃秃，应该是死掉了。我也真想一死了之。

十

父亲终于决定要挖掉这棵泡桐树了。一天在饭桌上，父亲叹口气说："都这个时候了，那棵泡桐树还没有发芽，应该已经枯死了……当时真不应该移栽它，'树挪死'呀，算了，挖掉它吧。"家里的大事小事一向都是父亲做主，可这次他却征询了母亲和我的意见。母亲沉默了许久，无可奈何地说："这棵树都生长了这么多年了，就这么死了，太可惜了。"父亲的眼光又望向我，那眼光里有失望也有期待。我慌忙低下头去，我能说什么呢？父母说的是树，其实是在说我。父亲刚才的话里只说了"树挪死"，可他想说的是"人挪活"呀，而我，太令他们失望了。我低着头说："那就挖掉它吧。"

这棵泡桐树难道就要这么结束它的生命吗？我在心里默默地祈祷，希望它赶快发芽，再次向我们证明它的坚强。

那天中午，我和父母来到树下，仰起头来看了又看，仍然没有发现一丁点绿芽，看不出丝毫它还活着的迹象。我们只好默默地挖出它的根须，把它放倒在院子里。我仔细地打量着这棵命运多舛的泡桐树，忽然，我发现它的树梢有几处已经吐出了一点新芽！我惊喜地大喊一声，父亲和母亲都围拢了过来，父亲懊悔地说："我怎么就这么心急呢，怎么就不能再等它一段时间呢？"说着，一家人又赶快把树扶起，慢慢地放进树坑中，又转动树身，让它和原来的朝向一致。接着，父亲又用手把它的每条根须都捋顺，让它们都舒展开来，力求对这棵泡桐树的扰动降到最低。树栽好了，我们又给它施上肥、浇上水。一切做得迅速而又有条不紊，每个人都不敢大声说话，像是怕惊醒一个沉睡着的人。

挖树又栽树"事件"发生后，我发现父亲对我的态度也温和了许多，眼神里满含着期待。几天后，我整理好行装，精神抖擞地离开了家门，我不能让父母等待得太久。

从哪儿跌倒就从哪儿爬起，我应该活出我的志气和尊严！第二天清晨，我撕下一张纸，写下了"不活出人样决不回家"的誓言！便头也不回地离开了家。

可我能干什么呢？

十一

我决心到吐鲁番最艰苦的地方当一名人民教师，准备把自己的青春年华奉献在西部大漠的教育事业上。并不是我觉得教书容易，我那时只觉得当个老师至少还有学生尊敬我，使我感到存在的价值，给我一丝心灵的慰藉。

我来到了吐鲁番盆地上被称为"风城"的托克逊县，在一个叫"伊拉湖"小镇的一所初中当上了老师。没来托克逊之前，对她的了解只来自初中语文课本上竺可桢先生的《向沙漠进军》一文："……如新疆的星星峡、托克逊、达坂城都是著名的风口。"我想，风有什么可怕的？对于没有经历过什么大风大浪的我，还想见识见识风的威力！

伊拉湖，名字听起来很美，但这里没有湖水，却是个风口！

学校就在镇区。那天中午，在县教育局办好了一切手续，我就坐上了去伊拉湖的面包车。没想到去任教的第一天，风就给我来了个下马威！从县城出发，沿着一条简易的乡村公路前行，风便逐渐大了起来，司机提醒乘客，把车窗都关好。天气越来越昏暗，车上的乘客笑着说："在这儿，风沙是春天的常客。"半个小时后，车便开进了空旷的戈壁滩，狂风呼啸，飞沙走石，一下子昏天黑地，能见度只有十几米！

风越刮越大，面包车在路上艰难地行进，刚才还在说笑的人们都沉默了，大家都感到了恐惧。一个小女孩还被吓得哭了起来。妈妈把她搂在怀里，不停地安慰，但看那位妈妈，身子似乎也在发抖。听着车窗外呼啸的风声和沙砾击打车窗玻璃的噼啪声，我的心也揪了起来，我甚至担心，车窗玻璃会不会被击碎，车会不会被吹翻。怕什么就会发生什么，只听"砰"的一声，一块玻璃瞬间爆裂，玻璃碎片顿时飞溅进车内，呼啸的狂风裹挟着沙砾扑面而来。车内的乘客一下子惊恐万状，孩子的哭喊声，大人的惊叫声混作一团，只听司机对乘客大声喊道："大家快把车窗堵上！"车终于开到了伊拉湖镇的十字街心。一下车，我便真真切切地感受到了风的威力，狂风裹挟着沙石狠劲地吹打在我的身上、脸上，我根本不敢睁开眼睛，一下子感到了无助和恐惧。我艰难地走到路旁一个店铺门前，有了遮挡，风才稍稍小了些。我四下里望去，街面上看不到一个人，一排排破败的店面都紧闭着店门。店面外面用椽子破草席搭建的凉棚在风中发出呜呜的呼啸，鬼哭狼嚎一般，不时会有一股强风吹来，只听"呼"的一声，便见草席被掀起老高，接着又"啪"的一声重重地扑打下来……

我低头弯腰，顶着狂风艰难地向学校挺进。虽然只有几百米的距离，我却走了十几分钟，走进校门，心才稍微平缓了些。可放眼望去，偌大个校园空无一人，只有狂风的呼啸声在校园上空回荡。原来，因为风大，学生们早早就放学回家了，只有几名教师待在办公室里。见到老师们，我仿佛见到了亲人。喝过一杯热茶，我恐惧的心才踏实温暖了许多。老师们笑着对我说："这风还不算太大，有时候刮起的狂风可以把人吹上天，可以把树连根拔起，甚至可以把火车吹翻！"他们告诉我，托克逊有个奇形怪状的石山，位于托克逊盘吉尔塔格山山脊上。那里处于吐鲁番盆地西部的三十里风区内，经过亿万年的强风吹蚀和雨水淋溶，盘吉尔塔格山逐渐形成了千疮百孔、怪石林立的奇异景观，仿佛一座"魔鬼城"！要是在"魔鬼城"遇上狂风大作，那一定会吓得色变胆寒、魂飞魄散……老师们讲得绘声绘色，我却已开始胆寒色变。

还记得我上第一节公开课的情景：铃声响了，我在教室门外木然地站着，教室里面鸦雀无声，然而越静，我的腿越发抖，似乎即将跨进的不是讲堂，而是刑场。从小到大，我一直是个不被关注，渴望被关注的人。我不会打篮球，不会唱歌，不会打牌下棋，甚至别人和我开个玩笑，我也会和他们据理力争。我似乎什么也不会，所以没人愿意和我打交道，什么事也轮不上我。站在人面前我总显得自卑而畏缩。爷爷就常说我："站在人面前总是羞羞答答的，哪像个男孩子！"记得上中学时，有一次班里的一位同学过生日，同宿舍的同学非要拉我上去祝贺，然而那天也是我的生日，但我没有勇气说出来。就那样，在我生日那天，我跟着同学们去给别的同学祝贺生日。今天，终于要展示我了，我却一下子胆怯得真想退缩。我深吸了一口气，心想豁出去了，硬着头皮踏上讲台——那是我平生第一次作为一名教师走上的神圣讲台。第一次面对那么多的学生，第一次把自己暴露在如此神圣庄严的地方。学生们都把目光聚集在我身上，教室后面十几位听课的老师也正襟危坐、神情严肃。突然班长一声"起立"吓得我浑身哆嗦。我努力地使自己保持镇定，努力回想课前准备的内容，磕磕巴巴地一点一点讲着，讲着，然而，讲了十几分钟，还是讲不下去了。我难过得眼泪都快掉下来了。学生们可能是第一次遇到这么差劲懦弱的老师，也在为我担心，眼巴巴地看着我，鼓励我。我真想冲出教室，大哭一场，可我一遍一遍地警告自己："现在我是个老师，千万不能失态。"漫长而难熬的几分钟后，我终于调整好了自己的思绪，又开始一点一点地讲起来……

我真不知道那一节课是怎样度过的。课后，只听学生们议论："刘老师声音太小，我们听不清楚。"我垂头丧气地离开了那所中学，就这样退缩吗？不！这不是我的性格！那段时间，我每天抱着书本独自一人跑到荒凉的戈壁滩上，对着那无数块静默的小石块放开嗓门大声讲演……日复一日，终于，我觉得自己可以从容地面对那几十双求知的眼睛。

学校里给我安排了一间土坯房住宿。这儿的土坯房都成方形，墙体厚实，厚达半米！都是用生土打的土块垒成，房顶是椽木棚架，用泥草覆盖。一位年过半百的校长把我带进宿舍。他一定也想到了我会嫌它样式朴拙、土气简陋，便笑着对我说："你可别小看这土里土气的屋子，这可是防风沙的最佳处所，再大的风沙也不怕！"

从此，一个又一个狂风肆虐、飞沙走石的日日夜夜，我都只能蜷缩在这个小土屋里胆战心惊地度过。

十二

刚才还好好的天气，忽然一缕风卷起尘土从地面扫过，似乎一阵号角吹响。不多久，便尘土飞扬，天空也开始变得浑浊起来，人们纷纷躲进屋子关紧窗户和房门。风越刮越大，越刮越猛，天色也渐渐变得昏暗起来。最后狂风呼啸、飞沙走石，像急促的战鼓雷动，像狂怒的战马嘶鸣，地动山摇！风疾驰着，挥舞着，吹起尘土漫天扬撒，遮天蔽日；风怒吼着，发泄着，尖利的呼啸声此起彼伏，卷起沙石，击打在所有阻挡它的物体上。似乎它的心里有着多大的愤怒，要把一切撕碎，要让整个世界在它脚下臣服！这个时候，人不敢在路上走，车不敢在旷野行，唯有树，拼命地弯曲着身子，高高的树梢都快要触到地面，不时会听到"咔嚓"一声，一些大树小树被拦腰折断……人们无奈而又无聊地待在屋子里，不能看电视，因为在那样的大风天气，为了安全起见，电力部门首先要断电；饿了也不敢生火做饭，只能将就着吃点熟食，因为在这样的大风天气一丁点火星都可能酿成熊熊大风助火势，造成难以估量的灾难；甚至无法入睡，也许你刚迷上了眼睛，猛然一声风的尖利呼啸惊出你一身冷汗。风声一阵紧似一阵，人们的心也随着风声一阵一阵地揪在一起，你会担心狂风会掀去屋顶吹倒房屋，沙尘会击破窗户堵塞房门。你的心在颤抖，房屋也在风中颤抖！我想，此刻每一个待在屋子中的人都紧绷着神经，无不惊恐万状，无不在心中一遍遍地祈祷："风呀，你小些吧，小些吧，千万别毁坏了我的屋舍、我的庄稼，我还有很多要紧的事要做，不要再让我在昏暗的屋中煎熬……"

漫长的祈祷期盼，风终于小了一些，也许是它气消了，泄气了，偃旗息鼓了，似乎它觉得就是使出再大的魔法也无法给这片大地造成多大的破坏。

只要风一停，人们立即打开屋门，敞开窗户，接着把院前屋后那些被风刮来的砂石、纸片、破塑料袋以及一些树枝杂物通通清扫干净，再洒上水，又从屋子里搬出花盆摆在院中。一切准备停当，人们便开始又是擦又是洗，非要擦洗得窗明几净、一尘不染。清新的空气、淡淡的花香，还有那天山上的雪水融汇成的一条条小溪在潺潺地流淌。你真会怀疑这片大地刚刚经历了一场惊心动魄的风吹沙击，就像一个脾气暴怒的人忽然给你展现出他温柔和善的一面，可你的心里对他已产生了戒备……

打扫好屋里屋外，农人们又赶快下地，察看地里的禾苗是否被风吹倒，是否需要补种。每年的三、四月间，正是禾苗出土的时期，也正是狂风肆虐的时候。一次大的风沙袭击，地里的幼苗常会被刮得七零八落，再找不到几棵完好无损的了。农人们只好补种一次，再补种一次，辛勤的付出到秋天总会有收获……

经历了几次狂风的煎熬后，渐渐地，每次一看到有起风的苗头或者天气预报说将要刮大风，我赶快就去街上的小卖部买些吃食，去打馕的店里买上几个馕饼，再爬上屋顶检查边边角角有无破损、是否压实。可有时一切都安排妥当，风却似乎与我开了个玩笑，悄无声息地绕过去了，但我的心情却又高兴不起来，有一种万事俱备，只准备迎接战斗，却突然被抽去筋骨，英雄无用武之地的感受……

一年后，父母从老家来新疆看我。当他们饱尝了这儿的风沙之苦，又看了我那简陋寒酸的宿舍时，都伤心地哭了。我忙安慰他们说："年轻人，这点苦算什么！"

春天里，我带领孩子们抱上一捆捆沙枣树苗，栽在学校周围的戈壁滩上；夏天里，我又和孩子们引来天山上流淌下来的雪水，浇灌这些幼苗；秋天里，我常会漫步在沙枣林间，摘上一颗颗饱满的沙枣放进嘴里，品味着那干涩中的一丝甜蜜……

十三

再后来，正是家乡泡桐花开的时节，我终于找到了属于我的爱情婚姻。学校里一位热心的老师为我介绍了一位女友，她是苹，在十几公里外的一所村小任教，她家就在那个村子里。那位大姐给我们约定了见面的时间，地点选得很浪漫，在一片沙枣林里。她详细地给我讲了沙枣林的位置，给我讲走哪条路，路上都有什么风景。

那天清晨，我把皮鞋擦了又擦，再打上领带，头发梳了又梳，一下子容光焕发，像换了个人一样！我跨上自行车，喜滋滋地出发了，还有什么事比相亲更令人兴奋的呢！不料，天公不作美，骑了不大一会儿，我就感觉到起风了。不好，今天的好事难道要被这可恶的风搅黄？我一边奋力地蹬着自行车，一边不住地祈祷："风呀，你什么时候刮都行，今天千万别刮了！"可风却似乎要故意和我作对，越刮越大。我懊恼不已，心想："今天可能见不到她的面了，她还会来吗？我还要不要去？"心里没有了动力，我越骑越慢，最后还是来到了那片沙枣林。哪有什么人啊，我蓬头垢面，沮丧地走进沙枣林，浓郁的沙枣花香扑鼻而来。那是一片幽深的沙枣林，一棵棵粗壮的沙枣树虬枝盘曲，让人一下子就感受到了生命的顽强。我四处望望，一个人都没有看到。唉，谁像我这么傻，明明看到刮风了还跑来。我不知是该骂这鬼天气，还是骂她们言而无信。正在我垂头丧气地准备"打道回府"，忽然听到有人喊我的名字，正是那位大姐！循声望去，大姐正拉着苹从林子深处向我走来，边走边笑我。原来她们藏在了一处灌木丛中，我的一举一动她们都看得一清二楚！我喜出望外，却也惊出一身冷汗，幸亏我没有什么出格的言行。见到苹的第一眼，我真的是眼前一亮，她个子不高，却小巧玲珑，特别是一双大眼睛，里面似有一汪泉水。想不到在如此干旱，常年风沙弥漫的地方，竟有如此水润的女孩。

分别时，我问她："我可以去你家吗？"苹莞尔一笑，说："你想去就去呗，但我家很穷。"不管是真穷还是假穷，就算再穷我也愿意！我的心里乐开了花。

我们又约定了一个日子，去见她的父母。那天早上，我骑上自行车，气喘吁吁地赶到苹家所在的村口，她已等在了那儿。她带着我曲径通幽般穿过好几条村中小道，终于在一个用树枝木棍搭成的栅栏门前停了下来，看来是真穷。我跟在苹的身后，忐忑不安地走进院门，几间掩映在绿树中用土块垒成的小屋便映入眼帘，一个矮胖的老妇人一手叉腰站在土屋的门框里。苹告诉我，这是她的母亲。我心里胆怯起来，但看到未来的丈母娘的眉开眼笑，我猜测我这个准女婿算是过关了。进入小屋，也看不到几件像样的家具。虽然房子很简陋，但里里外外却收拾得干净利落、窗明几净。来到后院，一块块菜畦春意盎然。未来的老丈人正在忙着给出土不久的蔬菜搭架子。他五十多岁的样子，中等身材，古铜色的脸膛写满了沧桑，一看就知道是位饱经风霜的老人。老人上下打量了一下我，问我是哪里人，来新疆多少年了，习不习惯。他的神情严肃，看不出丝毫的笑容。

中午时分，"丈母娘"炒了一大桌菜，我那位满脸沧桑的"老丈人"还拿出一瓶珍藏的老酒，给我和他各倒上一杯……几杯酒下肚，他的脸上便泛起了红光，话匣子一下子打开了。他给我讲起他辛酸的人生经历，说他几十年前因为家庭的变故，父母双亡，小小年纪便走南闯北，吃尽了苦头，最后流落到新疆。那时候的新疆比现在可荒凉多了，也艰苦多了。当时房子周围一棵树也没有。有一次夜晚沙尘暴来袭，早上起来，屋门已被砂石封堵住半米！他和乡亲们一起修水渠，开荒地，战风沙，斗酷暑。他相信，只要有双勤劳的手，再苦再难也不怕！老人还说，他同意女儿和我交往，就是得知我从那么远的地方来到新疆，被我的坚强意志打动……我的脸上掠过一丝羞愧的神色。

我记住了老人的那句话，只要有双勤劳的手，再苦再难也不怕。

我开始隔三岔五地往苹家跑。可老天似乎觉得我们的爱情进展得太顺利，想阻挡我追求爱情的脚步，也让我吃点苦头。因为去苹家要经过一个几里地的风口，那里常会刮起八九级的大风。可爱情的力量是无穷的，在狂风中更让我体验到了爱情的甜蜜。

那天是星期天，早上便刮起了风，越刮越大。一个人待在学校里沉闷无聊，我便想去苹家，可这么大的风，能安全通过风口吗？我心里没底，思来想去，决定冒一次险，闯过那个风口！我骑上自行车出发了，一上路，便感到风真的好大，好像有一双无形的手在前面推着我，不让我前行。我紧握车把，低头俯身，使出浑身气力，奋力踏车。风口到了，我把车把攥得更紧，脸几乎贴在了车把上，可一阵一阵的狂风仍把我吹得连人带车几乎飘飞。车子晃得越来越厉害，我只好下车，推着车艰难地前行。不料，一股强风吹来，我像被扔的垃圾一样被风刮倒在路旁的乱石沟里，车子压在了我的身上，身上还蹭破了几处皮。我顾不上疼痛，爬起来，把车推上路，继续艰难地前行……到了苹家，她们一家人看到我的狼狈样，很是吃惊，没想到这么大的风我也敢出门，又是给我倒水让我洗脸，又是仔细查看我的伤情。后来，苹便成了我的妻子。一次，她笑着对我说，她决定嫁给我就是因为那次的感动。看来我还要感谢风。

苹嫁给了我，我却住进了她家。岳父母给我收拾出一间小屋让我安身。虽然房子狭小得只能容下一张床，但我躺在床上很温暖、很幸福。

岳父岳母都是敦厚朴实的农民，家里种有十几亩田地。他们长年累月地劳作，自己却省吃俭用。一住进这个新家，妻子便告诫我："我妈虽然脾气不好，想对谁发火就对谁发火，但她心好。不管我妈怎样对你，你都别在意。"妻子又要求我一定要对她爸好，常给我讲起她爸的辛酸往事，说新中国成立前，她爷爷奶奶就因为家里贫穷双双饿死了。她爸十几岁就一个人出外闯荡，去过建筑工地，当过搬运工，还下过煤矿，什么苦都吃过，但他都坚强地挺了过来。后来她爸就流落到新疆，在这个村子里落了脚。再后来，便认识了同样离开家乡流落于此的妈妈，同病相怜的两人便结了婚，后来便有了她和弟弟。妻子说："我爸刚来新疆时，看到那么荒凉的景象，就没想着长久待在这儿。这个土坯房就是他刚来时一手搭建起来的，当时也就是想临时避避风雨，想不到这一待就是几十年。人变老了，屋也陪着他们一起变老。"

我是个异乡人，岳父岳母也是异乡人，老屋为我们这一家异乡人遮风挡雨。

自从我来到这个新家，岳父岳母便像对待自己亲生儿子一般关心照顾我。她们知道我的饮食习惯不同，便尽量按我的口味调节饮食；知道我从小没干过什么农活，总是默默地尽力把家里的脏活累活干完，实在忙不过来，才默许我帮他们一把；知道我生长在一个比较优越的家庭环境里，他们便把破旧狭小的土屋收拾得整洁亮堂。每天吃饭时，岳母总是不停地劝我吃菜，有时还会用她的筷子夹上一筷子菜放进我的碗里，并笑着说："我们家都没有传染病。"看我一碗饭快吃完了，岳母便悄声地进到厨房，又悄声地出来，冷不丁地一勺子饭便扣到了我的碗里……但是正像妻子告诫我的那样，如果岳母一不高兴，对谁都是大声喊叫。

秋天是一个收获的季节，也是岳父母最劳累的时节。每天天还没亮，他们便悄然起床了，简单地吃点东西，便带上水和干粮，套上毛驴车，下地拾棉花去了，直到天黑，他们才回家。岳父赶着毛驴车，岳母坐在高高的棉花包上，晃晃悠悠地进了院门。晚饭开始了，这个时节的餐桌也是最丰盛的：煮上一锅新挖的花生，蒸上一锅喷香的红薯，再在屋后的菜园里摘上一大筐蔬菜，炒上几大盘。每当这个时候，岳父都会拿出自酿的米酒给我和他各倒上半杯，几口酒下肚，岳父的脸上便泛起了红光，话语也多了起来，说："生活就是这样，只要愿意付出，就会有收获；只要有勤劳的双手，再苦再难也不怕！"说着说着便谈起了他在收音机里听到的或在电视上看到的国家大政方针、国际风云变幻。这个时候，岳母便会在一旁催促"吃菜吃菜"，说："你们爷俩说那些与你们有什么相干……"

十四

然而，也许是这个新家和生养我的老家差别太大，也许是婚姻生活由最初的甜蜜逐渐归于平淡，也许是理想的渺茫、工作的不如意，一遇到不顺心的事，我就冲着妻子发火，看这个不顺眼，看那个不顺眼。最初妻子还默不作声地忍让我，后来便也同我大吵大闹。我们当初的爱情誓言越来越显得苍白和乏力，似乎都觉得当初的相爱是一种错误的选择。

后来，妻子有了身孕，我也不懂得关心体贴她。终于，在一个狂风大作的夜晚，我和妻子在家里吵得不可开交。我说这个家庭拖累了我，说我每天从学校回来，还要去地里干这干那。妻子忍无可忍也反唇相讥，说我连个房子也没有，她便嫁给我，说我没什么本事只会在家里作威作福！岳父，那位平日少言寡语的老人也一下子暴怒起来。他瞪着眼睛对我吼道："你要没有责任心的话就离开这个家……"好，走就走！我翻箱倒柜收拾我的衣物。可当我背起那个破包刚跨出家门，一股狂风袭来，我打了个趔趄，差点摔倒。那一刻，妻子一下子跑到我的身后，抱住了我……

那个夜晚，我躺在床上，望着窗外的明月，想起遥远的家乡和年迈的父母，泪水一下子溢满了眼眶……妻子轻轻地推了推我，低声对我说："对不起……你知道我是鼓了多大勇气才说出这三个字的吗？……以后，你心里不管有什么怨气，都千万别在我父母家里对我吼叫，以免他们伤心。等我们有了新房，你打我骂我都行……"我第一次对妻子和这个家有了一种负疚感。是呀，岳父母把女儿嫁给我，不图我什么，只希望我对他女儿好。然而这最起码的一点我都做不到，他们怎能不伤心？

我擦了擦眼泪，一字一句地对妻子说："以后，就算我心里再烦再闷再苦再累，也要在家里，在岳父母面前保持一张笑脸。"于是，我们便有了一个婚姻的约定。生活依旧，烦恼依旧，但我努力地克制着自己。虽然有时感到压抑，但正是这种压抑，让我们体会到了宽容的甜蜜。后来有几次，我差点又旧病复发。但每次我刚要发作时，妻子便把食指放在嘴边，做个"嘘"的动作，笑着悄声对我说："别让我爸妈听见。"我的怒气便一下子烟消云散。妻子也变得更加贤惠，她总是细心地把我随手乱扔的东西整理好，等我需要时又一一给我找出来。我喜爱写作，每次写好一篇稿子，她便是我的第一位读者，读后总不忘鼓励我："老公，我相信你会成功的！”就这样，我们的爱情如一杯醇酒越品越醉人……

我懂得了珍惜拥有，也懂得了责任和坚守。

十五

几年后，我和妻子便在两边父母的资助下在小城里买了楼房。我住进宽敞明亮的楼房，心底里一下子踏实了许多，觉得我也是这个小城的主人了。而岳父岳母，依然待在他们那个破败不堪的老屋里，做着有朝一日回归故乡的梦想。

岳父岳母的年纪越来越大了，地里的农活也越来越干不动了。正好在乌鲁木齐打拼创业的儿子结婚生子，两位老人便告别老屋去了城里带孙子。他们过了几年含饴弄孙的生活，带大了孙子，便再也闲不住了，又想着回到乡下老屋继续种地。我们劝他们，说：“那屋子还能住吗？现在还种地，身体还能吃得消吗？”终于说通了他们不回去了。可他们却要在城里找份工作，说：“干了一辈子，闲在家里闷得慌。”于是，他们便像年轻人一样到处找工作。可以想象，他们肯定处处碰壁，毕竟都六七十岁的人了，正规的单位都不愿用他们，也不敢用他们。过了一段时间，两位老人终于找到了工作。岳父找的工作是给一家公司看大门的差事。岳母甚至还同时找到几份活儿，给一家单位职工做饭，又去另一家单位打扫卫生，还去照顾一位孤寡老人，干完这个，又赶到另一个工作地点……我和妻子常劝他们别再去干了，让人以为儿女不养他们一样。可他们还是一天也不愿闲着，说：“城里这么多的工作岗位，为什么那么多的年轻人整天游手好闲呢？”岳父岳母虽然年龄大了，但在哪儿，他们都干得很卖力很尽心，生怕失去了那份来之不易的工作。

年轻人有年轻人的想法，老年人有老年人的观念。渐渐地，两位老人便不愿和儿子儿媳住在一起了，非要出去租房住，说他们身体好好的，不需要谁照顾，自己住着还清静。可我们每次去看望，看见他们待在那狭小得令人难以转身的空间里，用着简陋的生活用具，总是一阵心酸和愧疚。特别是他们租住的房子都是一些老旧的楼栋，常常面临着拆迁。于是，他们在一处租住几个月，又把那些瓶瓶罐罐生活必需品搬到下一个住处。我们几次给他们搬家，看到他们满头白发，却没有一个固定的住所，还像那些年轻人一样在风雨中漂泊，我和妻子的心里都很不是滋味……

妻子和我商量，说应该给父母在乌鲁木齐买一套房子，让他们住在属于自己的房子里。她说："现在我弟弟还在创业，没有能力给父母买，我们就买吧？"她怕我不同意，还强调说："房子是我们的，只是先让我爸妈住着。"我欣然同意，说这也是我的想法。可我们把想法说给岳父母时，他们便一致反对，说不买不买，在这儿凑合着过几年，他们就回老家养老去了。我知道，他们一定是想着我们孩子正在上学，正是花钱的时候，怕增加我们的负担。

十六

我和妻子觉得给二老买房不能再等了，决定一切瞒着他们进行。

我们开始留意乌鲁木齐的售房信息，既要离他们干活的地点近，又要环境清幽。终于，我们看好了一套二手房，房子的一切手续办妥，又简单装修了一番，便把岳父岳母领进了新房。虽然他们不停地抱怨，不该给他们买房，但我看到他们在新房里看看这儿，摸摸那儿，久久不愿离去，我知道，他们一定欣喜不已。

那年的中秋节之夜，岳母在新房里准备了一大桌子饭菜，我们围坐在一起，边吃边聊。岳母不停地给我夹菜，让我别放下筷子，多吃菜；岳父特意打开一瓶尘封的老酒，给我和他都倒满杯，平日里寡言少语很少流露情感的他眼眶有些湿润。他端起酒杯，对我说："小刘，谢谢你给我们买房，我和你妈让你们花了那么多钱……"说着说着竟有些哽咽。我赶忙说："爸，你说到哪儿去了，这是我们做儿女应该做的。本来是准备给你们买新房的……"岳母欢喜地说："这房子就跟新的一样，想不到我们今生还能住上这么漂亮的房子！"

这些年，新疆的面貌已发生了翻天覆地的变化。不必说高楼林立、车水马龙的绿洲新城，就是在最偏远的村落小镇，你也会感受到与这个世界息息相通。新疆，是一个五湖四海的人汇集的地方，也是一个最容易让人心生乡愁的地方。现在，交通事业的飞速发展，特别是新疆高铁的开通，一条横贯西部的"高铁丝路"，让新疆全面融入了全国高速铁路网。新疆，再也不是几十年前的新疆，那么遥远，那么荒凉。你想回老家，网上票一订，乘上高铁风驰电掣。如果你再心急，坐上飞机几个小时就可与亲人团聚。这一切的一切，真是让人感慨万千。

当母亲忘记了我的生日

　　小时候，我是不关心日历的。在农村，人们常说的是"阴历"，"阳历""阴历"我就更搞不明白了。每年快到我生日的那几天，母亲便开始每天笑着告诉我："孩子，再过几天你就过生日了。"于是，我就盼着计算着生日的到来。母亲把我的生日看得比什么都重要。我渐渐地感到生日是一个人成长过程中很重要的日子，过一个生日，就长大一岁。

　　过了一个又一个生日，我终于长大了。大学毕业那年，我离开家乡来到了遥远的新疆工作。虽不在父母身边，但一年中，我的生日依然是他们记得最清楚的日子。每年生日那天，母亲早早就会打来电话，提醒我今天是我的生日，问我怎么过，让我买点好吃的东西，自己给自己过个生日。母亲从来没有忘记过我的生日。

　　可母亲还是到了忘记我生日的那一天。那天我早上起床就开始等母亲的电话，可直到吃过早饭准备上班去，母亲也没有给我打来电话。中午下班回家，依然没有等到母亲的电话，我心中感到了一丝不安，家里会不会有什么事？我赶忙给母亲打去电话。接到我的电话，母亲显得很高兴，她问我这问我那，却偏偏没提到今天是我的生日。我心里感到很失落，很疑惑，母亲怎么真的忘记了今天是我的生日？四十年来，她从未忘记过，我甚至还有意从侧面提醒母亲。然而，母亲始终没想起今天是我的生日。最后，我终于忍不住了，说："妈，您忘了吗？今天是我的生日。"说完，电话那头一下子寂然无声。母亲一定是被我这句话惊住了，我能想象到母亲惊愕的表情。突然，她大声地说："啊，今天是我儿的生日！我怎么就忘了呢？"接着，她大声地喊父亲，说："今天是儿子的生日，我们咋都忘了呢？！"

那天晚上，父亲又给我打来电话。他一开口便自责道："我和你妈怎么都没有想起今天是你的生日，以前从来没有忘记过，你的生日，是我们一年中最重要、记忆最深刻的日子，今年怎么都忘了呢……"父亲说，我打过电话后，他和母亲都痛哭了一场，自责不已。我的心中一阵难过，懊悔自己不该给母亲说那句话，忘了就忘了。也许他们忘了，再也不会想起，我一说，却让他们伤心不已。

转眼，又一年，我的生日快到了，我的心里一天天地紧张起来，我担心父母又会忘记我的生日。要是真忘了，我也不再提醒他们了，就让他们糊里糊涂一天天过吧。可我又总觉得自己的生日要是没有了父母的祝福，过着便没有多少意义。

生日那天清晨，我还在睡梦中，便被一阵电话铃声吵醒。一接听，父亲先大着嗓门对我喊："海呀，今天是你的生日！"接着便说，"你妈一个月前就开始天天念叨你的生日，她生怕又忘了你的生日，也不知道从哪儿看到学来的'倒计时'这种计时方法，让我给她做了一个倒计时牌，放在家里最显眼处，上面用粉笔写着离儿子生日还有几天。她每天早晨起床后的第一件事便是走到倒计时牌前，擦去昨天的天数，写上今天的天数……"我静静地听着父亲的叙述，脑海里浮现着慈祥的母亲蹒跚的身影，一股浓浓的母爱在心中涌动……这时，母亲接过电话，说："妈现在虽然老了，给你们做不了什么了，但我儿的生日是无论如何不能忘的。如果糊涂到连儿子的生日都会忘记，那我一定是太老了，脑子老糊涂了，也躺在床上手脚不能动弹了，需要儿子来照顾了。"我猛然一怔，心里泛起一阵酸楚和愧疚……

谁知，几年后的一场大病差点夺去了母亲的生命。

那是一个初夏的傍晚，哥哥突然打来电话，让我回趟家，说母亲突发脑出血，已经住院几天了，现在还时而清醒时而昏迷。他说母亲清醒时不让给我说，说我那么远，工作又忙，她应该没事，让我先不要回来。可哥哥觉得还是要告诉我，怕给母亲和我留下终生遗憾。我一下子呆住了……我赶回家，看到病床上的母亲。她哪里是平日里的母亲，她躺在病床上，看到我回来，一丝微笑从脸上露出，拉住我的手，几滴泪水却从眼角滑落……哥哥说："母亲刚发病时已经口不能言，手不能动，头低垂着，腿脚僵直，幸亏及时送到医院，且出血量不大，要不然我们也许就和母亲生死永别了……"我仔仔细细地看着母亲，看着最爱我、我最熟悉的亲人。长大后，我还从来没有这么近距离地凝视过母亲："母亲真老了，可您还不到六十岁啊，儿子还没有好好孝顺您呢。参加工作前，我总说等挣了钱要如何如何回报您，可这些年我却为着自己的前途和小家庭奋斗着，哪里好好想过您？连听您一句唠叨也觉得心烦。现在结婚了，生子了，工作也好了，刚准备让您过幸福生活了，您却成了这样！"可转念又想，要不是母亲这次生病，我还以为母亲永远健康，对母亲的身体永远都无忧无虑。是啊，这些年忙于经营自己的小家庭，自己的所谓事业，疏忽了母亲，总想有的是机会报答母亲。可母亲从无怨言，打电话总说家里都好，不用担心，让我把公家的事干好，把孩子管好。

母亲一直在病床上躺了一个多星期，我和哥哥才在医生的指导下扶着她下床开始挪动脚步。她每走一步都是那样的生疏和艰难……母亲哭了，哭得很伤心，她说："好好的一个人，怎么就成了这样？"母亲可以出院了，医生一再叮嘱，千万不能再劳累了，否则再一发病将不堪设想！

我又要离家回单位了，母亲止不住地哭泣，她说儿子那么远回趟家，却没吃上她做的一顿饭……

母亲开始天天坚持不断地活动锻炼，就是晚上躺在床上，也活动着手脚。一年多过去了，母亲的身体已基本恢复。但毕竟不比以前了，她也总说自己现在是个废人，没什么用了。母亲嘴上这样说，可她只要能动，总不肯闲着。她甚至还收回了病后承包给别人耕种的田地。她说："儿子刚买了房，趁着现在还能动，要再干几年，为儿孙们减轻负担。"

我真没有想到，那年深秋，我回家探亲，竟是我陪着母亲度过的最后一段美好时光。那些天，我看到母亲用的手机屏幕太小，看起来太费眼睛，我给她买了一部智能手机，让母亲也上上网，了解一下外面的世界。那时我大概已经意识到可以为母亲做的事不能再等了。我给她一遍一遍地讲，手把手地教怎样使用。可母亲毕竟上了年纪，一直练习摸索着用了几个月，才基本掌握了各种功能的用法。

那次离家很匆忙。我中午刚吃过饭，母亲还在厨房洗碗刷锅，哥哥就从城里开车回来了，他要送我去火车站。因时间紧，我赶忙收拾了一下，就提着箱子出了门，坐在哥哥的车里，母亲也赶到了门口。我还笑着向母亲挥手告别，喊着："妈，说不定我半年后就又回来了！"母亲笑着叮嘱我路上小心。

回到新疆，母亲几乎天天都会和我微信视频。母亲最高兴的就是看我隔三岔五在微信朋友圈发的那些我写的所谓的作品，母亲还学会了给我点赞！每次打电话，母亲总是叮嘱我，说孙儿正在长身体，让我一定要给孩子吃好、穿暖。她知道我性情急躁，总是说她最放心不下的是她的孙儿，告诫我教育孩子要有耐心。母亲常悔恨地对我说，我们小的时候，她真是对我们关心得太少，爱得太粗疏……我说妈："您别这样说，回想起小时候的生活，我真的觉得很幸福。"

那个寒冬腊月的一天，和平时一样，我上班、下班。傍晚，一家人围坐在一起吃饭，我的心头没有丝毫不祥的预感。忽然，老家的哥哥打来电话，他声音低沉而颤抖着说："妈的情况不好。"我猛然一惊，忙问："妈咋了？"哥哥说："妈在院中洗衣服时突然晕倒，现正在抢救……妈已停止心跳和呼吸一个小时了，正在做心肺复苏，你快回来吧。"随即，哥哥便挂了电话。啊，我的大脑一下子一片空白。等我反应过来，禁不住趴在那儿失声痛哭："妈，您昨天晚上还给我打电话，说这几天天气很冷，让我和孩子都穿暖些，可这一刻，您却已经停止心跳和呼吸一个小时了……"我想象着母亲躺在那里，已一个小时无声无息，啊！难道您就这样永远地离开我们了吗？抢救，也许还有希望，我知道那希望已经十分渺茫，但我仍抱着那一丝希望，希望奇迹出现。我隔一会儿问一下哥哥："妈的情况怎样？"他都是回答，还在抢救。每问一次，我的心都在颤抖一次，我希望，听到的永远都是这个回答……一个小时后，哥哥哭着告诉我："妈走了……"

我连夜收拾行李，乘飞机，又坐班车，半天的时间，便从几千公里外赶到了家门口，我的泪水又一次涌出了眼眶……往常回家，到家门口喊一声妈，总能看到母亲欢欢喜喜地从屋子里迎出来。可这一刻，门框上却已挂上了一方白纱，院子里有很多乡邻在忙碌着。我抹着眼泪快步走进屋里，看到了放在屋子角落里的一口冰棺，我哭喊一声"妈"，一下子扑倒在冰棺上……

母亲啊，您昨日还叮嘱我这叮嘱我那，为何今天就撇下我们永远地离去？您昨日还说，您和我爸一切都好，让我安心工作，为何今日您就与我们阴阳两隔？母亲您不是还说现在社会发展这么快，变化这么大，等到开春后，看我有没有时间带您和我爸出去转转看看。一生要强的母亲啊，您为什么就这么轻易地倒下，这么无声地离开了这个世界呢……

我跪在母亲的灵前，愧疚，自责。母亲一直说身体大不如前了，我也只是随意地安慰几句。我疏忽了您一天不如一天的身体，总相信着来日方长，失去了才知道珍惜。母亲呀，您怎么走得这么突然，让人猝不及防……

转眼，母亲都离开我快六年了。我的心里，最愧疚的是她去世前过的最后一个生日我竟忘记了。第二天当我猛然想起，赶快给她拨去电话时，母亲却笑着说："生日有啥过的，过一年就少一年，只要我儿是在忙工作，忘了妈的生日，妈也高兴。"

子欲养而亲不待。母亲啊，您在我的心里定格成了一个永远也不再衰老的形象。每当想起，便泪流满面，悲痛难抑。

父亲的最后时光

一

自从五年前的那个寒冬，母亲去世后，父亲的日子就一天比一天艰难。腿脚不便的他先是被哥哥接进城里，可只待了不到半年，就嫌闷得慌。哥哥只好把他送到了附近的一所敬老院里。他整天一个人待在一个狭小的房间里，足不出户，白天也在睡，晚上又常常醒着。父亲常常忧伤地说，他现在有的是时间。

哥哥每隔几天便去看看父亲，给他带些药品和吃的东西。哥哥说，这几年他和父亲说的话，比几十年来说得都多。是呀，父亲不和他说还和谁说呀。我离家远，只是每个星期给父亲打去电话问候一下。父亲心情好时会在电话里给我讲他最近看了什么书，读到什么好的词句，或者谈论一些他的人生感悟，讲了一遍又一遍，像给学生讲课一样，讲得抑扬顿挫，最后还要问我记住了没有，让我再复述一遍。有时我会不耐烦地提醒他："爸，这是长途电话。"父亲的话语一下子便哽住了。我问他吃饭怎样，他要么说，他啥都好，吃得都好，要么就怪怨道："老是问我吃得好不好，吃饭有啥好不好的？"父亲心情郁闷时，说上几句便开始说，还有啥说的，没啥说就不说了，他要睡了。

日子就这样平静地过着，没有人能读懂父亲内心深处的孤独和寂寥。后来，哥哥几次又要把父亲接回家里住，可说什么他也不愿回去，就算过年了也不愿回去含饴弄孙，享受天伦之乐。对父亲来说，他已经接受了这种孤独的生活，不愿再折腾了。可谁也没有想到，又是一个寒冷的冬天，父亲会在短短的几天时间里，病情急剧恶化，最后撒手人寰。

我先是连着三天给父亲打去电话，他都没接。平时打电话，父亲偶尔也会不接，一个是他行动不便，一个是他心情郁闷，觉得没啥说的。但连着三天不接电话，我感到了异样，赶忙给老家的哥打电话询问。哥说："我也刚到敬老院看爸，爸有点感冒，但已吃过药了，现在烧也退了。"我们都以为已经没事了。当天下午，哥又给我打来电话，说父亲开始不吃不喝，双腿无力，我们这才意识到病情的严重。哥嫂给120打电话，用轮椅推着父亲在医院急诊挂吊针。冬季正是感冒的多发季节，医院里人山人海，根本就没有住院的床位。父亲坐着轮椅打完吊针，哥嫂又把父亲推回敬老院。

刚开始时，父亲对去医院很是抵触，在嘈杂的医院里，他烦躁地喊着："不打了不打了，回去！"甚至要拔掉针头。哥嫂一边连哄带吓："你知不知道这个病的严重性，已经危及生命了还敢不看！"一边硬是按着他打了三天吊针，父亲的病情却一天比一天严重，开始出现了昏迷。

二

我赶忙坐上火车往家赶。在火车上，我和哥哥每隔一两个小时就打电话说父亲的病情。当听到哥哥哽咽着说医院让父亲赶快进重症监护室，并让我们做好思想准备，说人进去很可能就出不来了，我的眼泪一下子涌出了眼眶，我忍不住哭出了声，我让哥哥用手机给我拍张父亲的照片……

当我从新疆赶到老家的医院，父亲已被推进了重症监护室。

第二天早上，医生出来告知家属病人的病情，对我们说，父亲的临床病人正好是父亲退休前一同在一个学校教书，关系很好的一位老同事。老哥俩二十多年都没见面了，再次相见却是在同一个病房，相邻的床位。他们见面很是亲热，泪水涟涟的。医生说我父亲虽然说不出话来，但能看出他激动不已的心情。那位老人病情较轻，吃得好睡得好。他本来不用进重症监护室的，是没有病房，找院长才住进了重症监护室；而父亲不吃不喝，病情不容乐观。医生对那位老人的儿子说让他们随时准备联系出院回家，说这儿都是重症病人，一旦感染就麻烦了；却告知我们，最好的结果也只能维持现状。我问医生："我爸是不是不配合治疗？"医生说："就是不太配合。"

可我们也无能为力，只希望医生护士能够尽可能细心耐心地照顾好父亲。我让哥嫂回家，几天的劳累，他们都感冒了。我一个人待在病房外，等待医生的随时召唤。

第三天早上，医生把我叫过去，让我看他用手机拍的父亲的视频，"这不是我爸呀？"这是我看到视频的第一反应。只见一位奄奄一息的老人躺在病床上，鼻子上插着氧气管，上身裸露着，胸腔上连着几个检测仪器，他的眼睛微睁着，嘴唇哆嗦着，声音沙哑得几乎说不出话来。医生问他："你有啥话你说吧……"我只能隐隐约约听到父亲艰难地说："难…难…难受……回……"说着，便张开嘴急促地喘气，头向一边歪去。我简直不敢相信这就是我的父亲，父亲怎么会变成这样。医生说："你在外地，是不是长时间没见过你爸了？"我把我哥拍照发给我的父亲刚进急诊，在轮椅上挂吊针的照片给医生看。医生说："这个病发展很快的，很多人刚开始时比你爸的状况还好，几天人就不行了。"

好好的人一下子就变成了这样。我一直还在担心父亲不配合治疗闹着要回去，而现在，他只能任由医生护士的摆布，再难受他也只能忍受……

泪眼中，我又回想起在父亲身边度过的那些时光碎片，心中残留的那点对父亲的怨恨也一下子烟消云散……

三

在我小时候的记忆里，父亲就像是家里一个匆忙的过客。那时，他在离家几十公里外的县城教书，每个星期回一趟家。记忆中他总是骑辆自行车，风风火火地回家、风风火火地出门。好多次，他收拾着准备去学校，母亲的饭都快做好了，他也来不及吃一口，看着表说："来不及了，我不吃了。"说着便匆忙推上自行车跨出家门。母亲则望着他的背影抱怨道："有什么着急的？"在父亲心里，自己一顿饭不吃没啥，耽误了给学生上课责任可就大了。

父亲曾当了半辈子的教书先生。他高中毕业正赶上那个特殊的年代，没能上成大学，于是回村在我们村办小学当了一名民办教师。父亲勤奋努力，教学成绩突出，几年后便被招录进了公办教师的行列并被调进城里的学校。听母亲说，父亲刚从农村来到城里教书，吃的是从家里带去的黑面馒头，穿的是补丁加补丁的衣服，穷酸的样子常常让城里的孩子笑话。可渐渐地，他便赢得了学生们的尊敬。

虽然一家人每个星期只有周末那一两天的团聚时光，可我却不盼望父亲回家，甚至是怕他回家。因为只要他一回来，家里的空气便骤然凝固。父亲动不动就会大发雷霆，我和哥哥犯一点小小的错误也会被他训斥上半天。我在家里不敢大声说话，不敢乱说乱动，呼吸也变得小心翼翼。

在哥哥十一二岁的时候，父亲便把他带到城里上小学。父亲想着城里的教学质量高，让哥哥从小就接受良好的教育。

到了我该上初中的时候，父亲已被调到了离家三十里外的一所交通不便的农村初中教书。别人是从农村调到城里，父亲却从城里调回农村。而我，也极不情愿地和哥哥被父亲带到了那所初中上学，我上初一，哥哥上初三。因为每天都要面对父亲，我对他的畏惧感也渐渐地淡化了。那时我才发现，父亲在学校里和同事、领导的关系处得很紧张。他常常为一些小事情和人争吵得脸红脖子粗。他心里不高兴马上情绪就表现出来，看不惯什么马上就要说出来，从不顾及别人的身份、地位和情面。虽然父亲的教学成绩总是优秀，可他却受人排挤，遭人嫉恨。我一天天地长大了，青春叛逆的我越来越抗拒父亲。我不愿和父亲说话，更不愿听他给我谈人生、讲道理，只要他一说这些，我便不耐烦地说："爸，你再别说了，这些我都知道！"

初二那年，我和父亲之间终于爆发了一次冲突。因为我做错了一件小事，父亲却把小事扩大，劈头盖脸地斥责我，但他越说我越听不进去，我终于大声对他吼道："我不在这儿上学了！"说完，头也不回，雄赳赳气昂昂地跨出了校门。父亲指着我的背影怒吼道："你滚！再也别回来！"可我"滚"出去没多久，父亲便骑着自行车追来，追上我，慌忙把车停在我前面，用平和的语气对我说："别再跑了，爸再也不说你了……"

父亲脾气再坏，但他毕竟是我的父亲，我也常常会被那浓浓的父爱感动。最令我难忘的是，父亲骑着他那辆都快要散架的自行车驮着我和哥哥奔波在家与学校的那段路上的一幕幕场景：我坐在车的前梁上，哥哥坐在后座上，父亲气喘吁吁地蹬着车子……坐在车子上，我们兄弟的心里都是心疼和不忍。于是，每次在父亲出发前，哥哥便带着我先走，我们走着跑着，希望减轻父亲的负担，但每次过不到一会儿父亲便赶了上来。

跑着跑着，哥哥和我相继都跑到了高中。上了高中，父亲就再也无能为力了。我们不在父亲身边学习，不再让父亲骑车送上学，也不再需要忍受他的坏脾气，自然感到轻松了很多。尽管那时家里经济不宽裕，但父亲对我们在学习上的需求都是尽可能地满足，需要什么辅导书，他跑遍大大小小的书店也要买到；自己和母亲生活再苦，也要给我们带足生活费。

可哥哥的大学梦想却实现得太艰难。他第一年参加高考离分数线只差了三分，父母都没有责备他，他们想着差三分，再补习一年一定能考上！谁知哥哥第二年一考下来，他就觉得不理想，甚至没有去看成绩的勇气。可父亲，在那个七月的炎热的中午，硬是骑上自行车，去四十里外的市教育局看张榜公布的成绩。漆黑的夜晚，父亲回到了家里。那晚，他没说一句话，脸色苍茫地一直坐到了天亮……哥哥竟又差了十多分！那个打击对我们全家真是太大了！仿佛大学真的与我们无缘。

那年秋天，哥哥说什么也不愿再补习了，他对父亲说："我认命了，这辈子就当农民算了。""别人能考上，为什么我们就考不上呢？"一向严厉的父亲自言自语道，似乎在苦问苍天，又似乎是恨铁不成钢。沉默了许久，父亲把目光转向哥哥，眼里满含着期盼："苦读了这么多年，现在离成功就差这么一步，为什么就不能坚持到最后？高考是最公平的，不用看人脸色，只要肯下功夫，命运一定会改变的。"

那年秋季开学，我也升入了高三。在父母愁苦无奈的叹息声中，哥哥又开始了他的复读之路。我清楚地记得，那天早上刚上早读，班主任就说班里又要来一位复读生，说着，哥哥便出现在教室门口，目光呆滞、面无表情。班主任走到我的桌旁，说："让你哥坐你这吧。"哥哥便低下了头，无声地走到我旁边，在同学们异样的眼光中挨着我坐下。就这样大我几岁的哥哥竟然成了我的同桌。想起那段日子，我们兄弟心头都别有一番滋味……终于，在又一年的高考中，我们兄弟都如愿以偿地考入了省城的大学，笼罩在我们家的愁云终于一扫而光。

我和哥哥去大学报到前的那天晚上，母亲做了一大桌子菜，一家人围坐在明亮的灯光下，吃着，说着，笑着。父亲喝了很多酒，他喜极而泣，对母亲说："两个儿子终于都走出家门了，往后家里就剩下我们两个了。"母亲笑着回道："谁愿意和你待在一起，往后你就一个人待着吧。"

四

我和哥哥都大学毕业，哥哥在老家一所中学当了一名老师，而我，离开家乡，来到了遥远的新疆。父母越来越老了，身体也越来越差。十年前的一天，母亲突发脑出血，一下子就晕倒了，万幸的是当时出血量不大，且抢救及时，加上母亲出院后一直乐观面对生活，坚持锻炼身体，身体渐渐地恢复了。

谁知，几年后，父亲又患了脑梗，住了十多天院。出院后他走路开始需要人搀扶，于是照顾父亲的重任便落在了母亲身上。每天早上，母亲都会牵着父亲的手出去锻炼，可父亲在家里待惯了，老是不愿意出门，母亲又常常因为督促父亲锻炼和他生气。母亲常对父亲说："你要是像我这样勤锻炼爱活动，早就恢复好了！"母亲多想父亲身体快快恢复呀，可她再急却又无能为力。我们就安慰母亲，让她首先把自己身体照顾好，父亲能锻炼到什么程度就什么程度吧。我们甚至想，最好的结局就是父亲走在母亲前面，父亲有人照顾，母亲也最终可以解脱出来。那时，我们兄弟俩一定要让母亲的晚年过得幸福充实。

父亲时而清醒，时而糊涂，他大概从不会去想，要是母亲有一天离他而去他该怎么办。可那一天真的无情地来了。在那个寒冷的冬天，母亲正在洗衣服时再次突发脑出血，猝然长逝……这个世界上唯一能容忍也不得不容忍父亲坏脾气的人走了。

埋葬了母亲，我们把老屋收拾好。那天晚上我和哥哥把父亲扶出家门，扶上停在门口的哥哥的车，锁好家门，来到了城里哥哥的家里。我对父亲说："爸，现在谁照顾你都没有我妈照顾得好了。"父亲悲凉地点了点头……

父亲是卑微的，却又是坚强的。他一生奔波劳碌，风雨中支撑着我们这个家。他说他一生最不愿向人低头，求人办事，为此吃尽了苦头，但为了我们兄弟上学，又不得不看人脸色。父亲吃了多少苦，受了多少罪，情郁于中，有时难免发之于外。如今，我和哥哥都走出了家门，有了好的工作，但正当父亲需要生活照顾和精神慰藉的时候，我们不是去走近他，开导他，却远避他，憎恶他……

两年前的那个秋天，我回老家探望父亲。父亲狭小的房间里摆放着两张单人床，在房子最显眼的墙上，贴着一张奖状，是由教育部、人力资源和社会保障部颁发的"乡村学校从教30年教师荣誉证书"。

看到我回来，父亲显得很高兴。他说，我回来了就睡在另一张床上，陪着他。我心想，这间小房子就是我回来的家了。那天傍晚，我独自一人在城里转着，可父亲不停地给我打电话催促我回去。可回到父亲的小房子里，一晚，我们父子也没说几句话，默默地睡着，一直到天亮。

五

第四天，医生甚至告诉我们："我其实都想让你们回去了，我现在只能给你们一个可以接受的时间。"啊，难道父亲就要这样离开我们，离开这个世界吗？

回去就是放弃。哥说："这个时候不能回呀，在医院还有希望，哪怕就极其微弱的一线希望，我们也要尽最大努力，但离开医院，说不定刚一离开医院，几个小时人就没了。"我问医生："那我是不是就不能再见我爸一面了。"医生叹口气，说："目前这种重症监护治疗制度的确不够人道，病人治好了，就从前门出来；人走了，就从后门推出去了。"

父亲啊，难道我们最后一面也见不到了吗？我心中一下子有千言万语要对父亲说，可一切已经来不及了。人活着的时候，谁会想到生死离别竟是这样的突然。

父亲在重症监护室的第五天，就是母亲离世五周年的忌日。中午，嫂子待在医院，哥哥开车带着我回村里，在母亲坟头给母亲烧纸。回到老屋，我用手机拍了一分多钟的视频，回到医院我让医生转给父亲看。医生对我说，父亲看着视频，表情很激动。我能想象到父亲当时的无助和痛苦……

在第六天的下午，父亲的那位老同事出院回家了。父亲看到别人离开时该是多么的孤单和恐惧啊。

第七天的早上，天还没亮，我正在睡梦中，忽然听到医生在喊我。我赶忙跑过去，医生对我说："人现在心率和血压都在往下掉，需要插管、上呼吸机抢救了，你看抢救不抢救，不抢救的话人也许马上就没了，但一上呼吸机也只是延长时间，并需要按压胸部，很可能会压断病人的肋骨。"啊！我望着医生，一下子不知该怎么办，我说："我给我哥打个电话。"医生说："来不及了，你赶快决定吧！"我声音颤抖着对医生说："那赶快抢救，但尽可能轻点，让我爸少受点罪。"医生说，好的知道了，随即关门进去了。

我呆呆地站在门外，欲哭无泪。不知过了多久，医生出来了，说人抢救过来了，但随时会进行二次抢救。在煎熬和祈祷中，天亮了，医生又把我叫过去，说："人已经停止了心跳，现在正在做心肺复苏，你们准备后事吧。"半个小时后，医生再次把我叫过去，说："老人已经走了。"我的大脑一片空白，他又说了一遍："老人已经走了，你们节哀，赶快联系车吧。"

我们联系好了一辆遗体运送车。哥哥先赶回老屋收拾，车主和我推着担架床从一个小门绕到重症监护室的后面，从打开的一扇门望进去，里面宽敞明亮，阳光从窗户上照进来，晾晒着洗好的衣服，还能闻到饭菜的香味，能听到里面的人聊天说笑。一会儿，一个护士提着一个黑色的大塑料袋出来了，问我："你是老人的家属吗？"我说"是"，然后她把塑料袋递给我，说："这是老爷子的生活用品。"接着她又问："你们准备好了没有，我这就把老人推出来。"我说好了。过了一会儿，她推着一张担架床出来了，床上的人盖得严严实实。啊，这就是我父亲的遗体吗，我走过去，轻轻揭开盖在父亲脸上的被角。父亲的脸瘦小了很多，眼睛还半睁着，已浑浊得没有一丝光泽，我哭喊一声"爸"，泪水一下子溢出眼眶。我摸了摸父亲的手和脚，还有余温，几十年来，我可能还是第一次握住父亲的手脚，没有给他洗过一次脚，剪过一次脚指甲。护士帮着我和护送车的司机把父亲抬到另一张担架床上，用担架绑绳固定好，对我说，老爷子说他有一个儿子在新疆吐鲁番工作，我流着泪说："我就是。"我问护士："是你这几天照顾我爸吗？"她说，大多数时候都是她在照顾，我对她表示感谢。护士说："你也不要太难过，老人走得还算安详。"

父亲啊，这七天七夜里，您没有吃一口饭，没有喝一口水，经历了我们无法想象的病痛的折磨，可我们依然没能挽救回您的生命。现在，父亲就连回到他那个孤独的小屋也成了奢望，却要进入一个无比黑暗、更加孤独的未知世界……父亲啊，作为儿子，我真的愧对您，我只能在以后的岁月里一次次流下悔恨的泪水。

陪伴老屋的一天一夜

一

又有一年多没有回老家了，家里不知都荒凉成了什么样子。母亲一走，腿脚不便的父亲也被哥哥接到了城里。于是，老屋里的一切都被尘封了起来，变得死寂而冰冷，一天天地荒芜。我觉得我一下子成了没有老家的人，成了无根的浮萍，没有了精神的源头，心里空荡荡的。

离开家乡已有二十余年了。在外漂泊的这些年，每当心中有了回家的计划，我就开始天天计算着日子，谋划着回家的行程。老家是最温暖的港湾。对于一个身处异乡的游子，就算在异乡娶妻生子有了新家，他最期盼的还是回到自己的老家。游子跨越千山万水回到自己最亲切的故乡，见到自己日思梦想的父母亲人，那是多么激动人心的时刻啊。

我每次回家，踏上归途，便归心似箭！不管是躺在舒适的卧铺上，还是夹杂在拥挤不堪的车厢里，一想到故乡离我越来越近，兴奋的心情便孩子般地表现出来。可现在，一想到老家，心里便陷入无尽的惆怅和悲凉。

上一次回老家已是前年的深秋时节。坐在飞驰的列车上，我木然地望着窗外的风景，没有了丝毫的兴奋之情。车厢里喧闹嘈杂，每个人的脸上都写满了愉悦和快乐，唯有我，与这个气氛格格不入。邻座的一位大哥问我："兄弟，你在哪儿下？"我说："西安。"他又问："是回老家吗？"我说："是。"大哥看我这个神情，便关切地问我："家里没什么事吧？"我说："没事，就是老家没了母亲，已经成了一座空屋了。"大哥叹了口气，说他的老家也早就成了一座空屋了，他都好多年没回去过了，房子也许都塌了……说完也陷入了沉思。车厢里渐渐地安静了下来，似乎每个人都陷入了沉思。

我下了火车，来到城里哥哥家，他把我带去父亲那儿。父亲只在哥哥那儿住了不到半年，就再也不愿意住了，说闷得慌。哥哥只好把他送到一家离家不远的敬老院里，那里人多。父亲住在一间狭小的房子里，房子里挤放着两张单人床。看到我回来，父亲显得很高兴，他说，我回来了就睡在另一张床上，陪着他。我心想，这间小房子就是我回来的家了。照看了几天父亲，我对他说："爸，我想回家里看看。"父亲难过地说："好吧，你回去看看老屋吧，但看了就回来，家里都一年多没人住了……"我说："我想在家里待上一晚，明天再过来。"父亲哭了，说"那家里咋住呀"，但看拗不过我，只好答应了，说："没法住就过来吧，你哥家也有地方住。"我点了点头。我是想在老屋里再住上一晚，再体味体味老屋里残存的那点温度，那种凄凉的滋味。

我坐在去乡间的班车上，望着窗外熟悉的乡景，呆呆地没有任何思绪，心如止水。家越来越近了，我的眼泪却不由自主地流了下来……到了村口，虽然眼前的一草一木还是我再熟悉不过的情景，可我的心理变了，一下子感到自己成了故乡的客人。走在曾留下我无数脚印的村道上，我觉得自己的脚步再也不像以前那么理直气壮，家里都没有亲人了，我还有什么理由回到这里。路上碰到乡邻，虽然他们比以往更显出了亲热，可我感到那亲热里却透出了几分客气。

二

老屋终于到了，我的泪水又一次涌出了眼眶……往常回家，到家门口喊一声："妈，我回来了!"总能看到母亲欢欢喜喜地从屋子里迎出来，可现在，那扇已锈迹斑斑的铁皮家门表明它已久久没有打开过。我把钥匙插进锁孔，鼓弄了半天，才打开了屋门。我曾一次次地想象过家里凄清的情景，可眼前的景象仍是我没想到的荒凉：院子里荒草萋萋，那荒草，竟有一人多高，甚至长成了一棵棵小树，胡乱地倒伏着，院子中间那条砖铺的小道，野草也从砖缝里钻出来，都找不到下脚的地方了。母亲在的时候，她哪能让草长成这样子呀，无尽的凄凉之感一下子涌上心头……

走进屋里，地面上已蒙上了一层厚厚的灰尘，脚踩上去，都可以踩出清晰的脚印。屋子里唯一的声音是屋梁上几只麻雀的叫声和它们扑棱棱地飞来飞去的响动。啊，我的老屋怎么成了这幅场景？在我的心底，我一直把这里当成我永恒的家——这个世界上什么都可以改变，唯有她是我永恒的港湾。自从离开老家来到新疆工作，我搬过几次家，每次搬家，有用的东西装箱打包，没用的便抛弃处理……转眼就人去楼空、家徒四壁。在异乡里的一个个居所，只是我人生路途中的一个个驿站，我从没有把它们当成真正的家。搬完了所有东西，我只是在慌乱中对旧居投去匆匆一瞥，便又满心欢喜地奔向新的住处，心里充满了对未来生活的美好憧憬。从此，那里再与自己无缘……可老家啊，这里是祖祖辈辈日出而作、日落而息的地方，是我来到这个世界上睁开眼睛第一眼看到的地方。我一天天地长大，天地逐渐变得开阔，也有了远近的概念，那个远近都是以我的那个家为出发点，走出了村子我就觉得走了很远。小时候，父母常告诫我："离家三步远，另是一重天；在家千日好，离家一时难。"家是我的避风港，是我的安乐窝，那里存储了我最温暖的记忆。一个人，十八岁之前生长的地方，才是他深入骨髓的家啊。

我决不允许荒草侵占我的家园。我在屋子里找来一把斧子，要把这一棵棵恣意生长的野草砍除干净。一斧子一斧子砍下去，一棵棵"小树"猝不及防纷纷应声扑倒下来，它们没有任何反抗，似乎还没有回过神来，就被我砍倒了一大片。我也砍得大汗淋漓，斧子都砍卷了刃。终于，野草意识到了我的杀戮，开始了它们的反抗，一斧子砍下去，它们只是抖抖身子，几斧子也砍不倒一棵来，它们像是在嘲笑我，又像是在质问我："这里已没人住了，为什么还不让我们生长？"我的手被震得生疼，磨破了皮，流了血。没想到看似弱小的野草竟也可以变得如此强大，但这里是我的家园，没有人住也不能让这里成为荒草园。

所有的野草都被我砍倒，它们的"尸体"横七竖八地躺倒在地上，我把它们堆积起来，竟堆成了一座小山，我毫不犹豫地把它们引燃，看着它们化成了一堆灰烬。我看着重新变得清爽整洁的庭院，舒了一口气。可只是一瞬间，一种悲伤的情绪又涌上心头，明年的春天，又会有更多的野草滋生出来，长满院子……

我又累又渴又饿，走进厨房，这里是我最熟悉的地方。小时候，母亲站在锅灶旁炒菜煮饭，我坐在下面帮母亲烧火，厨房里飘散着饭菜的香味，我期盼着母亲的那一声令下："饭好了，吃饭吧。"长大后，离家了，每次回到家，厨房更是能品味出家的味道的地方，母亲总是在厨房里变着花样给我做着我最爱吃的饭菜。可此刻，厨房里的一切都尘封了起来，没有了一丝温度。看着眼前熟悉却又冰冷的一切，我的眼泪又流了下来。我本想在厨房里做一顿饭，给这个冷清了许久的家带来些许暖意，可我只是无比凄凉地在那里站了许久，这里油盐酱醋什么都没有了，我不想只做一两顿饭又去买这个买那个。我怕我拿起的每一个餐盘碗碟都勾起我对曾经一家人融融乐乐的回忆，让我越发地伤感，我怕我唤醒了厨房里的瓶瓶罐罐，它们以为主人终于回来了，可短暂的欣喜过后，又将是漫长的等待和睡眠。正当我在厨房里静默的时候，一位邻居大婶来到了家里，亲热地喊我到她家吃饭。我婉言谢绝了大婶，我不愿在自己的家里，却被人当作客人。

忽然，我听到门外有叫卖声，仔细一听，是卖面皮的。现在农村人也不愿整天围着锅台转，于是，每天村子里都会传来一些小吃的叫卖声。我赶忙走出家门，喊住那位骑着自行车叫卖的大姐。可一看，只有干干的一点面皮，没有调料汁，这怎么吃呀，我不想买了。可那位大姐却动作麻利地把所剩的面皮都给我装进小袋里，说："就剩这么多了，你在家里自己调点料汁就行了。"我说："这么多我吃不完呀，再说我家里什么调料都没有了。"大姐有点不耐烦了，说："怎么能什么都没有呢？你看着给几块钱吧，卖完了我还要赶快回家呢。"

三

没有了妈妈就没有了家，我忽然想起那首儿歌《世上只有妈妈好》里的歌词："世上只有妈妈好，没妈的孩子像根草。"以前回到老家，我总是待不住，找这个朋友玩，找那个朋友玩，母亲总是带着心疼的语气责怪我："你那么远回来就待这几天也待不住，你是回来看我的还是看你那些朋友……"唉，以前总觉得母亲陪我的时日还长，就算偶尔想过母亲哪天走了，这个家将会变成什么样子？可那个可怕的念头只是在脑海中停留了片刻，我便立即阻断了它，不会的，母亲是不会走的！我真的不敢面对那个残酷的现实。可谁又能想到，现实就真的这么残酷，这么快就再没有机会陪伴母亲了，老家就变成了几间空屋。我迈着沉重的脚步在老屋里缓缓地走着，看着眼前的每一个熟悉得不能再熟悉的物件，回味着发生在老屋里的那些已经永远消逝在岁月长河里的点点滴滴。在老屋里，我是个永远也长不大的孩子，我早已习惯了听从父母的责骂和唠叨，可此刻，我成了这里唯一的主人，我感到了自己的茫然无措和孤独无助。

太阳快要落山了，我突然想起应该趁着最后的余晖晒晒被子，家里一年多没有住人了，被子肯定已发潮发霉。以前，每次回家，母亲都会早早为我晒好被褥，铺好床铺。

我站在院子里，眼看着太阳一点一点向西方坠去、坠去，我从没有对夕阳如此留恋过。天渐渐地黑了下来，黑夜终于还是来了。母亲在的时候，每天一到晚上，是一家人在一起最温馨的时刻。特别是冬日的夜晚，一家人围着小火炉，一边看着电视，一边在火炉上热着剩菜剩饭，或者烤上几个馒头或者红薯，屋子里飘散着丝丝的香气。那时的时光多么幸福美好啊。可今晚，只有这个空荡荡的屋子陪伴着我。

我心里想，今夜将是最难熬的了。我并不是害怕，这么熟悉的自己的家里有什么害怕的，我只是在这个寂静的夜里难以忍受心底里无边的孤寂和悲凉。我把家里所有的灯都打开，老屋里亮如白昼，家里好像从来没有那么明亮过，可那惨白的灯光却瘆得人心里发慌。我翻找出家里的收音机，插上电源，把声音开得很大，放的是秦腔。以前母亲最爱听的就是秦腔，可我对那一点兴趣也没有，只要听着那敲敲打打、扯着嗓子吼唱的声音，我便觉得头皮都被震得发麻，所以听了几十年秦腔，却只记住了一两句。可在这个孤独的夜晚，我听着却觉得是那样的亲切，那饱含深情的唱腔一字一句声声入耳，撞击着我的心扉。突然，停电了，屋子里一下子漆黑一片，寂然无声，无边的恐惧一下子涌上心头。小时候，我在外面遭了惊吓吃了苦头受了委屈，我会立刻想着奔回家里。家是给我安慰为我疗伤的地方，可现在，我只想逃离这里，奔向旷野。不知是屋子里太寂静，还是我真的太思念母亲了，我对着空空的屋子喊了一声"妈"，我那声音轻飘飘的，打着寒战，没有一丝底气，耳边传来了母亲虚幻的应答。

慌乱中我赶忙摸到床边，钻进了被窝。我躺在床上辗转难眠，从前老屋里一家人在一起的欢声笑语和温馨的亲情画面像过电影般地在脑海中回现，泪水一次次打湿了枕巾……故乡的夜啊，总是那样的宁静。以前，每次我回到故乡，在老屋里总是睡得很踏实很香甜，远处的狗吠，清晨的鸡鸣，听起来都是那样的熟悉和亲切。可那晚，我却睡得胆战心惊。我想，有过和我相同经历的人一定会对杜甫的诗句"感时花溅泪，恨别鸟惊心"有更深切的体味。

刺眼的阳光把我从睡梦中惊醒，我睁开眼睛，早晨的阳光已照在我的床头。以前母亲在的时候，回到家里，每天清晨都是母亲早起忙前忙后的脚步声把我唤醒……

四

该和老屋分别了，也许是永别。我把老屋里的每一个物件翻看抚摸了一遍又一遍，我觉得它们也是我的亲人，不会说话的亲人，它们静静地待在那里，也许还在等待着主人的使唤。现在，老屋里没人住了，可我也不想把它们送给别人。老屋虽然已没有了一点生气，但我也不愿让它四分五裂，就算消亡也要让它完完整整。

我在老屋的前前后后、角角落落走了最后一遍，仔仔细细地看了老屋里每个角落最后一眼，算是和它们告别。也许下次回来，老屋已不复存在，以后我再也没有理由回到这里。

夕阳西下的时候，我锁好了屋门，迈着沉重的步子走到村口。回过头来再看一眼傍晚的村庄，一缕缕炊烟从一户户屋顶袅袅升起，一切是那么的宁静祥和，种种细碎和温暖的记忆再次涌上心头。我恍然看到母亲在向我招手唤我回家。我又忽然想起我长大后要离开家乡去远方工作，母亲一直把我送到村口，一路上母亲叮嘱我这个叮嘱我那个，一百个放心不下。我便笑着安慰母亲："我又不是小孩子了，能照顾好自己的，再说现在交通又这么便捷，想回家就回来了。"当和母亲分别时，她忍不住哭出了声，对我说："儿呀，在外面实在待不下去了就回来……"

那个时候，自己在外面再落魄，父母也盼着我回家。可现在，我成了一个断了线的风筝，似乎自由了，可我却不敢有丝毫的懈怠，我唯有努力地飞得高些，再高些，让故乡看得见我，不会淡忘了我……

我的乡愁树

一

老屋的门已有一年多没有打开过了。自从母亲去世后，老屋便再无人住。人是屋子的灵魂，没有了人住，屋子便只剩下躯壳，彻底地荒掉了。我把钥匙插进已经锈迹斑斑的锁孔里，鼓弄了半天，才打开了那扇沉重的铁门。我曾一次次地想象过家里凄清的情景，可眼前的荒凉仍是我没有想到的：院子里荒草萋萋，那荒草，竟有半人多高，甚至长成了一棵棵小树；院子中间的那条水泥小道，也全被荒草覆盖，都找不到下脚的地方。

我小心翼翼地在草藤间穿过，生怕被绊倒，在自己家的院子里被绊倒，那该多狼狈。我进到屋内，找出一把铁锹，先在院中清理出一条小路。忽然，在一处荒草丛中，我发现挺立着一棵一尺来高的桐树苗。这里曾生长着一棵高大的桐树，后来被砍伐掉了，这棵树苗应该是它的老根萌发出的新芽。我蹲下身来，爱怜地抚摸着这棵幼苗，心里却在斗争着，不知是该把它留下还是铲除。一棵树的生命还没有终结，却被断然砍伐，它的生命戛然而止，但根还活着，它不甘心就这样地消亡。它蛰伏在地下，等待着可以重新萌发的那一天。现在，院子荒废了，野草疯长了，它以为现在终于可以破土而出了……我想了很久，决定还是留下它吧，哪怕将来院子长成了桐树林。

在我的老家，桐树是一种非常普通的树种，粗壮而高直的树身，蒲扇大的叶子，很魁梧，很大气。我读过很多关于梧桐的古诗句："凤凰鸣矣，于彼高冈。梧桐生矣，于彼朝阳"（《诗经》）；"东西植松柏，左右种梧桐"（《孔雀东南飞》）；"无言独上西楼，月如钩。寂寞梧桐深院锁清秋"（《相见欢》），还常听人说"栽下梧桐树，引来金凤凰"。以前，我以为桐树就是梧桐树，想着这么普通的树竟有着这么深厚的文化底蕴。后来才知道，老家的桐树实际上是泡桐树，"泡"读 pāo，是说它的木质疏松。泡桐和梧桐在名称上虽然比较相似，但却是两种完全不同的植物。首先在科属上，泡桐是玄参科、泡桐属的植物；而梧桐树则是锦葵科、梧桐属的植物。一棵阳春白雪般的树一下子成了下里巴人，但在我的心里，它却是最能触动我乡愁的树。

泡桐树很容易成活，它的生长也非常迅速，并且，还耐得住贫瘠的土壤。初春，从地里冒出新芽，几天，便长出手掌大的叶子，一个春天，就会长出一米多高。秋天，叶子一落，一棵胳膊粗细、两三米高的树干便挺立在那儿。

"看到泡桐树，想起焦裕禄。"在河南兰考县，人们永远不会忘记他们的老书记——焦裕禄。地处九曲黄河最后一道弯的兰考，曾经是个穷窝。黄河在这里改道北流，留下一眼望不到头的黄沙。二十世纪六十年代，饱受风沙、内涝、盐碱"三害"困扰的兰考，粮食产量下降到历年最低水平，县城火车站里挤满了外出逃荒的灾民……

在恶劣的自然环境面前，人的力量显得太渺小了，但人有智慧，可以借助其他力量对抗恶劣，进而改造自然。来到兰考，心急如焚的焦书记立即查阅资料，请教专业技术人员，找到了可以驯服"三害"的"庞然大物"，这便是泡桐树。焦书记带领兰考人民在那片贫瘠的土地上，种下无数棵成活率高、生长迅速的泡桐树苗，希望也逐渐在人们心中绽放。树多了、林大了，风小了、沙停了，"风沙、内涝、盐碱"三害没有了。"一年像把伞，两年粗如碗，三年能锯板。"老百姓称赞这些泡桐树。在兰考，巍然屹立着一棵高达二十多米、树冠可荫护近百平方米的泡桐树。这棵不同寻常的泡桐树，就是焦书记当年亲手栽下的，被兰考人民亲切地称为"焦桐"。

二

春天，是泡桐花开的时节，是泡桐树的高光时刻。没开花时，泡桐树谈不上什么美感，就是一棵粗壮的树身。树身上是粗疏杂乱的枝干，枝头还常会看到黑乎乎的一团病枝，那是丛枝病，最常出现在泡桐树上，被称为"泡桐的癌症"。可一旦开花，就是另一番雍容华丽的景象。初春，那一棵棵粗壮高大的泡桐树，枝丫上那一束束小金豆般的花蕾便开始一天天膨胀、膨胀。泡桐花需要孕育很长的时间，因为它的花很大、很厚实，不像桃花、杏花，性子急，非要争什么春天的第一花。泡桐花直到三月底四月初才终于绽放成一簇簇淡紫色的喇叭花，整个天地都成了花的世界、花的海洋。站在花树下，抬头望着那一树繁花，凝神静听，似乎能听到无数个小喇叭在树枝上喧闹吵嚷，表达着它们在这个明媚的春光里愉悦的心情。泡桐花的香味虽然清淡，但开花最盛时，二三十米开外都能闻到那种浓郁的清甜的花香。

记忆中，院中那棵泡桐树很高大，老屋在它面前都显得很矮小，屋在树下，人在屋里。每到泡桐花开的时节，站在院中，看着那无数朵花儿在空中竞相绽放，觉得它们都是为我们绽放。似乎我们家有什么喜事，它们要表达最热烈的祝福，那种愉悦的心情真是无以言表。看到那些美丽的少女手捧一束她们心中的白马王子送给自己的红玫瑰幸福陶醉的神情，我觉得我比她们还幸福陶醉。满院都是花香，麻雀和一些平时很少见的鸟儿也飞来了，叽叽喳喳地叫。

花开得正盛，泡桐芽也开始萌发，刚长出的泡桐叶肥厚而稚嫩，摸着毛茸茸的，叶子越长越大，进入初夏，一树浓密的大叶遮天蔽日。

与初春时节的泡桐花开形成鲜明对比的是，到了深秋时节，泡桐叶落。"自古逢秋悲寂寥"，落叶总给人一种凄凉之感，而泡桐树叶的飘落则更显得凄凉。它不像其他树的枯叶飘落，在秋风中翻转，飘舞，姿态很优美；泡桐树的叶片很大，你仔细听，甚至能听到叶柄从枝头清脆的断裂声，它晃悠悠地掉落下来，落在地上，也能听到轻柔的"啪"的一声，像人的叹息声。

在深秋，泡桐树的叶子总是掉落得最彻底，叶子太大了，很容易被风撕扯。几场秋风下来，一棵曾经密不透风的大树，枯叶一大批一大批地落下来，呼啦啦似大厦倾，一下子几乎找不到一片枯叶，真是无比的凄惨。

虽然泡桐树很常见，但是在城市里，却难觅到它的踪迹。也许城里人觉得，这种树，太过高大，遮天蔽日，影响人的视觉。它的形态也谈不上优美，长得很随意很散乱，枝干又脆，易折断，很难被修剪，或者刚修剪好没几天，它又从哪儿冒出一枝来。另外，开花季落叶季满地都是残花败叶，打扫起来很麻烦。只有在城市里的那些老旧小区里、幽深的巷子里偶尔能看到一两棵泡桐树，就像那些城里的乡下人，尽管长得五大三粗，却总喜欢躲在人后，自惭形秽。

城市里更常见的是法国梧桐，好像也叫英国梧桐。那是十七世纪，英国人用一球悬铃木和三球悬铃木育成二球悬铃木，在欧洲广泛栽培后，由法国人带到上海栽植，因其叶子似中国的梧桐，便被人们叫作"法国梧桐"。这种树适应性强，遮阴效果好又具有观赏性，为世界行道树和庭院树，被誉为"行道树之王"。法国梧桐树叶比泡桐树叶小巧了很多，手掌那么大，光滑而油亮，树皮也是灰白色的，并且还可以修剪得很美观。我在西安读大学时，街道上到处都是这种行道树，学校校园里几条主干路两旁也都栽种着法国梧桐。每棵树都是三米左右敦实的树身，树身上是左右两支挺立的枝干，直插云霄，非常整齐而优美，成为校园里一道最亮丽的风景。

三

大学毕业那年，我来到遥远的新疆工作。我坐上飞驰的火车，进入甘肃，看到郁郁葱葱的山坡上绿色逐渐减少，变成了斑斑点点的绿，山上的树也矮小了许多。我猛然发现，车窗外的泡桐树越来越少了，也许是火车太快，这些大个的树纷纷跟丢了。过了甘肃武威，眼前已成了开阔的荒漠景象。有时火车飞驰上一两个小时也看不到一点人烟，偶尔一些风景如画的村庄、城镇也是一掠而过，满眼都是戈壁和荒山，寸草不生。

我工作的地方是一个听起来像神话般的地方——吐鲁番。这里被称为"火洲"，干旱少雨，年平均降水量仅有十几毫米，夏季气温常常在四十度以上，正午时分，刺眼的阳光直射着，炙热的空气烘烤着，似乎皮肤也要燃烧起来。吐鲁番有座火焰山，《西游记》里《唐三藏取经受阻火焰山孙悟空三借芭蕉扇》的故事就发生在这里。虽然火焰山不是真的山上燃着熊熊大火，可它童山秃岭，寸草不生，特别是到了盛夏时节，那由赤褐色砂岩和泥岩组成布满道道冲沟的山体在烈日照射下，灼灼闪光，炽热的气流翻滚上升，真像那熊熊燃烧的火焰，火舌燎天。这里的地表温度甚至高达九十度，沙窝里埋个鸡蛋一会儿就能烤熟。

来到一个新的环境，陌生的建筑，陌生的人，不适应的气候，我只渴望能找到家乡最熟悉的树。这里最常见的是榆树、桑树、白杨树，家乡都有，可我最想找到的是泡桐树，那种春天花开得最繁盛，秋天树叶又掉落得最彻底的泡桐树。想不到在家乡普通得不能再普通的泡桐树，在这里却找不到一棵。我在大街上寻找，在小巷里寻找，在那些我觉得可能生长泡桐的地方寻找。终于，我发现了一棵，只有胳膊粗细，原来就在市区一个公园里的树丛中。我喜出望外，像在异乡遇到了故人般欣喜。只是它的树身已被折断，只留下一个树根，树根上冒出半尺来高的树芽。我仔细地观察，确信它就是我苦苦寻找的泡桐树。我经常去看望那棵泡桐树芽，就像去看望他乡的故人。我想找上几块砖，把树根围起来，呵护它长大，可在哪儿找砖呢？再说，你刚围起来，马上会有人过来斥责："你当这是你自己家的院子……"不幸的是，后来，连那棵小芽也被折断了。我觉得一定是小孩玩闹时无意中碰断的或者有意掰断的，小孩怎能知道我心中那浓重的乡愁呀！再后来，那棵泡桐树就彻底地死掉了。

树死掉了，我也不想在这儿待了。这个想法从我一来到这儿就开始萌发，现在开始下定决心了。那么多的好地方，我为什么要把青春荒废在这里？第二年深秋的一天，我向单位请了探亲假，像个逃兵一样背上行囊，踏上了回家的列车。

我真的不想再去那个地方了。第二天就该坐车返回单位了，我却还在为去还是不去煎熬着。天渐渐黑了，又飘起了小雨，我躺在床上辗转反侧。窗外，秋雨淅淅沥沥，不时一阵秋风吹起，能听到窗外院中那棵泡桐树的树叶在风雨中哗哗飘落的声音……

天亮了，我打开窗户，啊，一夜间，泡桐树的树叶几乎全部飘落，就剩下光秃秃的枝干。这些枝干都是树的筋骨，树把它的筋骨完完全全地展示在我的面前，似乎在告诉我：一定要学会坚强！我的脑海中浮现出很多坚强的画面，恶劣的自然环境又算什么呢？再说，越是艰苦的环境，越能磨炼人的意志，活着才越有意义。我整理好行装，脚步坚定地走出了家门。

转眼，我已在吐鲁番工作生活了二十多年，人变老了，这里的城市却越来越年轻、越来越现代化。更令我欣喜的是，这里绿洲的面积在一天天扩大，树也越来越多，越长越高。每年的初春时节，浩浩荡荡的植树大军来到戈壁荒漠开沟植树，防风治沙，绿化我们的家园。一坎土曼地砍掘，一铁锹地铲挖，铁与石碰撞出火花，手掌打磨出血泡，每栽下一棵树苗，这亘古荒原上就多了一个迎风战沙的战士。盛夏时节，这里的很多树叶都被烤焦了，像被火烧过一般，但它们依然坚强地活着。人可以在树下乘凉，树却不得不接受太阳的炙烤。

谁也不会想到，"飞鸟千里不敢来"的火焰山下，如今也成了花果园。当你驾车行驶在火焰山脚下的国道线上，曾经寸草不生的茫茫戈壁，已经被一道郁郁葱葱的绿色走廊取代，万亩桑园，万亩杏园！初春时节，万亩杏花绽放；初夏五月，万亩甜蜜的桑葚；到了六月，杏子又熟了，黄澄澄的杏儿挂满枝头，还有比这更美的景色和诱人的甜蜜吗？

四

我想，肯定有人会问，吐鲁番那么干热，一年才几十毫米的降雨量，树怎么活？

人常说：没有过不去的火焰山！人能过去，树也要过去。驱车在吐鲁番的茫茫戈壁公路上前行，你常会看到很多圆形土包，土包间相距数十米，一串串伸向远方，在荒无人烟的地方，看起来很是神秘，就像传说中的"外星人"建造的什么堡垒。其实，那是坎儿井的竖井口，下面便是有着两千年历史的暗渠，这是人类与大自然抗争的杰作。吐鲁番是块盆地，虽然干旱炎热，一年四季降水稀少，可她四周的高山上却蕴含着丰富的雪山融水。怎样把这些雪水引入盆地？智慧的吐鲁番先民们发明了一项伟大的地下水利工程——坎儿井，他们创造性地在地下开挖出一条条暗渠，把那望眼欲穿的巍峨天山上的冰雪之泉汩汩引来。真的很难想象，没有现代化的设备，古代劳动人民在潮湿黑暗的地下，佝偻着身子，用坎土曼、井绳、吊筐和油灯这些最原始的劳动工具，凿挖，清运。有资料统计，吐鲁番现存的坎儿井总数达1100多条、全长5000公里，这是多么壮观宏伟的地下河流啊！漫步在吐鲁番城乡的大街小巷，一条条清澈的渠水欢快地流淌。有水便有绿色，便有了绿洲。"吐鲁番的葡萄熟了，阿娜尔罕的心儿醉了……"说到吐鲁番，人们便很自然地哼唱起这首动人的歌曲，因为独特干热的气候，吐鲁番葡萄以其甜蜜的口感名扬海内外。

虽然，我早已离开了农村，但心中的乡土情结永远不会改变。我常常想念故乡的一草一木。住在封闭的水泥楼房里，我只能在阳台上种上几盆花、几棵最普通最熟悉的蔬菜，聊以自慰。我多想有一小块属于我自己的院子。我要从老家带来一块泡桐树根，栽在院子里，精心地呵护它的成长。要是它能在异乡茁壮成长，春天开花，秋天叶落，那该多好啊。

这几年，吐鲁番就引进了很多的法国梧桐。栽植前，先从远处拉来新土，给树坑换上，树栽好后，又给每棵树四周搭上架子，用黑色的遮阴网围起来，就那样，还是死了不少。于是，第二年又补栽。几年过去了，现在市区有些地方的法国梧桐已经绿荫如盖。

在我们这个美丽的地球家园，树和我们人类都在不断挑战着生存极限，都在努力地活着，互相鼓励，和谐共生，活得很艰辛，但也很幸福。

五

离开家乡，每次回老家探亲，我都发现故乡有了新的面貌。我一边为故乡的发展欣喜，一边又为那消逝的记忆而惆怅。后来，院中的那棵泡桐树也被砍伐掉了。母亲说："村里搞美丽乡村建设，村道修成了水泥路，装上了路灯，各家各户门前乱堆乱放的粪堆垃圾堆都被清理掉了，并且还安排了专职的卫生员，每天推着垃圾清运车清运垃圾。后来，他们也觉得村里这些大个子泡桐树碍眼，也嫌它开花季落叶季满地都是残花败叶，打扫起来很麻烦。他们还说这些泡桐树生病了，不美观，影响村容。"母亲还说："什么树都会枯枝、会生病，人生病了可以治，树生病了就不能治吗？非要把它砍掉？一棵小树苗长成参天大树，需要多少年啊！"桐树纷纷被砍伐，连我家院中的那棵也不能幸免，说它靠近院墙，残花败叶飘得到处都是。十年树木，这些泡桐树的树龄都有二三十年了，就这样一斧子下去全部砍完，没有了它们，村庄再也不像村庄了，没有了村庄该有的底蕴。

砍掉了这些庞然大物，以前浓荫蔽日的村庄一下子豁然开朗。现在村道中都栽种着从南方引进的那些四季常绿的观赏性强的景观树，各户门前都是花团锦簇，看起来整洁美观，很是赏心悦目。只是这些花草树木，在冬天里，却要在冰雪严寒中瑟瑟发抖，它们会不会抱怨，人们让它们远离故乡，在水土不适的异乡生根发芽。"橘生淮南则为橘，生于淮北则为枳"，这些生长在异乡的树，树形小了很多，叶子也小了很多。新的树种来了，却以毁坏最适合本土生长的泡桐树为代价，真的令人痛心不已。现在，再也很难看到炎炎夏日里，一棵高大的泡桐树下，三五个老农坐在小凳上，或者席地而坐，下棋、聊天、谈天说地的场景。社会在飞速发展，进入信息化时代，人们躲进自己屋里，只需一部手机，便可遍览国内事、天下事。

从城市退居农村，想不到，现在农村也快没有泡桐树的落脚之地了。那就只能再退居荒野，山坡上，沟壑里，荒无人烟的地方，那是它们最后的阵地，只是，怕那最后的阵地也被我们人类侵占。人类可以改造自然，这需要足够的智慧和漫长的时间，一代人、几代人的艰辛付出；也可以破坏自然，这却要容易得多，一朝一夕都可以完成。在这方面，大自然给我们人类的惩罚和警示已有很多惨痛的教训。

我家门前那口水库

又有一年多没有回过老家了，老家的村子不知又有了怎样的变化。

去年的初秋时节，老家的哥哥打来电话，说父亲病重住院，让我回家看看父亲。我赶忙请假回到老家，在医院里照看了几天父亲后，我想回村里再看一眼已经久无人住的老屋。自从母亲去世后，腿脚不便的父亲也被哥哥接到了城里，老家就只剩下一座空空的老屋……

在村口下了车，沿着一条水泥村道前行，村道两旁各家各户门前都是一簇簇竞相绽放的鲜花。这几年，村子里的美丽乡村建设搞得如火如荼，以前坑坑洼洼的村道修成了水泥路，路边装上了路灯；村民们的房屋也越盖越漂亮，过去的土墙再也看不到了，都是砖瓦房、小洋楼，以前脏乱差的村容村貌已发生了彻底的改变，农村像城里一样漂亮。我快到家门口了，忽然看到一台推土机正在不远处推土施工。我快步走上前去，发现施工人员正在填平老屋门前不远处的那口早已干涸的水库。

那口水库给我留下了太多太多美好的童年记忆。

那是一口位于村子最南端的水库，长方形，有两三个篮球场那么大，三四米深。从我记事起，我家门前就有这口水库。因为太熟悉，我竟从来没有探究过她的来历。现在想来，这口水库一定是很久以前开挖出来的。过去，没有现代的挖掘设备，全靠人力一铁锹一铁锹挖掘出这口水库，我想当时的劳动场面一定很宏大、很壮观。遗憾的是，我从来没有想到问问母亲过去修建水库时曾发生的故事。母亲也没有给我讲过，也许她也不知道这口水库的历史。现在，母亲走了，水库也要被填平了，一切都成了尘封的记忆。

我又想起了那些年关于水的故事。现在家家户户都通上了自来水，要用水，拧开水管，清凉洁净的水便哗哗地流出。我们大概已经淡忘了过去吃水的艰难。为了吃水，人们打水井、挖水窖，甚至要走上十几里崎岖的山路去挑一担水。直到今天，有些山区的人们吃水依然很困难。在我们村，过去村民的生活用水主要就源自那口水库。

记得那时，每天，一个接一个的村民欢笑着来到水库岸边挑水、拉水。村子里最常见到的风景就是那些青壮男女挑着一担水一闪而过。每当上游给水库里放满水，水面上波光粼粼，一只只水鸟在水面上一掠而过。村里更像过年一样热闹，村民们挑着水桶，拉着水车络绎不绝地赶来，水库岸边欢笑声不绝于耳。村民们都想着趁着刚放的新水把家里的水缸打满。要是没有这口水库，真不知村民的吃水又是何等的艰难。几年前的一个夏天，村子里因为要维修自来水管道，停了十几天的水，一下子就闹起了水荒，村民们怨声载道，市里的电视台都做了采访报道。

老屋里现在还保留着一根扁担，不知是用什么木材做的，已经磨得光亮，扁担两头用铁丝缠绕了好几圈。从我记事起，母亲就用那根扁担挑水。小时候，父亲在外工作，家里地里的活都是母亲一个人操劳。

虽然水库离我家最近，可每次挑水母亲都是等到水库岸边没人挑了再去挑，总是在黄昏的时候去挑水。这个时候，路面上洒满了水，很滑，稍不留意就会摔倒。母亲挑水，我常会跟在后面，看着她走近岸边，放下扁担，提着水桶走下岸边的台阶，手提桶环慢慢灌水，灌上大半桶，提上台阶，接着又用舀子把水桶舀满，提上岸边。看着母亲用瘦弱的肩膀挑着一担水，颤颤巍巍地走回家，年幼的我也一阵心疼。等我十五六岁的时候，在我的一再要求下，我也挑了第一担水，虽然水桶只盛了大半桶水，却压得我的肩膀生疼生疼，几百米路，我放下担子歇了两三回。

门口就是水库，可我却不敢下水。记得一年夏天的一天，我在几个大孩子的引诱下，也下到水里玩。母亲看到我浑身湿漉漉地跑回家，责问我是不是下水了，我只好承认。母亲抓起地上的扫把对我屁股就是一顿抽打，边抽打边责问我："还下不下水？"我哭着说："再也不下了。"很多年前，水库里曾淹死过一个人。母亲不让我下水，不仅是怕我在水里发生危险，还是因为那是全村人的生命之水。

水库的另一个用途便是养鱼。那时，经常可以看到有人在水库边钓鱼或者用网抓鱼，甚至有些人还用雷管炸鱼。他们把一束雷管点燃，迅速地抛入水中，只听"咚"的一声巨响，水面上蹿起冲天的水柱，便可看到许许多多大大小小的鱼儿翻着肚白漂浮在水面上，不知他们看到那么多小小的鱼儿被炸死良心是否会安？……记得有一次，水库里的水快要抽干了，泥沼里满是活蹦乱跳的鱼儿，男女老少的村民都来到泥沼里抓鱼，我也跑回家里端来家里的脸盆下到水库里。其实，这个时候，不需用抓了，只要捡就行了，大大小小的鱼儿在那一点点浑水里已经无处可逃。不一会儿，我就捡了一盆鱼儿，其实都是小鱼，大的都被别人捡走了。我兴冲冲地端着一盆鱼跑回家，可母亲看着一盆还在蹦跳的鱼儿，却叹口气，说："这么小的鱼哪能吃呢。"在那个生活贫困的年代，一年难得吃上回肉，可母亲不忍心杀掉这些小鱼。她赶忙找来一个大盆，给盆里倒上水，把一盆鱼儿倒进水里。等到第二天，水库里放了水，她又让我把那盆鱼儿放回水库。

水里有鱼，水面上有水鸟飞过，岸边也有水禽栖息，那时的水库，是我们孩子的乐园。我们经常会在水库周边的草丛里、树上的鸟窝里捡到鸟蛋禽蛋。有一次，一个小伙伴竟在水库岸边捉住了一只水鸭，让我们羡慕不已。

后来，村子里家家户户都通上了自来水，再也不用去水库里挑水了，上游便不再给水库补水了，大概水库上游的用水也很紧张。水库一天天地干涸了。干涸后，曾经波光粼粼丰盈的水面成了一个干瘪的大坑，开始长满了荒草，一到冬天，荒草萋萋，这里成了名存实亡的水库。村子的面貌一天天地发生着变化，可水库却在一天天地荒凉。我想，她也一定还在做着再次盛满水的梦，可等待的时间长了，也便渐渐淡忘了她曾经有水的过往。

那年一个冬日的午后，寒风凛冽，我们几个孩子在水库边玩。忽然一个伙伴提议，我们把水库里的荒草点燃烤火吧，大家都说好。于是我跑回家里偷拿出一盒火柴。我们一群孩子跑到库底，点燃一根火柴，只听呼啦一声，火借风势，风助火威，噼噼啪啪，水库里顿时成了一片火海。我们都吓傻了，万幸的是，水库外围没有其他可以燃烧的柴草，最后烈火燃遍了库底便自然地熄灭了，整个库底成了焦黑一片，恐怖得让人窒息。

再后来，水库底便被一户村民种上了庄稼。大概因为下面不通风吧，虽然土壤很肥沃，可庄稼的长势并不好。水库是为人们供水的，让她种庄稼，也勉为其难了。童年关于水的记忆逐渐隐退到了脑海深处……

我离开家乡的时候，水库已被掩埋了一大半。我看到村里的义民大叔拄着拐杖站在已经推平的地方，怅然若失的神情。我走过去，大叔给我讲起了这口水库的历史："当年，这口水库是在我父亲的带领下修建的。""啊！"我惊喜不已，仔细打量着眼前的大叔，像是遇到了久别的亲人，准备尘封的记忆又一下子被唤醒。大叔继续说："当年，我父亲是村里的党支部书记。他看到村民们吃水的艰难，心里一直想着要改变村民吃水艰难的历史，决定带领村民在村头挖一口水库。刚开始，很多村民都不愿意干，说工程量太大了，这要挖到什么时候？冬闲的时候，父亲就带着族户里几个兄弟和十几名青壮村民开挖，他说愚公都能移山，一个水库还挖不了！一队人挖土，一队人拉着架子车往外运土。渐渐地，工地上的村民越来越多，几乎全村的人都来了，号子声、呐喊声、欢笑声，此起彼伏，响彻天地。不料，半年后，父亲病了，可谁劝他也不去住院，他说，等把水库挖好后再去。父亲的病一天天加重，几次都晕倒在工地上……眼看水库快挖好了，父亲却彻底病倒了。临死前，他给家人说，他死后，把他埋在水库的边上，他要看着水库里注满水，村民们高高兴兴地来挑水……父亲去世时还不到五十岁。"

我这才想起，水库边上的一块田地里，有一个小小的坟堆。我和大叔的目光都投向了那个孤零零的坟堆，静穆了很久。

听说村委会准备要在这里修建一个公园，供村民休闲娱乐。也许过不了多久，人们就会淡忘这里曾经埋葬了一口水库。我想，我需要把水库曾带给我的美好记忆用文字记录下来，时刻温暖自己。我也觉得，村里应该给这里立块碑，写上：这里曾有一口水库。

最美的校园

　　大学毕业那年，我向组织申请去最艰苦的地方奉献自己的青春年华。最后，我被分配到了新疆，在西部大漠中一个自然环境极其恶劣的小学校当了一名老师。这是一所村办小学，说是村庄，只有十余户人家；说是小学，学校里只有几间低矮的用土块垒成的教室，只有几十名学生和一位五十多岁头发花白的老师，这位老师也是这所小学的老校长。

　　这里是个风口，常年刮风，刮起风来飞沙走石、昏天黑地，仿佛世界末日一般！来这里之前，我虽然已做好了充分的心理准备，但这么恶劣的环境依然让我无法适应。可这里却生长着一大片苍翠的沙枣树，小学校便安卧在这片林子里，被她环抱着，像一个婴儿躺在母亲的怀抱里。

　　到校的第一个周末，老校长便带我到沙枣林间散步，给我讲起了发生在这片沙枣林里的故事："那是几十年前的事了……当时，学校旁边还聚居着几十户村民，因为常年刮风，环境太恶劣，学校的几名老师都陆续离开了这里，就只剩下我一名老师了。最后，我的心里也产生了动摇。那天风很大，我悄悄地收拾着行李，准备趁着人们都待在屋子里躲避风沙独自离开这儿，永远也不再回来。然而，当我深一脚浅一脚离开村庄不多远，便听到身后传来一声声呼喊。我转过身去，看到老村主任领着他的村民们赶来，我一下子待在了那里。在村民们的身后，是一群哭喊着的孩子，他们顶着风沙跑到我的身边，齐刷刷地跪在狂风中。没有人能受得起那天地为之动容的一跪。孩子们目光中蕴含的情感，顷刻间让我明白，那是他们纯真而又无奈的挽留啊，那一幕让我心灵受到强烈的震撼……我又回到了那所小学。老村主任和我商量给学校周围栽上沙枣树，防止风沙的侵袭。"

"一个初春晴朗的早晨，老村主任带我去几十公里外的县城购买沙枣树苗，就在我们返回途中，不幸又遇上了沙尘暴……第二天，当孩子们和他们的家长找到我们时，我眼里嘴里都灌满了沙子，已经奄奄一息了，而老村主任已被沙石掩埋，怀里还死死地抱着一捆沙枣苗。从此，风口的戈壁滩上便出现了一片弱小却在倔强地生长着的小树林——一片耐得住暴风狂沙的沙枣林。"

老校长的老家位于素有"八百里秦川"之称的关中平原，他是二十世纪七十年代初来到新疆的，当时只有十几岁，还在上初中。那年暑假，在铁路边长大的他竟不知天高地厚，决定瞒着家人一个人去新疆，找在油田上工作的表哥，也看看外面世界的美好。他从家里偷拿了几十元钱，竟然一路逃票，扒火车来到了新疆。小小年纪的他，吃尽了苦头，受尽了磨难，还是没有找到表哥。他身无分文，蓬头垢面，成了一个小乞丐，最后流落到了这个小村庄。乡亲们都可怜他这个孩子，收留了他，又看他还有些文化，便让他在村里的小学校里教书。他当上了一名孩子王。后来，他终于联系上了家人。一边是父母的召唤，一边是乡亲们的挽留和孩子们对知识的渴求，这个问题对于一个大人也许还算个难题，可对于一个十几岁的孩子，却几乎不需要去思考，他恨不得长出翅膀马上就飞回家里。其实，村民们也只是说说，没有抱什么希望，却没想到，孩子王还苦苦地抉择了两天，终于决定还是先留下来……我曾看到过老校长年轻时的照片，那曾聪颖稚气的学生脸上怎么也找不出现在的特色，厉风像雕刀一样过早地刮去了他脸上青春的潮红，刻下一道道个性鲜明的痕迹，一如沙枣树干上那一层粗糙的树皮。

风口里有一座石山，狂风，以它那没有任何一个人间艺术家能比得上的创造力在石山上留下了鬼斧神工：昂首的骆驼、狂奔的战马、孤独的探险家、奋进的拓荒人……遗憾的是却没能雕出一尊长发的少女。

风口里还流传着一个少女被狂风刮飞的故事。老校长快三十岁的时候，婚姻问题依然悬在父母的心头。父母一天天地心焦起来，便四处打听、四处托人为儿子找个媳妇。他们只有一个要求，只要身体健康，愿意去新疆陪伴儿子就行。终于，一位同样心中总在梦想远方的姑娘被他坚韧不拔的精神深深打动，她要去新疆看他。姑娘的母亲开始坚决不同意。作为父母，谁会舍得让自己的女儿跑到那么远，人生地不熟的地方去？就算嫁不出去也不会愿意。但看到女儿去意已决，谁也无法阻挡，母亲也只好流着泪把女儿送上西行的火车，再三地叮嘱。

火车一路向西，姑娘坐在火车上，望着窗外越来越荒凉的景象，开始后悔她当初任性和冲动的决定。她伤心地哭泣起来，旁边的乘客问她哭啥，她说她应该听妈妈的话，不该来新疆……当老校长得知姑娘来新疆看他的消息，激动得彻夜难眠，他买了一套崭新的衣服，把皮鞋擦了又擦，再把胡子一刮，一下子容光焕发，像换了个人一样！可当他来到车站接到姑娘，看到她红肿的双眼，他的心里凉了一半。他知道她是一路哭着到新疆的，他最能体会到她的心情。

尽管他想尽办法给她展示着他这儿的美好和快乐，可她依然阴郁着脸。更不巧的是，两天后的一场沙尘暴让他的一切努力都化为泡影：狂风呼啸，鬼哭狼嚎一般；沙砾漫天扬撒，遮天蔽日，她被吓得花容失色、魂飞魄散，她哭喊着："我要回家，我要回家！"当他送她坐上回家的火车时，她仍惊魂未定，一声"再见"也没说便离他远去了……后来，老校长是将近四十岁的时候才成的家，村子里一位淳朴善良的大龄姑娘嫁给了他。

日日夜夜，春去秋来，那片沙枣树在狂风中开花结果，叶落归根。

一个深秋的午后，老校长又和我在沙枣林间散步，一阵风吹过，那枯黄的沙枣树叶哗哗地飘落，更显出枝头那累累的沙枣。我随手摘了一把沙枣，边走边品味着那一颗颗沙枣干涩中的一丝甜蜜。老校长有点伤感地对我说："我年纪大了，力不从心了……可我教了那么多的学生，却没有一个愿意回到这儿。"我知道，老校长是想让我安下心来，扎根在这儿。我的心中涌起一阵悲凉，是呀，谁愿意待在这儿呢，那么多好的地方，有能力谁不想离开这儿？实际上，我已给老家的父亲写了好几封信了，都是说这儿的环境太艰苦，让他托人找关系把我调回老家去，我甚至想，就算回去种地当农民都比在这儿好。难道要我一辈子待在这一片沙枣林里，孤身终老？老校长知道我心里想着什么，他的语气一下子变得坚定起来，他说："这儿的环境是恶劣，可再恶劣的环境我们也能改变它！只要我们坚守在这里，一切都有希望！"老校长知道婚姻是我当前面临的最大问题，他向我许诺，"你放心，你的婚姻大事包在我身上，你一定会找个好姑娘的。"我苦笑道："你又能认识谁呢。"

老校长的身体越来越差，不久便离开了他坚守了三十多年的讲台。学校里又剩下我一个老师和十几名学生了……几次我都想一走了之，可当我一看到那些孩子们可爱稚气却饱经风沙的笑脸，又于心不忍。

我又像老校长当年那样，在一番番的思考抉择下，终于下定决心，在这片沙枣林里扎下根来。就算这里只剩下一户人家，我也要坚守在这里。我一定要把这片沙枣林里的这所小学校变成最美的花园！

我不但是教育培养孩子成长的园丁，我还成了一名种花养花的园丁。每当我走到有花草的地方，看到那些美丽的花朵，我都会驻足观看，我要想办法给我们的校园里也栽种上这种花儿。如果能采到花种，我会欣喜若狂！为此，我受过多少冷眼，听到多少嘲讽的话语。记得有一天我去县城办事，在大街上走着走着，忽然发现一个单位门前的花坛里盛开着一朵朵娇艳的花儿，我忍不住走上前去观赏，竟发现有好多已成熟的花种。正当我缩手缩脚地准备采摘时，突然听到一声断喝："哎！你干什么？"一个干瘦的老头从门卫室里走出来，他上上下下打量着我，那种眼光仿佛要刺穿我单薄的身体。一种自卑感瞬间涌上心头，我嘴唇嗫嚅着，说我想采几棵花种，老头倒乐了："啊，好吧好吧，那你就采吧。"他想不到一个大男孩也会这么喜欢花儿，我能听出他的笑声里带着一种嘲讽的口吻……

在我和孩子们的精心装扮下，我们的校园变得越来越美丽，鸟语花香、香气四溢。我告诉孩子们，风口里也可以盛开最美丽的花朵！我教育他们热爱自己的家乡。这里生长的孩子，每个幼小的心灵里都留有对狂风的恐怖记忆。我要让这些最美丽的花朵盛开在孩子们的心田里，让他们在校园里愉快地学习、幸福地成长，沙枣林里书声琅琅笑语欢歌。

人常说梧桐树招来金凤凰，我想美丽的花儿也会引来美丽的凤蝶。可我真没想到，我的辛勤耕耘，竟然赢得了一位女孩的芳心。

一个初秋的清晨，我一个人在寂静的校园里晨练，欣赏着那一簇簇在秋风中绽放的花朵。忽然，我看到一个女孩搀扶着老校长走进了校园，我赶忙迎上前去。原来女孩是老校长的女儿青，刚从省城的师范大学毕业，她也打算回到这儿任教。啊，终于来了一名老师，还是一名女老师！我又激动又紧张，还没回过神来，青已向我伸出手来，笑着说："刘老师，经常听我父亲提起你，说你不但书教得好，花也种得好，今天终于见到了你，也看到了你侍弄的这片美丽的花园。"我知道老校长有个上大学的女儿，却是第一次见到她，想不到她竟是如此的青春靓丽。

一次，我和青闲聊时问她："你从省城里的大学毕业，本来会有美好的未来，可你为什么选择回到这里，回到这个自然环境如此恶劣的风口小学？"青看着我，笑着一字一句地回答道："因为这里有这么美丽的校园。"说完这句话，她神情忽然变得凝重起来，给我讲起童年里一个恐怖的记忆。

那是在她五六岁时发生的事了。一个春天的早晨，天气很好，她父亲骑着自行车载着她去几十里外的县城买东西。买好了东西，父亲又带她在城里游玩。那天玩得很高兴，太阳快落山的时候，父亲才载着她回家。不料刚出县城，便起风了，风越刮越大，父亲迎着风，奋力地蹬着自行车。她坐在后座上，能感到车子开始不停地摇晃，抖动得越来越厉害，能听到无数的砂石击打在自行车上，击打在父亲的身上，噼里啪啦的，狂风尖厉的呼啸声一声高过一声，像一个魔兽要吃掉她和爸爸，吓得她哇哇大哭。父亲低头对她喊："不哭，有爸爸在！抱紧爸爸！"天似乎一下子便黑了下来，父亲也越蹬越慢，越蹬越费力，最后真的蹬不动了。父亲只好下了车，让她双手抱头趴在车座上，自己推着车子艰难地前行……不知过了多久，她们父女才终于回到家里。从此以后，她常常会想起那个恐怖的夜晚，甚至在睡梦中也常常会被惊醒，现在想起仍心有余悸。

"上学后，父亲就常常告诫我要好好读书。他说：'爸爸这一辈子就待在这片沙枣林里了，但我不希望你将来也待在这里，你一定要好好学习，将来考上好大学，去一个好的地方工作。'"

"那你爸为什么又同意你回来呢？"我觉得青回到这儿一定与我有关，便试探着问她，"你真的只是因为这儿有这么美丽的花园才回来的吗？"

青没有正面回答我，她笑着说："你喜爱花，我也愿做你这个花园里一朵不算多么美丽的花儿。"我忙不失时机地夸赞道："你是这个花园里最美的一朵花儿！"

后来，青便成了我的妻子，我问她为什么选择我，她笑着对我说："你能在这片沙枣林里坚守下来，说明你坚强；你又那么爱护花草，说明你心地善良。跟着你，我心里踏实。"

转眼十多年过去了，曾经那个偏僻荒凉的小村落如今已发展成了一个交通便捷的小城镇。小城镇里绿树成荫、商铺林立，人们也像城里人一样住上了漂亮的楼房。小城镇的周边，绿色也在逐年地扩展、扩展……

小镇的不远处，有一座石山。常年的风沙，侵蚀得石山千疮百孔，如魔鬼城一般，这也许是风沙留给这里的唯一印记了。如今，这座石山也被开发成了一处旅游景点，名曰"怪石林"，游客络绎不绝。来到这里的游客，可能谁都不会想到，十几年前，这里曾经是那样的恐怖和荒凉。初次置身"怪石林"的人，看着眼前奇形怪状的山岩，心中还是难免有点恐惧，似乎这就是传说中的妖魔鬼怪，把它们想象得面目狰狞。看得多了，你的心也就平和温暖了许多，你可以把这片石林看成一个动物园或者我们人类的乐园。在这片乐园里，每块石头都活化了，活化成了各种动物和我们人类的万状情态，他们无拘无束，喜怒哀乐都淋漓地表现了出来，妙趣无穷，使人浮想联翩。

在这个狂风肆虐的风口，面对着一天天幸福生活的人们，风只好选择了妥协，这个"怪石林"，便是它留下的唯一印记……

一棵枣树的故事

一

　　我的脑海里，常常会浮现出老家那棵枣树高大苍老的身影。前些天，父亲打来电话，一开口便说到了家里的枣树，说那棵枣树今年还结了一篮子红枣。我可以听出，话筒那边父亲孩子般地高兴。可话音刚落，他的语气又变得伤感起来："枣树真老了，看来都难挨过这个冬天了……"说着，父亲长叹了一口气，似乎陷入了无尽的惆怅。

　　父亲说，那棵枣树是他小的时候奶奶栽植的，他现在还能想起当年栽树的情景。我总是由奶奶想到枣树，由枣树想起奶奶。奶奶出身于书香之家，曾读过不少书，小时候，常听奶奶说，那时的学堂里就她一个女孩子。一说起这些，奶奶总是满脸的笑容，显得很幸福。旧社会，能进学堂读书的女孩子可真是少之又少，一群男生围着一个女生，可以想象，奶奶在学堂里一定是被众人关爱的对象。一个受过关爱的人，一定会把这种爱加倍地付出。

二

　　我几乎搜索不到奶奶生气时的记忆，她什么时候对每个人都是慈祥地微笑着。记得我还是个懵懵懂懂的孩童时，奶奶就坐在老屋的土炕上教我读："人之初，性本善，性相近，习相远……"一边读，一边一字一句地给我讲解，奶奶讲得很细致、很生动。现在，我仍能回想起奶奶讲解时的语调和神态。我相信，奶奶要是教书，一定是最好的老师。可我一个小孩子的兴趣不在那儿，我最喜欢的是听奶奶讲故事。奶奶讲的都是些鬼怪狐仙之类的故事。在她的故事里，那些鬼怪狐仙都是善良的、温情的，有些像蒲松龄老先生写的《聊斋志异》里的鬼狐故事。所以，年幼的我，并不觉得可怕和恐惧。每天晚上，我都是躺在奶奶的土炕上被这些奇异温暖的故事陪伴着入眠……

我在奶奶讲的故事里无拘无束地一天天长大。我上了学，便受到学校和老师们的约束，但我接触的世界逐渐地开阔起来。每次回到家里，我便把学校里的大事小事讲给奶奶听，有几次奶奶还让我给她讲学校里学到的知识。我便拿起课本一本正经仔仔细细地讲给她听，奶奶听着，笑着。讲到最后，我问她："奶奶，你听懂了吗？"奶奶便不住地点头："听懂了，孙儿讲得真好。"

奶奶给我讲过，那棵枣树还是小苗时被她发现并被移栽到院中的情景。那时，她还很年轻，一个秋日的午后，她带着只有几岁的我的父亲下地干活，偶然间在路边发现了一棵枣树苗。当时它只有一尺来高，弯着头，紧抱着身子，灰头土脸的样子。在我们家乡，枣树是很普通的树，肯定谁也不会在意它的存在。可奶奶在意了，她看到多少人在它身上踩踏，甚至多少次被车轮碾过，可它依然坚强地活着。奶奶便停下来怜惜地看了它一眼。正在奶奶犹豫徘徊着该不该带它回家时，它却挂住了奶奶的裤脚，奶奶一下子被它感动了，她觉得这棵小枣树一定是想跟她走，不再受践踏。于是，她决定把它移栽到家里。奶奶小心地一点一点刨挖，尽可能多地挖出它的根须，挖好后，又不敢丝毫耽搁，快步把它带回家里，栽在老屋后院的墙角。没想到这棵枣树长得很快，第三年竟结了几颗枣儿。奶奶说，那棵枣树一定是带着一颗感恩的心在生长结果。

<h1 style="text-align:center">三</h1>

在我的脑海里已无法想象这棵枣树是怎样由一个弱小的身子变成了庞然大物：只见它树皮裂开一条条沟壑，粗壮的树身上是两只伸展的臂膀，有一种直插云霄的气概！其中一枝还高高地伸向院外，像是在向路人招手示意。

每年秋季，那红艳欲滴的枣儿高悬枝头，引得每位路人都要驻足观望。特别是那一群群孩童，整天仰起小脸对着那累累的枣儿叽叽喳喳，还有些大点儿的孩子常会捡起土块对着树梢使劲抛去，更有些胆子大的会爬上墙头，去采摘那一颗颗珍珠玛瑙般的红枣。而奶奶只是坐在枣树下担心地对爬到墙头和树上的孩子们喊："快下来，快下来，别摔着了！"然后笑眯眯地看着孩子们满载而归……

"卸枣"是我们家最盛大的节日，这一般是在天气晴好的中午时分进行。在我小的时候，都是哥哥爬上枣树摇枣，我在树下拾枣。拾枣我都是要先拾院外的，因为只要哥哥一爬到树上，院子外面一下子就会聚拢来一群大大小小的孩子，我怕跌落在院外的红枣都被他们捡去。只要哥哥在树上奋力一摇，"唰啦"一声，枣儿便雨点般地砸落在地上，我们一群孩子像一群小猴子般欢叫着、捡拾着。这个时候，一个比一个眼疾手快，那是最令我兴奋和紧张的时刻，我觉得我有十只手都不够用！每次"卸枣"我总要埋怨："为啥要把枣树栽在墙根，害得我要在院外和小伙伴抢拾！"

等到哥哥从树上安全地下来，我们便开始在院子里捡拾那一地的红枣，每个角落都要翻找一遍。看着那一大筐红艳艳的枣儿，全家人都乐得合不拢嘴……这个时候，奶奶总会笑着说："给邻居们都送上些吧。"妈妈便会盛上一碗，让哥哥送去；又盛上一碗，让我送去……

每年都要经过几次"卸枣"才能卸完一树的枣子，但每年的最后一次"卸枣"，奶奶总要让我们留一些枣子在树上。奶奶说："冬天，那些寒风中的麻雀无处觅食，给它们留几颗枣子过冬吧。"给麻雀留红枣吃？我那时觉得很可笑。其实那些枣儿都被我悄悄地一天一两个打下来吃掉了。

四

可有一年深秋时节，树上那零星的十来个红枣却让一个和我同龄的孩子十多年来都忘不了它的甜蜜。小的时候，人们的生活还很贫困。秋冬季节，村子里常会看到一些衣衫褴褛，背着一个破口袋挂着一根木棒沿门乞讨的人，我们称之为"要饭的"。大人小孩只要一看到他们要上门乞讨，往往是慌忙关上屋门，"要饭的"吃了个闭门羹，便只好悻悻地去另一家碰碰运气。但奶奶却从不让我们那样做。

每次，只要"要饭的"走到家门外，哪怕穿得再脏再破，奶奶也一定会出门把他们迎进家里，让他们喝口水。家里只要有吃的东西，一定要给他们带上一点；如果正赶上我们吃饭，奶奶便一定要留住他们，让他们也能吃碗热饭。

村子里，"要饭的"最爱光顾的便是我们家。我觉得也是院子里那棵枣树在招引着他们，好多次，我都看到"要饭的"眼望着枣树一步一步踅摸到了家门口。

那是一个深秋的傍晚，天阴沉沉的，一个三十来岁的妇女带着一个八九岁的小男孩来到了家门口。这是一对"要饭"的母子，奶奶立即把母子俩迎进了家门，把家里的火炉烧得通红。母子俩烤着火，冻僵的手脚一下子有了活色。这时奶奶发现小男孩已冻得发起了高烧，便赶忙找了点药给孩子喂下，又让母亲给母子俩做了两碗热气腾腾的面条。年轻的妈妈流着泪不住地感谢。吃了饭，那位母亲便要带着儿子离开，奶奶忙说："外面这么冷，这样不能走，等孩子病好了再走。"硬是把母子俩留下，一留便是三个日夜，直到小男孩病完全好了。临走的那天早上，奶奶在屋子里这儿找找那儿看看。我知道，她是在找可以给他们带的吃的东西，可翻来翻去，却没什么东西可带。忽然，奶奶对我说："孙儿，你去看看院子里的枣树上还有没有红枣。"我知道，奶奶要给他们带红枣。我很不情愿地走到院子里枣树下，仰头望了望，便对奶奶喊："奶奶，现在枣树上哪还有红枣呀！"奶奶笑着说："你再仔细看看，我知道孙儿的眼睛最尖！"小孩子是最经受不住夸奖的，于是，我又扬起脸来，在树梢上仔细地搜索："这儿有一个，那儿还有一个……"边喊边准备爬树。自从哥哥离家读书后，爬树便成了我的专利。奶奶蹒跚着也赶到树下，看着我爬树，一再地叮嘱："慢点爬，小心着……"我竟摇下了十几颗红艳欲滴的枣子。我们把红枣捡拾聚拢在一起，谁也不舍得吃一颗。奶奶从中取出一颗，看着我贪婪的眼神，似乎做了很大决定般地又取出一颗，便赶忙包好，给那个小孩带上。

送走了母子俩，奶奶仍放不下心来，不停地念叨着母子俩。

一直以来，父亲对奶奶的善良颇有怨言，但也只是抱怨奶奶两句。只是母子俩走后的第二天早上，父亲突然对奶奶说，家里他放了十元钱，怎么不见了？并一下子提高了嗓音，说一定是被那娘儿俩拿走了，让奶奶以后再不要把"要饭的"带进家里，说家里都快揭不开锅了！听父亲这样说，奶奶不高兴了，她让父亲再好好找找，说不要因为别人穷就胡乱地猜测他们，说人穷志不穷！她责怪父亲不应该把可怜的母子俩当小偷看待。父亲劝告奶奶："别再可怜别人了，世上那么多需要帮助的人，你可怜得过来吗？"奶奶只是轻轻地摇了摇头……

奶奶似乎没有吸取教训，她总是说，那娘儿俩不会拿钱的……就算拿了，也不能因此而把所有乞讨上门的人关在门外。

我不知道是什么原因促使父亲决定砍断枣树上那伸向墙外的枝干，大概是因为它破坏了奶奶的宁静。可奶奶却开始变得郁郁寡欢，整天看着那断臂的枣树发呆。奶奶的年纪越来越大，渐渐地行动不便了，整日坐在她的土炕上向窗外张望。我不知道奶奶都看到了什么，心里都想些什么……

五

我也一天天地长大了，去离家越来越远的地方求学读书。人常说"离家三步远，另是一重天"，一个人出门在外，我深切地体会到了孤独无依的滋味，但我也遇到了很多好老师、好同学、好朋友，得到了他们以及许许多多陌生人的引导和帮助，更多地感受到了家之外的温暖。我的心里一直记着奶奶教我背的"人之初，性本善"，也一直以"勿以善小而不为，勿以恶小而为之"这句古语来要求自己的一言一行。那年深秋，奶奶度过了她八十三个风雨岁月后，溘然长逝。临终前，父亲跪在奶奶的床前，泪流满面地说："妈，请您原谅儿子，那年丢失的十元钱，其实不久后我就找到了，可我一直没给您说……"奶奶笑了，慈祥地闭上了双眼……

当我从学校赶回家里，奶奶已经下葬了。我看着凌乱的老屋，想着奶奶慈爱的容颜，眼泪止不住地流了下来……那天黄昏，一阵凄冷的秋风吹来，院中那棵枣树上还零星挂在枝头的红枣"噼啪"掉落下来，像在悲戚，又像在叹息。我一个一个捡拾起红枣，放在一个小篮里，然后，提着这一篮红枣，默默地来到奶奶的坟头……

在以后的人生道路中，父亲常常教育我要像奶奶一样做一个善良的人。他说，人这一生，做一两件善事并不难，难就难在一辈子做善事，一辈子用善意的眼光体察这个世界……

六

日子在人与人的相互温暖中一天天消逝，我从没想过当年的那个小男孩会再次走进我们家。

父亲说，几年前的一天，家里突然来了一个和我一般年纪的小伙子。小伙子说，十几年前，他曾和妈妈来到我们家乞讨，是奶奶收留了他们，并说如今他已大学毕业并参加工作，但仍念念不忘当年奶奶和我们一家人对他们母子的恩情，这次是特意来表示感谢的。当他得知奶奶已去世多年，也让父亲带他来到了奶奶的坟头……

小伙子说小时候和妈妈出门乞讨，每当走到人家家门口，都要做好被人关在门外的心理准备，更令他难过的是，还常常被人呵斥驱赶。虽然受尽了辛酸和屈辱，但妈妈却常常教育他"人穷不能志短"，说他们没有办法生存只能乞讨，但无论如何也不能干偷偷摸摸的事……父亲说，听了小伙子那些伤心的往事，他的心里也满含愧疚。

小伙子说他永远也忘不了那个温暖了他的冬天，忘不了奶奶慈祥的笑容，说他和妈妈离开我们家后，每当他累得不愿再走时，妈妈就会从布袋里摸出一个红枣，郑重地递给他，是那一个个红枣鼓励他一步步走到了家里。在后来的人生道路上，每当遇到困难挫折时，他就想起那一个个饱含着爱的甜蜜的红枣，心中便一下子充满了信心和力量！并说他现在也在尽自己的所能帮助需要帮助的人，温暖需要温暖的人……

"野"外婆

前段时间，回了一趟老家，看了看久无人住的老屋，又去了一趟舅舅家。舅舅有事出去了，舅妈一个人在家。坐了一会，我便出门到村外找寻我童年的一些记忆。回来后，舅妈问我："你是到你外婆的坟上去了吗？"我的心头猛然一震，我还不知道外婆的坟墓在哪儿。舅妈说："你外婆的坟很远。"

外婆去世已快十年了，我一直想静下心来写写外婆，可总是被一些琐事打扰。终于，决心一定要给她写一篇文章，让她也在这个世上留下一些印迹。

外婆活了八十六岁，算高寿了，但她却苦命了一辈子，没享上一天福。

听母亲说，外婆很小就做了外公家的童养媳。她的娘家在哪儿，叫什么名字，母亲从没给我说过，大概她也不知道。我只知道在我们邻村有一个傻老舅——外婆的亲弟弟，穿得像个"叫花子"，整天傻呵呵地背个蛇皮袋子，从这个村子走到那个村子，路上看到什么好东西就捡到袋子里，有时还会推个简易的小推车，把我那瘫痪的老舅妈也推上。

过去那个年代，童养媳的地位是非常低下的。实际上，小时候的外婆就是外公家被人呼来唤去的丫鬟。从我记事起，就记得外婆家后院一间屋子的炕上一直躺着一个老奶奶，时不时地呻吟几声，她是外公的母亲，我叫"老外婆"。不知从什么时候就一直瘫痪在床，外婆每天给她翻身擦洗，端屎端尿，不敢有丝毫怠慢。直到她去世，外婆不知这样侍奉了多少年。

外婆一生共生养了十个子女，母亲是老大，前面九个都是女儿，一个舅舅只比我大六岁。在人们的传统思想里，总想生个男孩传宗接代，可谁会想到妇女所要经受的痛苦，所要付出的辛劳？外婆家和我们家就在同一个村子，一个村北头，一个村南头，一口气就跑到了。小时候，我最高兴的就是跟着母亲去外婆家，外婆家里人多，有那么多的姨妈还有舅舅可以带着我玩，自由自在。但对外婆和外公来说，在那个年代，要把那么一大家子人养活，生活的艰难可想而知。外公是村子里出了名的能干。那时，我最怕的就是到外婆家要随外公他们去地里干活。中午，烈日当空，地里一个人都没有，外公不说回家，谁也不敢回。晚上，天黑透了，实在看不见了，才能跟着大人回家。

几个姨里，二姨长得最好，应该是村里的"村花"了，可我那二姨父却比她大了很多并且腿还有残疾，走路一瘸一拐，应该是家庭条件较好吧。听说二姨当年哭过、闹过，可在外公的逼迫和外婆的哀求下，最终还是屈从了命运。而我们家，算是条件最好的，因为父亲有工作，有一份工资养活，旱涝保收。我想，母亲嫁给父亲的时候，外公外婆一定欣喜不已，想着母亲跟着父亲吃喝不愁了，可母亲和父亲一辈子却过得并不幸福。

裹着小脚的外婆几乎从没闲着，外婆家的前后门出去都是路，一天到晚门总是敞开着。即使家里没人，门也很少上锁。因为家里人多，一会儿这个出去了，一会儿那个回来了，有些乡邻也为了图方便，常会从她家的这头穿到那头，家里成了自由市场。但别人很自由，外婆却没有自由，整天在吵吵嚷嚷中围着锅台转。每次吃饭，外婆总是等一大家子人吃过后自己才吃，常常是只能吃上几口锅底的剩饭。

外婆一家，虽然家里人多，却都没文化，又老实巴交，在村里常常受人欺负。一次，我和母亲去外婆家，听到外婆讲过这样一件事，不知家里有什么困难问题需要村里解决，她找了好多次村干部，都未能解决。一天，外婆听说镇上领导来村里检查工作，村支书陪着领导在村头的饭馆里吃饭，她便一下子来了精神，跌跌撞撞地赶到那个餐馆。村支书他们一桌正吃喝得尽兴，一看外婆又来了，村支书慌忙放下酒杯，把外婆就往门外推拉，小声呵斥道："你这个老太太，怎么跑到这里来了，行了，赶快回去吧，明天给你解决。"说到这里，外婆满脸的自豪："他不给我解决，我就天天去找。"

平时外婆家的人很少，只有到逢年过节时，那些阿姨们才会拖家带口回到娘家。姨和姨父们、表弟表妹们，大人说笑、孩子打闹，那应该是外婆最幸福的时刻。可谁也不会想到，晚年的外婆生活越来越悲惨。一次她不慎在院子里跌倒，一条腿骨折了，躺在了床上。还好，母亲把她带到几十里外一个村子，在一位很有名气的骨科大夫的精心治疗下，她的病腿才奇迹般地好了。可外婆没有吸取教训，仍然一刻不愿闲着，不料又一次摔倒，彻底走不了路了。

不幸一个接着一个，我的两个才五十岁左右的姨突发重病相继去世，外婆的精神受到了很大的打击，整日以泪洗面，以至于一只眼睛也哭瞎了，而且眼里总是疼痛不已。母亲带外婆去了好几家医院，但病情丝毫不见好转。

那年夏天，我回老家探亲，去看望外婆。外婆坐在家门口的一个草垫上，她骨瘦如柴，满头银发，胡乱地蓬在头上，旁边放着一个破碗，里面是一点剩饭，苍蝇围着乱飞。外婆的一只眼睛已经睁不开了，一滴浑浊的泪水从眼眶中滚落。她拉着我的手问这问那，显得很高兴。但我仍然能从外婆的眉梢眼角看出她忍受的疼痛。我又能做什么呢，我只能安慰安慰她罢了。

我问外婆："哪儿疼？"她说："哪儿都不疼，就是闷得慌。"正说着，舅舅光着膀子骑着摩托车从外面一直骑进家门，在门口差一点就从外婆的病腿上碾过，外婆伤心地叹道："哎，你这个舅一点都不争气……"我把外婆扶到屋子里的床上，看到她裹得变了形的小脚，又黑又脏，脚指甲很长，便找了把剪刀给她剪脚指甲。临走时，外婆颤巍巍地拉着我的手，伤心地说："下次回来，外婆还能不能再见到你……"她硬是睁开了那只瞎眼，说着，眼里又流出一滴浑浊的泪水。我心里一阵悲凉，却笑着安慰她："外婆，您一定能活到一百岁的。"外婆苦笑了一声，随即便满脸悲戚："活那么一大把年纪干啥，让人烦……"我已经预感到这是和外婆的诀别。我掏出两张百元大钞，神情黯然地对外婆说："外婆，这是二百元钱，您留着慢慢花吧。"说着，就把钱装进她的衣袋。外婆一下子紧张起来，拉住我的手，哭着不停地说："外婆不要，外婆不要……"就要掏钱给我。我赶忙起身就走，外婆一只手想抓住我，没抓住，差点从床上摔下来……

离开了外婆家，我一下子觉得心里踏实了许多，就算再也见不到外婆，我也不觉得遗憾。尽管这二百元对我来说就是请朋友吃一顿饭，但对外婆来说，也许她这辈子还是第一次看见百元大钞。

没想到第二天一早，外婆便让舅舅用摩托车驮着她来到家里送我，提着一篮子煮熟的鸡蛋让我带着路上吃，并且还带着我给她的那二百元钱。母亲硬是把钱塞给外婆，外婆不停地念叨："我要这么多钱干什么，我要这么多钱干什么？"我知道外婆是不会花那钱的。

外婆的最后一年时光，是在几个姨家度过的。她们轮流着把外婆接到家里住一段时间。可后来，又都抱怨外婆太"野"，都希望她整天待在屋子里，过饭来张口、衣来伸手的日子，可外婆总嫌闷得慌，都瘫成那样了，还要在地上爬来爬去，从家里往外爬，想干点事，想找人说会儿话。于是，外婆便一而再再而三地从姨家房前屋后的台阶上摔倒下来，摔得越来越重。每家每个人都很忙，谁又能时时看着她，陪着她……没过多久，我就得知了外婆去世的噩耗。那天一早，我又给母亲打电话，等了好久，才接通，电话那头，母亲低泣着说："你外婆昨天老了……"老了？去世了？我一下子呆住了，虽然我早就知道会有这一天，但我的眼泪仍止不住地流了下来。我安慰母亲别太难过，母亲止住了哭泣，她说就是想到外婆辛苦了一辈子，却没能享上一天福，心中就难抑悲伤，说着又哭出了声。

外婆是从家门前的台阶上摔下去离世的，刚被一个姨妈送回家还不到一天时间。那天中午，她一个人孤独地坐在家门口，一屋子的人在打麻将。她口渴，沙哑着声音呼唤舅舅给她倒碗水，也许是舅舅没听见，也许是正忙着打麻将顾不上，谁想外婆便从门前高高的台阶上一头栽下来。等人们慌忙把外婆抬到床上，她已不省人事，过了许久，才吃力地睁开眼睛，只断断续续地说了一句话："我现在自由了。"随即便永远地闭上了双眼。

苦涩的西瓜

在我很小的时候，农村还实行农业合作社，记忆最深的便是每年生产队里都会种上大片大片的西瓜。

夏天里，远远望去，碧翠的瓜田里都是圆滚滚的大西瓜。可我们这些普通社员的孩子平时只有眼馋的份，只有等到卸瓜的时候才能吃上几大块西瓜。记得每到生产队卸瓜的时候，大人们都来到瓜地里，摘瓜的、抬瓜的、过秤的、装车的……这个时候瓜田里是最热闹的，喊叫声、欢笑声、吵闹声不绝于耳，那是生产队里最盛大的节日。而我们一群孩子是不能去地里的。我们在地头不远处玩闹，可目光却瞅着地里抬瓜的妈妈。看着妈妈们抬着一筐西瓜从地里出来，等着她们在地头偷偷地摔破一个，掰成几瓣向我们招手。每当这个时刻，我们便像鸟雀般呼啦一下飞过去，一人接过一瓣西瓜，又倏地消逝得无影无踪。

而生产队队长的小儿子胖胖却什么时候都可以在瓜地里尽情地吃瓜，总是把肚子吃得圆鼓鼓的。我们一群小伙伴对胖胖在队里受到的"优待"很是嫉妒和愤愤不平。我们几次商量要对胖胖下手，打他？吓他？甚至还想出了更恐怖的计划……可这些计划最后都没能实施。现在想来，多亏没有实施。

十岁那年，农村开始实行包产到户，我们家也分到了几亩田地。自己家的地里想种什么就种什么！我幸福地想着，"妈妈，我们也种西瓜！"我央求母亲。母亲笑着对我说："孩子，西瓜不是谁都能种的，种瓜要有很多技术，我们什么都不懂，种什么瓜呀。"刚分了土地，母亲鼓足了干劲要大干一场，首先要让我们吃饱肚子，哪能把那么金贵的土地拿来当试验田种西瓜。

在我十三岁那年，母亲终于答应在地里种上两亩西瓜。我终于盼到放暑假了，瓜地里已看不到一片空地，西瓜也长到了拳头大，花纹清晰可见。我高兴极了，催促母亲赶快给我和哥哥在瓜地里搭一个瓜棚。棚搭好了，我们兄弟俩便像脱笼的鸟儿卷起铺盖飞向瓜地里"看瓜"。

可母亲种瓜不是为了让我们兄弟俩在瓜地里享受快乐时光的，她也想着瓜蔓上多结些瓜，多卖些钱，供我们兄弟好好上学。

父亲一直在学校里教书，几乎不懂得怎样种地，母亲也没有什么种瓜经验，我们的瓜地里只是瓜蔓长得旺盛，西瓜却稀稀拉拉的，结得很少。不过，我们的邻地里也种着西瓜，他们家是种瓜能手。那位我们喊"狗子叔"的男人便常会到我们瓜地里来给我们指点指点，什么时候追肥，什么时候浇水，怎样防治病虫害……我们把希望寄托在他的身上，对他是十二分的信任。可感激渐渐地就变成了不满和愤怒！我们的瓜地好像成了他家的瓜地，他可以光明正大随随便便地在我们的瓜地里摘一个西瓜来吃。我和哥哥还发现地里的大西瓜接二连三地不翼而飞。我们觉得，肯定是在我们熟睡的时候被他偷摘了。不行，他偷我们的，我们也要偷他的！

那天中午，天气非常炎热，他们家的瓜棚里是两个比我们还小的小孩在看瓜。我们觉得机会来了，越想越生气，越说越激动，被愤怒冲昏了头脑的少年终于做出了最愚蠢的决定。哥哥说："我去！我去摘他们地里的瓜！"还没等我反应过来，他已跨过地垄摘了一个大西瓜，可他刚抱起西瓜，就听到传来一个小孩的喊声："偷瓜了！偷瓜了！"哥哥愣住了，抱着西瓜呆呆地站在那儿，我又惊又急，小声对他喊："快过来！快过来！"哥哥这才慌忙抱着西瓜跨过来，慌乱中，西瓜还摔落到地上，血红的瓜瓤溅了一地。完了，完了，我和哥哥躲进瓜棚里不知该怎么办。

不一会儿，那两个小孩就跑了过来，指着我们大喊："你们偷我家的西瓜了！"两个小孩有什么怕的？我壮着胆子也装腔作势地对他们喊："谁偷你们瓜了，再喊，看我打你！"

一个小孩飞快地往家跑去，喊他们家大人去了。

我和哥哥都知道，要大难临头了。可事已至此，后悔又有什么用呢。不多久，那个小孩便叫来了大人，哥哥挨了打……父母得知此事后，也狠狠地训了哥哥，但心里也气不过，找他们理论，也差点被他们殴打……那是我们最耻辱的往事，一生抹不去的耻辱。

从那以后，我们两家成了仇人。

看到人家瓜地里满地的西瓜，而我们的却只稀稀拉拉地挂着几个瓜蛋，这本来就很令母亲失落和郁闷。现在，我们又给她惹出了这样的事，母亲更是伤心不已，她几次都想把瓜蔓拔掉。可每当她抓起瓜蔓准备拔起时，又抚摸着那可怜的瓜蛋，叹口气。

盛夏的一天中午，我和哥哥正在瓜棚里睡觉，忽然一阵吵嚷声把我们惊醒。看到"仇人"的瓜地里有好多人，那个"狗"（从那以后，我便把那个仇人叫"狗"）像疯了一样操起锄头便在他家瓜地里一阵乱砸，我和哥哥都吓坏了！要不是地里几个人看到后赶忙阻拦，他似乎要把地里所有的西瓜都砸烂。一个个快成熟的西瓜被砸得稀烂，红红的瓜瓤暴晒在烈日下，瓜地里血红一片。这么好的西瓜就这样被破坏被浪费，真是太可惜了。可我的心里又觉得解气，有一种终于报仇雪恨的感觉。后来得知，他们一家人因为什么事争吵，那个"狗"便把愤怒发泄在了一个个"无辜"的西瓜身上。

七八月份正是西瓜成熟的季节，看着别人家的西瓜一车一车从瓜地里拉出去卖掉，我们一家人也心急如焚，盼着我们家的西瓜快快长大。那天中午，天气非常炎热，母亲在瓜地里摘了十几个西瓜，让我和哥哥用架子车拉到瓜地不远处的公路边去卖。第一次卖东西，我们兄弟俩格外高兴。

我们把西瓜整整齐齐地摆在路边，然后往瓜摊后面一坐，便睁着一双期盼的眼睛注视着来来往往的人流车流……

过了好一会儿，一位骑着自行车的中年男人放慢了车速，朝我们喊道："小伙子，西瓜咋卖？"哥哥赶忙说："一毛钱一斤。"看到那人犹豫了一下，我又忙说："叔叔，八分钱一斤吧？"哥哥瞪了我一眼，让我别乱说话。中年男人在瓜摊前停了下来，便开始挑瓜，挑好瓜，他对我们说："如果是生瓜，我可不要。"我立刻底气十足地说："一定是熟瓜！"我太想把这些瓜换成钱了，随即又补充道，"没有一个白籽！"没想到中年男子笑着问我："真的没有一个白籽吗？敢和我打赌吗？"我犹豫了一下，又看了看那个西瓜，确信是已经熟透的瓜，便说："我敢打赌！"中年男子看了看我，笑着说："好！如果没有白籽，我给双倍的钱；如果有白籽，我可就白吃了。"我忐忑不安地答应了。

瓜切开了，红瓤黑籽，的确是个诱人的西瓜。然而，还是有不少白籽在里面。吃完了瓜，中年男子看着我，笑着说："真是个好西瓜，我不会白吃的……孩子，要记住，每个成熟的西瓜里都有白籽。"

我记住了那句话。在以后的生活中，我的确没有发现一个没有白籽的西瓜。不仅是西瓜，在这个世界上，我几乎找不到一个没有瑕疵的东西。人生也是这样，再幸福的人生里也总会有一些细小的苦涩。可是，几个白籽并不影响西瓜的甜蜜，可生活中的那些细小的苦涩颗粒却可以发酵，甚至可以冲昏我们的头脑，让我们失去理智，做出悔恨终生的傻事。

龙龙和他的火龙果

　　天都快黑了，龙龙怎么还没有回家？石柱的心里开始焦躁不安，刚准备出门寻找，龙龙背着书包慢腾腾地走了回来，低着头，心事重重的样子。石柱忙问："为啥现在才回来？谁欺负你了？"龙龙是石柱快四十岁才有的儿子。儿子性格懦弱，石柱最怕的是他被人欺负。龙龙不敢看爸爸，低着头小声说："没人欺负我，今天，老师……放学晚了。"龙龙第一次向爸爸撒了谎。

　　"你把火龙果给老师了？"学校里从未这么晚放学过，石柱审视着龙龙，大声问道。

　　一听爸爸问他那个火龙果，龙龙的心里越发紧张起来，他的头垂得更下了，怯怯地说："我给……韩老师了。"

　　"真的给韩老师了？"看到龙龙吞吞吐吐的样子，石柱有点不相信。

　　这一问，龙龙知道骗不过爸爸，只好抹着眼泪从实招来："我、我把火龙果给乐乐了。"

　　啊！一听这话，石柱一下子火冒三丈。他怒视着儿子吼道："你去！去！给我要回来！"边吼边把龙龙向门外推去。龙龙惊恐地看着爸爸，吓得哭出了声。他想不到爸爸会为一个火龙果发这么大火。他边哭边慢慢向门外走去，越走哭的声音越大。大声吼过后，石柱也有些后悔，看龙龙走出好远，也跟着走过去。就这样，儿子和父亲，一前一后，渐渐地被黑夜吞噬……

一

龙龙是大山里的孩子，刚上小学一年级。他圆圆的脑袋、大大的眼睛，长得虎头虎脑。原本一个很讨人喜爱的孩子，可他鼻子下面总是挂着两行鼻涕，穿着要么大要么小的衣服，小脸和小手总是结着一层厚厚的垢甲（注：陕西关中方言），似乎从没有好好洗过。龙龙不爱说话，显得很自卑，他是一个没有妈妈的孩子。

妈妈是在龙龙三岁的时候离开家的，其实是逃离的，再也没有回来过。大家肯定也猜到了，是的，龙龙的妈妈家在很远的地方，她是被拐卖到山里来的。在这个偏僻的大山里，村子里的姑娘谁都盼着能出嫁到山外，更别说山外的姑娘，有谁愿意嫁到一个穷山沟里，一辈子与世隔绝呢？

在这个村子里，年轻人纷纷出去打工了。石柱十几岁的时候，他的爹妈就相继去世了，丢下他一个人孤苦伶仃，靠着吃百家饭，饥一顿饱一顿勉强长大，长得黑黑瘦瘦。长大后的石柱也跟着几个乡邻出外打工，可因为没什么文化，又木木讷讷，看起来又呆又傻，在城里处处碰壁，只待了一两年便又回到了山里。

石柱是三十多岁的时候才有了那个"媳妇"的。

那是一个初秋的傍晚，石柱背着一筐刚从核桃园里采收的核桃走进家门，一个五十来岁的胖女人不知从哪儿钻了出来，也跟进了门。

"大兄弟，你一个人过吗？"胖女人看着石柱，笑着问道。

"大婶，家里就我一个人，你找我有事吗？"石柱不认识这个女人，满脸疑惑地问。

胖女人笑里透着关切："还没娶媳妇吧？"

石柱虽然早已是大龄青年，可从来没有人给他介绍过对象。今天这位陌生的大婶这样"关心"地问他，一股暖流涌入他的心田，他腼腆地笑着说："还没呢。"

胖女人瞅着寒酸冷清的屋子，叹了口气："你看你一个人过的是啥日子呀，想不想找个媳妇？"石柱的眼里闪出一丝亮光，可随即又暗淡了下来："想呀，可谁会嫁给我呢。"在石柱的心里，已经准备打一辈子光棍了。

胖女人凑近石柱，神秘地笑道："我就住在山那边的村子里，是二十多年前从山外一个很远的地方嫁到这儿的。我娘家有一个侄女，一个水水灵灵的女孩子，她就想找一个老实本分的男人过日子。我打听到你人不错，就问到你这儿来了。"石柱苦笑了一声："我这种情况，人家会愿意找我？"胖女人笑着说："人家姑娘说了，她就喜欢我们这儿的山山水水，人只要老实本分就行了。"石柱将信将疑，心中却喜不自禁起来。可接着胖女人便收回了笑脸，换了一种语气对柱子说："只是我娘家那个大哥，就是我那侄女的老爹生了重病，家里急需要钱治病，她说只要谁能帮她父亲治病，她就愿意嫁给谁。你要是娶了人家女儿，可要想办法筹些钱为你那将来的老丈人治病呀。"柱子知道媳妇是不能白娶的，这个紧要关头正是他表现的时候，他马上表现得很是焦虑："老人得了什么病，我一定想办法为老人治病。"胖女人叮嘱石柱："那你赶快准备些钱吧，过一两天我就把姑娘给你带来。"说完，笑眯眯地走了。

家里哪有什么钱呀，大山里土地贫瘠又信息闭塞。石柱虽然也还勤快，在山坡上栽种了一片核桃园，可辛辛苦苦一年，也换不来几个钱，只能维持基本生活罢了。现在，终于可以有个媳妇了，这可是石柱梦寐以求的，这么好的事，无论如何都不能错过。石柱思来想去，他想到母亲走的时候给他留下了一个玉手镯，满身翠绿，晶莹剔透。母亲临终时流着泪叮嘱他，说那是她祖传的嫁妆，让他一定要保存好，不到万不得已千万不能拿出来。那个玉手镯一定是个宝物，值不少钱，这个时候不正可以用得上？石柱顾不了那么多了，开始茶饭不思地期盼着他的那个"媳妇"出现。

想着，盼着，几天后，那个胖女人真的领着一个二十岁左右的女子来到家里。看到她的那一刻，石柱的眼里闪出一道从没有过的亮光。虽然她穿得也很土气，一看就是个村姑，但她长得眉清目秀，一双大眼睛像会说话一样。石柱做梦也不会想到，他这个癞蛤蟆也能吃上天鹅肉！要在往常，石柱在路上遇到一个年轻的妇女，马上就会把头低下来，可今天，他知道这个女人属于自己，眼光便直直地瞄向她，看得女孩胆怯地低下了头。胖女人把石柱拉到一边，悄声问他："媳妇都给你带来了，她叫娟子，你的钱准备得怎样了？我还要赶回娘家把钱给我那个重病的大哥治病。"石柱忙把那个玉手镯拿出来，交给她。胖女人拿着手镯，仔仔细细地看了又看、摸了又摸，便装进衣袋，露出一丝不易察觉的笑，却又显出不情愿的表情对石柱说："钱不够我再找你要。"并特别叮咛，"人交给你了，你可要看好了。"这个"看"字她说得很重，然后走到娟子身边，对她说："我出去一下，你先在这儿等一会儿我。"便快步走了出去，一溜烟地消失了，留下了茫然不知所措的娟子一人。

等娟子猛然醒悟过来，刚准备逃出去时，石柱已死死地抱住了她，任她怎样哭喊也不放手。就这样，娟子被卖给了石柱做"媳妇"。娟子是去城里找工作时被那个胖女人骗来的。"难道要我在这个人生地不熟的山沟里和这我从没见过面、又丑又穷的男人过一辈子？"娟子越想越害怕，她哭过、闹过，甚至以死来威胁，可再抗争又有什么用呢。她曾寻找机会逃跑过几次，但都没能逃出大山。山太大了，每次都被抓了回来，被抓回来便是一顿打，一次比一次打得狠，一次比一次看管得严……后来便有了龙龙。石柱想，这下娟子应该安心和他过日子了吧。可娟子表面上似乎认命了，但逃离大山的愿望却始终在内心深处酝酿着，且与日俱增。她常常面对着山外的方向泪流满面，可她，连自己的家在哪个方向都不知道。

二

　　娟子本想带着龙龙一起逃出这里，但仔细想想，觉得这样风险太大。以前一个人逃离都没能成功，现在再带个孩子更是困难重重。思前想后，娟子决定还是等到龙龙稍大些，先把龙龙留在这里，自己一个人逃离。要知道，她做这个决定心里该多痛苦。哪个母亲不疼爱自己的孩子啊，可远方有她日思夜盼的家乡和亲人啊。她常常在夜里，躺在土炕上，搂着熟睡的孩子，想到家里找寻她找疯了的父母家人，她的心就这样被撕扯着、撕扯着，痛苦不堪……

　　在龙龙三岁的那年初春时节，娟子终于下定决心要离开这个家了。那天夜里，娟子辗转难眠，想着明天就要离开这个家，把龙龙一个人留在这里，她心如刀绞。能不能活着回到离开了几年的家里，她也心里没底，但她决定要做最后一次努力。夜里，她搂着龙龙，亲着他的小脸蛋，心里有千言万语要对龙龙说。可是龙龙睡得很香甜，他哪会想到，这是他能够享受到的最后一晚的母爱了。在山沟里第一遍鸡叫的时候，娟子听着石柱的阵阵鼾声悄然下了炕，匆忙地收拾了一下，便走出了家门，急匆匆地逃离了出去。天亮的时候，她已经翻过了几个山头，再走上几里路就可以到镇上，就可以坐车到县城，就可以坐上长途汽车向她的娘家飞驰而去。此刻，她已疲惫不堪，回过头，向山里那个"家"的方向望去，似乎听见她的龙龙哭喊着"妈妈"，她泪流满面，可又不敢再多停留一分一秒……

　　天快亮的时候，石柱被龙龙的哭喊声吵醒了，他喊了几声娟子，没有回应，这才发现娟子不见了。他猛然想到，娟子会不会又逃跑了？于是，赶忙抱起龙龙发疯似的到处寻找，但找遍了方圆一百里地的角角落落，也没有找到。石柱知道，这个媳妇怕是永远也不会回来了。人常说：儿是娘的心头肉，有哪个娘会忍心抛下她才刚学会走路的孩子离开？但石柱想不到，有了孩子，竟然还是没能拴住媳妇的心。

没有了媳妇，家便不像个家了。整日里石柱都是蓬头垢面，要么呼呼大睡，要么就是借酒浇愁。而最可怜的是龙龙，两三岁的孩子，正是在母爱的阳光下无忧无虑享受幸福童年的时候，妈妈却不见了。刚开始的那些天，龙龙也常会哭着喊妈妈，石柱便会吼道："喊什么喊，你妈妈不要你了！"有时烦了，甚至会一巴掌打在孩子稚嫩的脸上。后来，龙龙便再也不敢喊妈妈了，整日只是睁着一双惊恐的眼睛四处搜寻着妈妈。他想不明白，妈妈为什么会不要自己。从此，龙龙变得沉默寡言，家里只有父子二人。可有时父子俩一天也不会说上一句话，就算是吃饭时也是闷着头自己吃自己的，谁也不说话。

再大了一点，龙龙可以到处跑了，他多想和小伙伴们在一起玩耍呀，可那些小伙伴都不愿意和他玩。有时，那些小伙伴的妈妈还会当着龙龙的面教育她的孩子："你看龙龙多脏，你可不能那样，要不谁都不喜欢。"每当这个时候，小小年纪的龙龙便会伤心地哭泣，他要是也有妈妈该有多好啊。有几次，龙龙还听到小伙伴的妈妈训斥她们的孩子："再不听话，妈妈就不要你了！"龙龙便想，是不是因为他不听话气跑了妈妈？他想对妈妈说："妈妈，你回来吧，我一定做一个听话的好孩子。"可妈妈在哪儿呢？

别的孩子可以在妈妈怀里撒娇，龙龙在外受了委屈却不能向谁诉说；别的孩子晚上可以听着妈妈讲的故事香甜地睡去，龙龙却连在梦中也梦不到妈妈的身影，因为妈妈几乎没有给龙龙留下任何印记。

龙龙一天天地长大了，石柱也渐渐地接受了媳妇再不会回来，需要他一个人把龙龙养大成人这个无奈的现实。

转眼，龙龙就到了上学的年龄。那天，石柱带着龙龙来到了山村里的小学校。说是学校，其实只有二十几个学生，一名老师——韩老师。韩老师是个刚满二十岁的小姑娘，她是大学毕业后放弃了优越的工作条件自愿来到大山里的，当起了"孩子王"。石柱把龙龙交到韩老师手里，看着眼前这个洋溢着青春气息的姑娘，他似乎看到了龙龙的前途和希望，他请韩老师多在孩子身上费些心，然后一再叮嘱龙龙，要听韩老师的话，在学校里好好学习。从那天开始，龙龙每天早上来到学校，下午放学回到家里。因为孩子们住得很分散，山路崎岖，中午韩老师还要给孩子们做好饭，看着他们吃饱。虽然上学路途很远，还要翻过一个山头，可龙龙感到很快乐。

三

山里的孩子最向往的是山外的世界，对龙龙来说，能跟着爸爸到山外去那可是他最快乐的时光。因为出山不容易，石柱一两个月才出去一趟，每次出山他都会把龙龙带上。深秋的一个星期天，龙龙不用去学校，石柱又决定带儿子出一趟山。出山也不是出去游玩的，是要把山里的土特产挑到山外的集镇上去卖，再买一些生活必需品。现在核桃成熟了，今天是要出去卖核桃。一早起来，石柱便挑了担核桃带着龙龙出山了。

父子俩一前一后走在崎岖的山路上，各走各的路。石柱除了提醒龙龙走路小心，不要乱跑外，父子俩再也没说什么话。但他们心中都满怀着希望，石柱盘算着今天的核桃能卖个什么价钱，能卖多少钱；龙龙想着在山外可以看到很多人，卖各种东西，多得看都看不完，爸爸卖了核桃还会给他买些什么好吃的……父子俩走一会儿，休息片刻，不知不觉，几个小时过去了，终于来到了集镇上。山外的世界比山里面可繁华喧嚣了很多，街面上人来人往，好吃的好玩的东西也琳琅满目。石柱在路边找了一块空地放下担子，坐在一边等着人们来买核桃，而龙龙也乖巧地坐在一边，期盼着核桃快点卖完。今年的核桃丰收了，满街都是核桃，价格都压得很低，卖了大半天，两筐核桃才终于卖完了。石柱长舒了一口气，喊起都快睡着的龙龙。父子俩来到一个小饭馆里，石柱给龙龙要了一碗面条，而自己只要了一碗面汤，把带来的馒头泡在面汤里，凑合着吃。吃过饭，石柱带着龙龙在集镇上转，想买点生活用品，再给龙龙买点好吃的东西；他还想转转看看，看能否偶遇到他的媳妇娟子。当然，他也知道，那没有什么希望的。龙龙跟着爸爸转着看着，他也很听话，看着琳琅满目的好吃好玩的东西，却从不向爸爸要这要那。

当他们父子俩路过一个卖火龙果的摊位时，龙龙被样子奇特、像一簇火苗燃烧得红红的果子吸引住了。他好奇地看着、摸着，石柱知道，那叫火龙果，是一种南方生长的水果，因为价格很贵，他从没给龙龙买过。石柱催叫了龙龙几次，龙龙也不愿意离开。摊主是位和善的中年妇女，她看着眼前这个又黑又瘦却睁着一双明亮大眼睛的小男孩，顿生爱怜之情。

"小朋友，你叫什么名字？"中年妇女笑着问龙龙。

"我叫'龙龙'。"龙龙摸着火龙果回答。

中年妇女看石柱也没有买火龙果的意思，犹豫了片刻，便笑着说："好，小朋友，你叫'龙龙'，这个果子叫'火龙果'，来，阿姨送给你一个！"说着，便挑了一个小点的火龙果递给龙龙。

石柱感激地谢过妇女，带着龙龙离开了。走在回家的路上，龙龙双手抱着火龙果，一遍遍重复着这个奇怪的名字"火龙果"，高兴得手舞足蹈。石柱对龙龙说："你把火龙果先给爸爸，爸爸带回家再把皮剥开给你吃。"龙龙高兴地说："好。"石柱仔细地把火龙果放在筐子里，又在集市上转了一会儿，买好了东西，便带着龙龙向家走去。

四

石柱一直觉得亏欠孩子太多。父子俩一路往回走，石柱的脑海中也一路浮现着和龙龙相依相伴的辛酸画面。这些年，他也想多给龙龙一点父爱，好好抚养他长大成人，可他一个大男人，连自己也照顾不了，哪还能顾得上龙龙？孩子经常是饥一顿饱一顿，衣服脏了也没人洗，放上几天又给孩子穿上……

石柱的心里既难过又自责，自责过后又觉得这一切都是娟子造成的。娟子要是踏踏实实和他过日子，家里会是这种境况吗？在他的心里，"媳妇"是他买来的，就像他的私有财产一样，并且他也是"真心"对她的，好吃的东西总是留给她吃，可始终换不来她的心。石柱越想越气恼，想着想着，他又想到了韩老师。自从龙龙进了学校，他觉得孩子的话也多了起来，每天回到家都会给他讲起韩老师，说韩老师今天给他们教会了什么，给他们讲了什么故事。要是哪天韩老师在同学们面前夸赞了龙龙，或者抚摸了他的小脸蛋，孩子会高兴好几天……石柱又看了一眼那个火龙果，忽然他想，要是把这个火龙果送给韩老师，韩老师一定会更加关心照顾龙龙的，想到这里，他便在脑海中开始艰难地选择——是把火龙果给孩子吃还是送给韩老师？

傍晚时分，石柱终于带着龙龙赶回了家。他把儿子叫到跟前，郑重地双手捧起火龙果，像捧着一个神奇的宝贝。

龙龙以为爸爸会给他吃这个火龙果，满眼期待地瞅着火龙果，口水都快流了下来。可爸爸却对他说："龙龙，爸爸知道你想吃这个火龙果，等爸爸有了钱，一定给你买好多火龙果，让你吃个够……"龙龙疑惑地望着爸爸，不知爸爸想要说什么。

石柱把话题引向了韩老师，他问龙龙："你喜欢韩老师吗？韩老师对你好不好？"

龙龙的眼里闪着亮光，拍着小手说："喜欢，韩老师好！"

石柱便对龙龙说："那把你这个火龙果给韩老师好吧？韩老师一定会对你更好的！"龙龙的眼睛盯着爸爸手里那个令他垂涎欲滴的火龙果，没有多想，就点了点头，说："好，我们把火龙果给韩老师！"

那天晚上，龙龙抱着火龙果在被窝里做了一晚甜蜜的梦。

五

第二天一早，石柱仔细地把火龙果包好，装进龙龙的书包，叮嘱他一到学校就送给老师，龙龙高高兴兴地答应着上学去了。

龙龙走在上学的路上，不时把手伸进书包里，摸一摸他的火龙果。快到学校的时候，龙龙看到了在路上边走边玩的乐乐。乐乐家离他家不远，他一直想和乐乐成为好朋友，可乐乐却不喜欢他，从不愿意和他玩，上学放学乐乐都不愿和龙龙走在一起，嫌他脏。在学校里，龙龙没有一个好朋友，同学们都嫌他脏。龙龙的确很脏，脸脏、手脏、衣服也脏。没妈的孩子能干净嘛。龙龙多想有一个好朋友啊，他悄悄地追上乐乐，喊了声"乐乐"。

乐乐扭过头来，一看是龙龙，立刻厌恶地问："干什么？"

龙龙又把手伸进书包里，摸了摸那个火龙果，然后神秘地说："我有一个'火龙果'。"

乐乐也没听过"火龙果"，便问龙龙："什么'火龙果'？"

龙龙犹豫了好一会儿，才慢腾腾地从书包里掏出火龙果，小心翼翼地打开包裹，炫耀似的让乐乐看。

"这就是'火龙果'？给我的吗？"乐乐惊喜地问。

龙龙开始后悔不该把火龙果拿出来让乐乐看，他刚想把手缩回来，乐乐已经从他手里抢过了火龙果，高兴地对龙龙说："谢谢你，龙龙，以后我们就是好朋友了！"

听到乐乐说出这句他期盼已久的话，龙龙却一点也高兴不起来。他无可奈何地看着火龙果被乐乐装进了书包。爸爸是让他给老师带的，回去怎么给爸爸说呀？龙龙难过极了，他想向乐乐要回火龙果，可"给"出去的东西能要回吗？他越想越伤心，眼泪在眼眶里打转。可没多久，两个孩子便高兴地玩在了一起。

那天晚上，龙龙被爸爸喊回家，躺在被窝里还在不停地抽泣。第二天早上起床后，他背上书包准备上学，石柱依然冷冰冰地对儿子说："去学校把火龙果要回来。"他也知道要也是白要，乐乐早就吃到肚子里了。

龙龙一进校门，韩老师就注意到了他低落的情绪，只是觉得孩子一直内向，也就没放在心上。可一早上，龙龙都是闷闷不乐的样子，韩老师觉得孩子一定有什么心事，便把他叫到身边。她爱怜地抚摸着龙龙的脸蛋，问他有什么不开心的事？龙龙难为情地把那个火龙果的事说给老师听，说着说着小脸蛋上已挂上了两行泪水。韩老师怜爱地轻轻用手为龙龙擦去泪水，安慰他说："好孩子，不要难过了，老师谢谢你。"想了想又对孩子说，"下午放学后老师和你一块回家。"

"啊！韩老师要到我家里去吗？"龙龙睁大眼睛看着韩老师，眼里闪着惊喜的光芒。

六

终于放学了，韩老师对龙龙说："你等一下老师，我们一块回家。"看到老师真的要去他家里，龙龙高兴极了。他等在校门口，看着同学们一个一个走出校门，回家去了。韩老师换了一身漂亮的衣服走了出来，走到校门口，拉起龙龙的手，笑着说："走吧，我们回家吧。"

走在回家的路上，龙龙依偎在韩老师身边，幸福得像依偎在妈妈身边……

离家越来越近了，龙龙却越来越紧张不安，家里那个样子，能让韩老师看吗？在龙龙的心里，除了吃饭和睡觉要回家，其他时间他就再也不想回家了。快到家门口的时候，龙龙对韩老师说，他回家给爸爸说一下。说着，一溜烟跑回了家里，看到爸爸，上气不接下气地说："爸爸，韩老师到家里来了！"石柱吃了一惊，开始手忙脚乱地收拾屋子。忙乱中，韩老师就进门了。石柱一看到韩老师来到家里，惊喜不已，一时又不知道该说什么。

韩老师是第一次走进龙龙家，贫困是大山里每家每户的共同特征，但龙龙家是既贫穷又脏乱，那一幕幕场景还是深深地震撼了她：屋子里简直可以说是家徒四壁，一张破床，一床破被，还有那黑乎乎的锅碗瓢盆，便是这个家庭的全部家当。正在石柱窘迫难堪的时候，韩老师从她的包里掏出一个火龙果，郑重地递给龙龙。看着这个熟悉得不能再熟悉的火龙果，石柱和龙龙满脸的疑惑不解，这个火龙果怎么又到韩老师手里了？韩老师笑着对龙龙说："你看看，是不是你的那个火龙果？"龙龙看着摸着火龙果，欣喜不已，不停地喊："就是我的火龙果！就是我的火龙果！"

原来，乐乐把那个火龙果带回了家，他的妈妈又让他把它带给了韩老师。

看着龙龙和他爸爸过的日子，韩老师一阵辛酸。忽然，在家里一面最干净的墙壁上，韩老师发现了一幅龙龙用粉笔画的画，仔细一看，画的是一个长头发的女人，旁边写着"韩老师"。韩老师鼻子一酸，她把龙龙搂进怀里，哽咽着说："龙龙，老师也当你的姐姐好吗？"那一刻，龙龙幸福地点了点头，小声喊了声"姐姐"。

韩老师又把目光转向了石柱，对他说："大叔，龙龙已经把一切都告诉了我，感谢您的一片心意。也请大叔放心，我会尽可能地多给龙龙一些关爱的，我也要让我们山里的孩子学好知识，将来把我们的大山建设得越来越美好！"石柱的心里一下子亮堂了很多，充满了对美好生活的向往。

寻 亲

一

今天就是启程的日子了。天还没亮，赵渭青就披衣坐在床头，点燃一支烟，边吸边把这次行程又在脑海中思考计划了一番。他心里装着事，一晚上已醒来了好几次。而他的妻子起得更早，不知什么时候就在厨房里忙活了起来，天刚有了一丝亮光，一桌子丰盛的饭菜已经端上了桌。在很多农村，人们还没有吃早饭的习惯，这么隆重的早饭，肯定不同寻常。这次，他是要出远门，要穿越大半个中国的远门，他的心里既兴奋又紧张。

吃过早饭，赵渭青又把他那辆轿车的车况仔仔细细地检查了一遍，心里才踏实了许多。太阳刚冒头的时候，本家的老老少少也陆陆续续赶到了家里为他送行。平日里大家你过你的日子，他过他的生活，今天大家一下子聚在一起，忽然就觉得原来竟是这么亲热的一大家人。每个人手里都大包小包地提着各种家乡土特产，准备让渭青捎带给远方的亲人。太阳一竿子高的时候，渭青的轿车便在众人"一路平安"的祝福声中驶出了村庄。赵渭青此次远行是要去几千公里外的关中平原寻找已阻隔了几代的亲人。他满含期待，但又没抱多大希望。

故事还要从一百多年前说起：

"咚咚咚……"一个深秋的夜晚，在新疆天山脚下的一个小牧村里，突然传来一阵敲门声，声音急促而又粗犷。过了好一会儿，牧民才战战兢兢地打开门，门外"叮叮当当"的，原来来了一支马队，他们都骑着高头大马，打着火把。一看这阵势，牧民以为遇到了强盗，惊吓得双腿发软，差点瘫倒在地。这时领头的一位大汉跳下马来，走上前来，对主人拱手道，他们是途经此地的商人，因为长途行进，他们中的一个人身体非常虚弱，急需休养，想让他留在这里，边说边让众人扶着一名年轻的男子进了屋。

好心的牧民赶快和众人把男子安顿好，烧了一壶奶茶让大家暖暖身子，大汉这才给牧民讲起了这个年轻人的来历：

几个月前，他们商队从内陆返回新疆，途中遇到了一个倒在路边蓬头垢面的流浪汉。一行人赶忙下马，给这个流浪汉喂了几口水和干粮，他才清醒了些。一问，原来还是个二十岁刚出头的孩子。小伙子说他姓赵，是离开家乡陕西关中平原出外谋生的，一路向西，走进了茫茫戈壁，已有几天都没吃没喝了。看着这个已奄奄一息的孩子，商客们想，如果不带上他，他只有死路一条，便把他扶上了马。小伙子问他们要去哪里，商客们说去新疆。啊！新疆，那是多么遥远的地方啊！可他又能去哪里呢？只好被他们带着一路往西，越行越遥远，越行越荒凉……大汉说他本想也把这个小伙子培养成一个商人，可现在他成了这样，无法再一同前行了。

第二天一早，商客一行人告别牧民，继续赶路，而把这名赵姓小伙子留在了牧民家。

经过牧民一家一段时间的精心调理照料，小伙子的身体逐渐恢复了。他头脑灵活又能吃苦耐劳，凭借着勤劳的双手开垦出了一块块荒地，种粮食，种棉花，种瓜果蔬菜，过起了丰衣足食的生活。几年后，他娶了当地一位聪慧的姑娘成了家生了孩子。一年又一年过去，日子过得安稳幸福。可再幸福他也忘不了自己的故乡啊，每当夜深人静，他便想起他的哥哥——那个老家里唯一的亲人。他想起父母的坟头荒草萋萋，又想起故乡的山山水水、一草一木，想着想着便泪流满面……在他的心头，始终想着要回他的陕西老家看看。可回家谈何容易？故乡离他那么遥远，一座座山、一条条河，还有无边的戈壁荒漠阻隔着，哪能说回就回呢。几次，他都下定决心回趟老家，可每次都被家人极力劝阻。刚开始是妻子劝阻他，说他来这里经历了那么长的时间，遭受了那么多的苦难，还差点把命搭上！如今再回去，又不知还会遇到什么艰难险阻。后来，儿女们大了，也开始劝阻他，说他都这么大年纪了，该享清福了，还要那么遭罪地回老家干什么？可他还是思乡心切，最后一次，决定瞒着家人回老家。

他备好一大袋干馕和一大壶饮水，在一个初春的清晨，趁着家人还在熟睡，便牵着家里的那头小毛驴悄然出了门。他想，只要出了门，谁也阻挡不了。在茫茫的戈壁，他一边努力回忆着来新疆时曾走过的路，一边在温顺的小毛驴的陪伴下，艰难地前行。然而，不幸还是发生了，几天后，一场沙尘暴铺天盖地席卷而来，他和他的小毛驴都躺倒在地上，他抱着小毛驴的头……当一队人马终于寻到他时，他的眼睛里、嘴巴里、耳朵里、鼻子里都灌满了沙子，已经奄奄一息了……

他只能在对故乡和兄长的无尽思念中一天天老去。临终前，他对儿孙们再三叮嘱："你们一定要回我们的故乡陕西看看，实现我的未了心愿。"

二

转眼，一百多年过去了，如今，当年那个小伙子的后代已发展成为几十口人的一大家子，赵渭青，便是他众多玄孙中的一位。一百多年来，他们祖祖辈辈虽都没有回过陕西老家，但在心里都铭记着自己的故乡在陕西。这些年，日子越过越好，交通日益便捷，终于，他们决定要回老家寻找亲人。他们一致推选赵渭青代表全家先行出发，连接起这条亲情的纽带。赵渭青是他们家族中见过大世面、头脑最灵活的一个人。他在镇上开办了一家民营企业，资产上千万！这些年，他也曾想过去陕西寻亲，可因为当年的祖太爷一口陕西方言，又不识字，于是，老家的详细地址便在后辈们一代代的口口相传中逐渐变了样，到最后，就只能确定是在关中平原上的"渭水"县。可那么大的一个县，几十上百个村子，去哪里找？还好，这位祖太爷又给后辈们留下了一张手绘的村子的地图。尽管这张地图上没写一个字，但详细地描画出了村子里的大道小巷、村容村貌以及村子周边的一些山水地貌特征，特别是把自己家里的房屋形状，门前院后都细致地描画了出来，尤其是在后院，画了一棵高大的树。祖辈们相传，那是一棵枣树。赵渭青还听爷爷讲过，祖太爷当年在家乡还有过一段当"刀客"头领的传奇经历！

刀客会是旧社会关中地区底层人民中特有的一种侠义组织。其成员通常携带一种临潼关山镇制造的"关山刀子"，这种刀子形状特别，极为锋利，人们把这些人称为"刀客"。这些刀客成员大多是贫苦农民、城市失业者和游民，没有固定的组织形式与严密的纪律，分散在陕西潼关以西、西安以东沿渭河两岸活动，他们身上都有一种反抗反动统治阶级的精神，在黑暗的旧社会，抱打不平，拔刀相助。当年的祖太爷，提着一把"关山刀子"，带领着几十名"刀客"兄弟，除暴安良，威震四方！可现在早已进入了安定祥和的新时代，旧社会的那些刀光剑影已化作历史云烟。靠这些能寻到亲人？赵渭青的心里一点底也没有，寻亲的事就一直放着。可放在心里总觉得心头悬着个事，有时竟折磨得他吃饭不香、睡觉不好。这些年祖国各地的面貌都发生了很大的变化，渭青想，再不寻亲，怕那点仅有的信息也消失殆尽，永远就找不到亲人了；再说，现在交通这么方便，大家都出国旅游呢，在自己的国家找个亲人有啥犹豫来犹豫去的。

赵渭青下定决心，去一趟陕西，代表他们赵家的老老小小，寻找血脉相连的亲人。他本打算坐飞机去，可又一想，坐飞机在天上飞两三个小时虽然快，可飞机飞在天上，地上什么也看不到，他想真真切切地看一看当年祖太爷走过的山山水水、所经历的曲折艰辛……于是决定还是自己驾车去。

赵渭青写了一份寻亲启事，把那张祖传的地图附在上面，复印了厚厚一沓，又买了一本详细的公路行车地图，出发了。

一路向东。出新疆，穿甘肃，进陕西，戈壁荒漠、雪山峻岭、如画绿洲、一马平川，他真真切切地感受到了祖国西部的神奇与壮美！当然路上也经历了数不尽的艰难险阻，但每当遇到困难时，他就会想象到当年祖太爷离家时所经受的艰辛，心想现在这点困难又算得了什么？

三

第三天的傍晚，赵渭青的车终于开进了渭水城。虽然这只是一个小县城，却也繁华时尚，商铺林立、霓虹闪烁，大街上人流如织，好不热闹。渭青先找了家饭馆好好吃了一碗臊子面再加一个肉夹馍，吃饱喝足，才又赶忙找了家宾馆住下。一切安顿好，他又顾不上一路的劳顿，决定趁着夜色在县城的大街小巷张贴"寻亲启事"。他想县城里毕竟人多嘴杂，肯定会有人给他提供线索。第一次干这样的事，渭青觉得很是难为情，像做贼一样，他尽量找人少的地方贴，但他的举动还是吸引来了几位行人。

路灯下，他正在一根电线杆上张贴着启事，就感到身后围拢来几个人。他不敢看他们，只想着赶快贴好，逃离这里。

"小伙子，贴的啥？"一位老者突然发问。

"一张'寻亲启事'。"渭青小声回答。

"寻什么亲人？"老者关切地问。

渭青不安的心情这才平复了下来，他转过身来，面对着老者和围观的人，讲起了这次寻亲的由来。

传奇故事讲完了，忽然有人对他说："那你去登报寻亲呀，报纸上一宣传，人都知道了，就好找多了。"众人也附和着。其实，渭青也有登报的念头，众人这样一说，更坚定了他的信心。

赵渭青的寻亲启事很快在《渭水报》头版刊发，在全县引起波澜，越来越多的人开始关注起这件事来，也相继有人给他打来电话，给他提供寻亲的线索，或者直接告诉他所要找的村庄的名字。赵渭青详细地询问着一些细节，一一记下这些信息，然后马不停蹄，一一实地察看、调查了解。谁知，他风尘仆仆地跑了几天，询问了上百号人，依然一无所获。他寻亲的热情在一天天下降，甚至后悔这次的寻亲之旅。几天后的一个午后，赵渭青又按照一位老乡提供的线索来到了渭北平原上一个叫"柳园"的村庄。站在村口，环顾四周，他猛然发现这里和村图上的描画还真有几分相像：远处，是起伏的山丘，那起伏的形态几乎和图中的画面一模一样；眼前，一条小溪从村旁流过，这不正是祖太爷在村图上画的那条蜿蜒的曲线！他赶忙找到村委会寻求帮助，一位敦实的中年汉子接待了他，他便是村主任。

听赵渭青说明来意，这位村主任赶忙找来了几位上了岁数的老人，一同来解读这张村子的地图。几位老人围坐在桌前，一边审视着村子的地图，一边在脑海中搜寻回忆着村子过去的模样。可因为年代太过久远，村子里房屋拆拆建建，道路修葺更迭，老人们对村子曾经的模样早已记忆模糊，也只能通过村子周边的一些大的环境判断应该就是这里。

"那就是这里了！"村主任大腿一拍，说村子里正好有一户赵家，老老少少也有几十号人了。赵渭青心想，这户赵家应该就是他要找的亲戚，八九不离十了，忙让村主任带他去找。

赵七叔在赵家年纪最长又德高望重，村主任想，他老人家应该对家族的历史了解最多，两人便风风火火地直奔赵七叔家。一进院门，看到赵七叔正坐个小板凳在院中晒太阳，村主任便大声报喜：

"七叔，你有个亲人从新疆回家认亲来了！"

看赵七叔没反应过来，又重复了一遍。听到说有个亲人从新疆回来认亲，赵七叔一下子便愣住了，他慢腾腾地站起身，疑惑地问：

"你说……我们有个亲人？在新疆？"

"已经一百多年前的事了，大概七叔你也不知道吧。"

赵七叔越发糊涂了，刚想细细地问个究竟，赵渭青进了院门，他望着赵七叔，赵七叔也睁大了眼睛望着他，两个人就这么尴尬地互望着，不知该说什么好。这时，回娘家看望父亲，正在厨房做饭的七叔的大女儿翠英听见了村主任的话，在屋子里便大嗓门笑着说："主任，你说我们有新疆的亲人？我怎么没听说过！该不会是骗子吧，现在什么骗子都有！"她边说边往院中走，走进院子，真看到村主任带着一个陌生的男人，忙用手捂住嘴巴，感到自己的话说得太冒失。

赵渭青站在那里，听到这句话，心中也有了一丝不快，心想："我几千里地回来寻亲，你们不知道新疆有个亲人也就罢了，却把我当成了骗子！"

"人家从那么远的新疆回来认亲，怎么能是骗子呢？再说你们家有多少钱好骗的！"村主任一边生气地责怪翠英，一边给渭青赔着笑脸："这个女娃不懂事，别生气。"

翠英羞愧地低下了头，是呀，村子里那么多有钱人，自己家有什么好骗的。母亲在她很小的时候就离世了，留下了父亲和一大堆孩子——她和几个妹妹加上一个最小的弟弟。父亲既当爹又当妈，千辛万苦地把她们姊妹抚养成人，她们相继出嫁，如今，家里就剩下父亲和她那个最小的弟弟赵宝。赵宝是七叔四十多岁时才有的孩子，因在家里排行最小，从小便被娇生惯养，快三十岁的人了还游手好闲，整天无所事事，不着家，谈了几个对象都没谈几天，人家女孩就发现他原来是个好吃懒做的家伙，不愿意再继续交往下去。

赵七叔忙迎上去拉住赵渭青的手，问："你是从新疆回来的吧？快进屋，快进屋！"此刻，渭青的眼泪哗地一下流了出来，一路的艰辛终于到家，终于见到了亲人，激动得说不出话来。这时，一旁的村主任对七叔说："他叫渭青。"又对赵渭青说："刚见面，还不知道怎样称呼，你就先叫'七叔'吧，到屋子里你们再把关系好好捋一捋。"赵渭青便喊了声"七叔"，一同走进了屋子。

四

"七叔家来了个新疆的亲人！"这个消息像长了翅膀似的不一会儿便飞到了赵家老老少少的耳朵里，"我们家族还有个新疆的亲戚？"这是他们每个人听到这个消息的第一反应。他们中还没有一个人去过新疆，这突然冒出一个新疆的亲戚来，让他们大感意外！他们纷纷来到七叔家，想看看这位新疆的"亲人"到底长什么样，左邻右舍也纷纷跑来看热闹。一下子，狭小的屋子里挤得水泄不通！屋子外面，一群毛孩子围着赵渭青的小轿车叽叽喳喳，几个胆大的还想着怎样爬进车里。那些年，虽然人们的日子过得一天比一天好，但小轿车在农村还是个稀罕物，难怪孩子们都没见过。一屋子的人，对于赵渭青来寻亲这件事，都表现得很是惊奇，他们谁也不会想到，在新疆，还有他们一大家子亲人！一屋子的人围着赵渭青说笑喧闹，问这问那，但赵渭青的心里却感到了一丝丝的悲凉，也隐隐对这一家亲人产生了一点怀疑。

那天晚上，七叔把渭青叫到他的炕头，他要和渭青细细叙叙过去的一切。

"我的爷爷和奶奶都去世得早，我父亲在九岁的时候就成了孤儿，他对过去的一切也都记不清楚，更没给我讲过过去的事情。"七叔先这样开了腔，他怕渭青在心里埋怨：虽然都过去了几代人，可他们在新疆一直记得老家有亲人，可老家的人却都忘记了新疆的亲人？

"我爷爷的爷爷是上个世纪初的那一年离开家乡的，当时的清政府腐败无能，加上又连年天灾，关中各地兵荒马乱、民不聊生，我那祖太爷的父亲和母亲都因贫穷生病而死，家里就剩下他和哥哥兄弟俩，他当时只有十八岁，哥哥也就二十岁刚出头。"赵渭青便给七叔讲起了他的祖太爷的故事，他像是经历过这一切一样，话语里透出一种凄凉。

听到这里，赵七叔便掐指算来："这样说来，家里的哥哥应该就是我的爷爷。"赵渭青想了想，惊喜地说："啊，那我应该叫您'七爷'。"关系一捋清，亲情一下子便拉近了许多，渭青往七叔身边靠了靠，继续讲道，"兄弟俩家徒四壁，地里的庄稼也因天灾几乎颗粒无收，日子过得很是清贫，整天就靠吃野菜充饥。眼看着这样下去只能饿死，怎么办？那年初春，我的祖太爷便对哥哥说，他要出去参加'刀客会'。一听说弟弟要做刀客，哥哥坚决不同意，说就是饿死也不能去做刀客，整天砍砍杀杀提心吊胆过活。然而我的祖太爷做刀客的决心已定，一天清晨，他没有向哥哥道别便悄然提了一把'关山刀子'投奔当地的一个刀客会去了。"

"到了刀客会，拜见了头领，可头领却嫌他身体太单薄，不愿意收留。于是，十八岁的祖太爷便抽出身上的刀子，朝着自己的大腿狠戳一刀，顿时鲜血直流……头领一看，这个小伙子虽然瘦小，可身上却有一股子狠劲，收了！祖太爷终于成了一名刀客。"

赵七叔在小时候也常听村里的老辈们讲刀客的故事，对刀客很是崇拜，现在听说他的二爷也是一名刀客，一种荣耀感便在心中升腾起来。

渭青继续讲着，"那时，祖太爷虽然年纪小，但却不畏强暴，侠义冲天，很快便做了刀客的头领。他们四处活动，威震四方。后来他们还加入了民军，每次打仗前先喝酒，冲锋时脱得只剩下大裤衩，精脚片，剃掉长辫子的光头泛着青光，犹如矫健的猎犬，异常勇猛。"

"可不料，他们的刀客会遭到地方当局的精锐马队数次围攻，死伤惨重，无奈之下，祖太爷便带领着十余名刀客避走甘肃，他把这些兄弟一个个妥善安顿在了沿途的乡亲们家里，便一个人一路流浪乞讨，后来竟随着一列商队穿越茫茫戈壁沙漠来到天山脚下一个小牧村里落了脚……"

七叔仔细地听着渭青的讲述，也心潮澎湃、思绪万千，他想不到他的二爷还有着这样一番慷慨悲壮的人生经历！可又转念一想，这么英勇无畏的人物，为什么却从没有一个人给他提起呢？就算爷爷去世早，村里也应该有老辈人知道一点这段往事。正想着，赵渭青便打开了祖太爷描画的那张村子的地图，放在七叔眼前。七叔戴上老花镜，在灯下仔仔细细地端详着这张早已泛黄、线条也已模糊不清的村图，脑海中努力搜索回忆着童年对家园、村庄及其周边环境的零星记忆。七叔凝视着村图，渭青审视着他的脸，希望从他的脸上捕捉到一点异样的信息，可七叔除了苦苦思索，什么表情也没有。渭青挪了挪身子，坐在了七叔身旁，他努力回忆着父亲和爷爷讲给他的关于这张图上隐藏着的点点滴滴故事，一边回忆，一边指着图讲给七叔，讲祖太爷小时候喜欢游泳，门前就有个小池塘，可七叔也只是木然地回应一下。因为在他的记忆里，门前从没有过什么池塘；讲老屋的前院有一棵枣树，结得枣儿又大又甜，可在他的记忆里，屋子前院后院从没有过一棵枣树……

赵渭青仍在滔滔不绝地讲着，讲着这些年他们过的幸福生活，讲着他们想回故乡看看的热切期盼。赵七叔仔细地听着听着，尴尬得不知该说什么才好，但他心中的疑惑却越来越多。夜已经很深了，赵渭青看到七叔开始犯困了，便说："七叔，你睡吧。"

"你也累了，睡吧。"七叔应道，话音刚落，渭青便倒头而睡，一会儿便传来了雷鸣般的鼾声。赵七叔睡不着了，他躺在那，越想越觉得不对劲……

可即使心存疑虑，赵七叔仍把赵渭青当亲侄孙看待，不顾年老体衰，每天陪着他走亲串户。

五

转眼，几天就过去了，赵渭青把该走的亲戚都走了一遍，又要准备返回新疆了。他对七叔说，现在他已回来认了亲，以后，他会和新疆的一大家亲戚常回家来看看的，也盼望七叔和老家的亲人们去新疆，看看美丽的新疆。可赵七叔的心里却像压着一块石头，渭青从那么远的新疆回来，怎么能就这样糊里糊涂地和他认了亲？他思来想去，便托人把他的儿子赵宝喊回家里。

赵宝听说家里来了一位新疆的大款亲戚，可是高兴坏了，他骑着摩托车兴冲冲地赶回了家。一进家门，看到老爹正和一位陌生男子看电视，赵宝想，这个人肯定就是那位新疆来的亲戚了，可当赵宝和赵渭青四目相对的那一刻，两个人都愣住了。原来，可真是巧，几天前，赵渭青刚来的时候，曾在路上遇到过赵宝，还向他问过路，可谁知，赵宝一看是个开小轿车的，有着"仇富"心理的他当时故意说了相反的方向，害得赵渭青枉跑了不少路。赵宝懊悔不已又羞愧难当，他红着脸尴尬地问候赵渭青："大哥"，刚想解释，这时七叔对赵渭青介绍道："渭青，这是我的儿子赵宝。"赵渭青站起身，大方地伸出手来，笑着说："原来是小叔呀。"七叔忙摆摆手，说："他还没你年龄大，就叫他赵宝吧。"

三个人边看电视边聊着天，聊着聊着便聊到赵宝身上。一提起这个儿子，七叔便是摇头叹息，数落他不争气！赵宝却不乐意了："那你让我干啥？家里那几亩地有啥种的？"赵渭青沉思了片刻，便试探着问："那你想不想去新疆，跟着我干？"并说这些年新疆变化很大，城市里，一栋栋楼房拔地而起；乡村里，现代化的农业生机盎然，再说，现在交通事业也发展迅速，新疆再也不是内陆人眼中那个荒凉遥远的地方了！对于早就厌倦了家乡生活的赵宝来说，这可是个天大的喜讯，他早就想到外面去闯荡了，他兴奋地一下子从凳子上蹦起来，满口答应。

赵宝正在憧憬着他的美好未来，七叔却趁机把儿子叫出屋子，小声对他说："宝儿呀，我总觉得我们不是渭青的亲人。"接着便把赵渭青来认亲的前前后后讲给赵宝听，说他们的祖上曾当过"刀客"，想让儿子去转转看看，问问周围村子有没有了解这段往事的老人，还说他看到渭青带的那张村子的地图上，老屋的院中有一棵枣树，看看有没有谁家院里长着一棵很老很老的枣树。赵宝一听，便笑起老爹的迂腐来，说都过了一百多年了，那些陈芝麻烂谷子的事谁还能说清楚？一百年，人们把山都能削平，能把大江大河给它堵截，一棵枣树，还能活到现在？就算我们不是他要找的亲人，但五百年前大家都是一家，认个有钱的亲戚有什么不好？还说他找不到对象就是因为家里太穷！赵七叔生气地说："就算沧海桑田，亲情也不能改变！时隔这么多年，人家又这么老远地跑来认亲，我们怎么能糊弄人家呢。要是他的亲人真不是我们，那他那一大家子真正的亲人一定也在盼望着亲人相认的那一刻……"

六

听了父亲这一番话，赵宝便嬉笑着满口答应："行，行，我这就去找。"赵宝便又骑上摩托车出发了，他在心中暗笑："我才不问呢！"他也根本没想到会找到那棵枣树，只是想借着父亲交代他的任务又出去游逛罢了。而这次游逛，赵宝的心情显得格外高兴，更感到心安理得，似乎还有一种使命在身。初春时节，明媚的阳光，和煦的春风，骑上摩托车风驰电掣，那种感觉真是快活极了！赵宝骑着摩托车一个接着一个村子地乱窜，他的目标只希望能看到哪家漂亮的姑娘。他心想："如今攀上了一位有钱的亲戚，还怕你们看不上我？现在哪有你们挑我的份儿！"想着想着，赵宝的心里便乐开了花，做起了他的白日梦来。

不知在一个又一个村子里游荡了多久，太阳快落山的时候，在一个村巷里，赵宝忽然看到一户破败不堪的房屋院落：两边都是高大的青砖二层小楼，夹得它深陷在一个大坑里，低矮的土墙瓦房，摇摇欲坠的样子，和村子里一排排整齐洋气的房屋建筑很不协调，房屋的前院有一棵高大的枣树，树和屋的比例也很不协调。别的树这个时候都已是满树的绿叶，而这棵枣树却还是光秃秃黑黢黢的枝干。这幅凄凉的景象和这个生机盎然的春天形成了强烈的反差，特别是枣树上那一支支枝桠伸向空中，赵宝忽然觉得那就像无数双手在向他召唤。

赵宝的心中似乎有了一种预感，这种预感驱使他停下摩托车，走到老屋门前敲了敲门。很久，屋门"吱呀"一声缓缓地打开，接着一个瘦骨嶙峋的老人幽幽地探出头来，赵宝禁不住打了个寒战，倒退两步，他战战兢兢地问老人：

"大爷，你一个人在这儿住吗？"

"我和我家的枣树住在这儿。"老人看了看赵宝，他的回答有些古怪。

赵宝觉得有点好笑，便说："你家院中那棵枣树不是死了吗？还不把它挖掉！"一听说要挖掉枣树，老人大声说："枣树没有死。"从老人的话语里，赵宝可以感受到一定有很多人问过老人这个问题。话音刚落，老人便拉住赵宝的手，要带他到后院看看。赵宝跟随着老人来到院中，那棵粗壮高大的枣树一下子便矗立在眼前。赵宝惊奇地喊道："我还从来没看到过这么高这么老的枣树！"老人说："这棵枣树有一百多年了。"赵宝"啊"了一声，他似乎也料到了这棵树的树龄。随即，老人的目光便望向了远方，默默地，陷入了沉思。赵宝怀着敬畏的心情走近那棵粗壮高大的枣树，只见它粗糙的树皮龟裂出一道道沟壑。他伸出双手，环抱树身，竟还抱不拢这棵树。他抬起头来，真的看到有零星的枣芽从黑黢黢的枝干里挤出来，像一个即将走向生命尽头的老人在拼尽最后一丝气力做着生命的期待与挣扎。赵宝的心中隐隐有了一丝感动。这时，老人对赵宝说："小伙子，你想知道这棵枣树的故事吗？"赵宝睁着一双好奇的眼睛瞅着老人。老人的目光转向了这棵枣树，他的面容变得凝重而悲戚。

"在我很小的时候，爷爷就常给我讲起那段辛酸悲戚的往事……"

"您的二爷是不是做了一名'刀客'？后来又离开家？"老人刚提到他的二爷，赵宝便眨巴着眼睛问。

"啊，你是怎么知道的？后来怎样了？"老人想不到眼前这个孩子竟也知道"刀客"的历史，眼里闪出一道亮光来，他瞪大了眼睛盯着赵宝问。赵宝一下子感到说漏了嘴，忙说是听别人说的，后来怎样了他也不知道。沉默了很久，老人继续讲道：

"二爷离家后，爷爷常常呆坐在屋门口向外张望，他多么希望弟弟能回家啊。可过了一天又一天、一年又一年，始终没有盼到弟弟的身影，连一点音讯也没有，他不知道弟弟是生是死。在对二爷的思念中爷爷的身体一年不如一年、一天不如一天。后来，在一年秋季，年久失修的老屋也在一场阴雨中倒塌了，屋毁了，屋里的一切物什都毁了，万幸的是家人都逃了出来。过后，一家人东拼西凑开始重建房子。房子简单修好了，还要有几件必需的家具，我父亲在房前屋后转来转去，他的眼光落在了这棵枣树上，决定砍掉这棵枣树，做家具。可当时刚到初夏，枣树才长出嫩叶，一家人商量，还是等到秋季枣儿成熟的时候再砍伐。"

"不知是枣树得到了充沛的雨水滋养，还是枣树祈求主人'刀下留情'，那年秋季，这棵枣树结的枣儿特别大、特别多。当家人把一碗蒸熟的红枣儿端到身患重病的爷爷的床前时，爷爷伤心地说，房子已经倒塌了，现在只有这棵枣树是老屋里的唯一印记……终于，这棵枣树存活了下来。"

"爷爷终没有等到二爷的回家，他在惆怅和悲凉中永远地闭上了双眼。爷爷临终前，告诉我的父亲，说那棵枣树千万不要砍掉，要给二爷留个念想。"

"渐渐地，这棵枣树的境况也一年不如一年，就像垂暮之年的老人，生命力日渐消退，反应越来越迟缓。每年它发芽的时间越来越晚，枣儿也越结越小，越结越少，少得家人不忍心再吃它。每到深秋，满树只剩下枯黄的叶子，秋风一起便哗哗地飘落，偶尔还会听到'啪'的一声，那是熟透的枣儿从枝头跌落的声音……"

"枣树越来越老了，我也一天天地变老了，儿孙们都说把这棵枣树砍掉吧，别再空等了，几代人都过去了，可我坚持要等下去。村里的一个个干部、村民也开始不停地劝说我，让我把枣树砍掉，把老屋平掉，盖上新房，说影响村容村貌，我说就让我再等几年吧。后来，我的子孙们一个个都在别处盖了新房，就只剩下我一个孤老头子守在这里了……哎，这棵老枣树一直在等着它的亲人回家，等着亲人的手最后的抚摸呀……"

老人吃力地断断续续讲完了这一切。赵宝静静地听着，他的心里却波涛汹涌。

听着眼前这位耄耋老人的诉说，赵宝几次都忍不住想对他说："大爷，您的亲人回来了。"可话到嘴边又咽了回去。天快黑的时候，赵宝默默地告别了老人。回家的路上，他的心情久久不能平静，也做着激烈的思想斗争：如果回去把这一切告诉老爹，他的美好的未来可能将化为泡影；可要是不说出来，又觉得于心难安。想了很久，赵宝还是决定先向老爹隐瞒真相。

晚上躺在床上，赵宝辗转反侧，难以入眠，明天就是他跟着赵渭青去新疆的日子了，可他却没有心思憧憬这一切，他的耳旁总在回响着那位老人忧伤的话语，眼前总也挥不去那棵枣树沧桑的树影。

第二天一早，老老少少的亲戚乡邻都来为赵渭青和赵宝送行，诉不尽的亲情乡愁，道不完的平安祝福。只有赵宝低着头，心事重重的样子。人们都以为赵宝不愿意离开家乡，纷纷劝他，让他去了就好好干，不要再像以前那个样子了，并说现在交通也方便，想回来了坐火车、坐飞机就回来了，甚至开玩笑说，下次回来一定要带个漂亮的新疆媳妇回来。赵宝的老爹赵七叔此刻已是老泪纵横，自己这个儿子虽然不争气，可他要去新疆那么远的地方，心中还是舍不得，不知道儿子这一去他们父子还能不能再见上一面。他一再叮嘱儿子，让他不要想家，在外面照顾好自己，跟着渭青好好干。赵宝始终低垂着头，一言不发。

该出发了，赵渭青和送行的每个人一一握手，最后向人群挥了挥手，说声"再见"，便喊赵宝上车。不料赵宝猛然跪倒在车前，每个人都惊愕不已，他们都以为赵宝是在以这种方式向亲人和乡邻告别，想不到平日里嘻嘻哈哈的赵宝竟也如此重情义。赵渭青走下车，他动情地拍了拍赵宝的肩膀，拉起他，赵宝抬起头来，几乎要哭出声来，他哽咽着说："大哥，对不起，我们不是你要找的亲人……"

"啊？"赵渭青吃了一惊，随即每个送亲者脸上的笑容都僵在了那里，现场鸦雀无声。漫长的寂静和尴尬过后，赵渭青急切地问赵宝："那你是不是找到了我的亲人？"赵宝点点头，说："我这就带你去……"

后来，老人们才恍然记起，赵渭青带的那张村图上，村外的那条河流曾在半个世纪前改过道。

冬　花

一

　　我常会想起一个叫"冬花"的女人。第一次见到冬花的情景又清晰地浮现在眼前。二十多年前的那个春天，我和妻子平刚认识不久，我对她是一见钟情，真有一日不见如隔三秋的感觉。一个星期天的早晨，我又骑上自行车兴冲冲地奔向平家的那个小村庄。在她家吃过午饭，她说带我去她的闺蜜春花家玩，大概也是想请她的闺蜜给她把把关，看我这人行不行。春花的家在我同一个村子里，离平家也不远，她们同在村里的小学任教。来到了春花的家里，我第一次见到了冬花——春花的妹妹，一个很清秀的女孩，大大的眼睛，圆圆的脸蛋，头上扎个马尾辫。看到我们来到家里，冬花显得非常高兴，拉着平的手惊喜又亲热地喊道："平姐，你来了！"而对我，除了见面审视般地微微一笑，再没说过一句话，连句问候都没有。在她家里，我还远远地看到冬花拉着她"平姐"的手说着悄悄话，还不时偷偷地瞄向我，脸上的神情怪怪的，像是在说我的坏话。春花的家是一个组合家庭，她父亲在七八年前就重病去世了，留下母亲和她们姐妹相依为命。两年后，本村的全义叔便走进了家里，当上了她们的继父，还给她们带来了一个哥哥。那天，我也见到了那个"哥哥"，他的腿有点残疾，长得有点凶，姐妹两个和这个哥哥似乎形同陌路。可以看出这个家庭组合是个无奈的选择。"你没看出冬花这个女孩有什么异样吗？"从春花家出来，平忽然问我。"没看出来，就觉得她在背后说我的坏话。"我笑着说，心里还有点耿耿于怀。

平也笑了，狡黠地看着我："没有呀，她就是让我要对你多加考验！"说着，她便叹了口气，给我讲起了冬花的故事："冬花可真够可怜的，她在镇上的高中上学。因为我和她姐好，经常去她家，她便把我也当亲姐姐一样看待，学校一放假常会来找我玩，一见面就亲热地喊我'平姐'。可我渐渐地发现冬花的精神好像不大对劲，有时她和我走在路上，刚才还好好的，忽然就像受到了什么惊吓，浑身发抖，甚至突然就抓住我的手，抓得紧紧地说：'平姐，我怕。'声音都在颤抖，可我四周看看，没什么呀，安慰好长时间她才会缓过神来。我曾问过春花，可她说，让我别理她妹妹，她妹妹有时候就是精神有问题。说得多了，春花才告诉我说，她妹妹精神上受过刺激，具体是受了怎样的刺激，她也不愿意多说。"从此，冬花的身影便在我的脑海中挥之不去。后来，冬花高中毕业没考上大学，她不想再复读了，说要出去打工。她的母亲和继父也没有硬逼着让她去复读，他们觉得，一个女孩子，早晚都是别人家的人，上不上大学无所谓。在农村，女孩子一过十八岁，只要不再上学，那些媒婆就会踏破门槛。冬花虽然精神有点不正常，可她人长得好，提亲的便接二连三地来到了冬花家。她的母亲也想着给她先找个婆家嫁出去。冬花也相过了好多次亲，可要么她看不上人家，要么两人相处一段时间人家就不敢再和她谈了。

二

渐渐地，方圆几十里都知道冬花是个脑子有问题的女孩，谁也不敢娶她了。冬花的年龄一天天大了，这可愁坏了母亲。母亲开始四处托人给女儿说媒，只要人家愿意娶，四肢健全就行了。后来，冬花被嫁到了一个偏远的村子，嫁给了一个比她大十多岁的男人柱子。刚开始冬花坚决不愿意，哭过，闹过，几天不吃不喝，母亲哭着劝，说女孩子终究是要嫁人的，只要嫁给一个身上没有什么坏毛病、懂得疼人的男人就行了，甚至要给她跪下求她吃饭……就在出嫁的那一天，冬花仍是不愿意，哭了一路，可又有什么办法呢？到了柱子家里，冬花闹得更是厉害，又是踢又是骂，把一屋子人都吓住了，人们都想不到一个看起来文文静静的女孩子竟有那么大的气力。那天晚上，她把柱子的胳膊都咬出了血……可柱子仍然欣喜不已，能娶到这么漂亮的媳妇一定是他上辈子修来的福分。可他的母亲却对这个儿媳心生不满，觉得她在婚礼上这么一闹，让一家人在村子里抬不起头来，好像这个儿媳妇是买来的。不多久，村子里的人便都知道冬花的精神不正常了。冬花变得越来越胆怯，怕见人，大白天在路上远远看到一个人过来，她会慌忙躲起来。

渐渐地，她和乡邻们熟识了。乡邻们在一起闲聊时她也开始加入其中，可说不上几句，她便面露惊惧的神色给大家说："我给你们讲一件事……"每次都是这样开头，接着便会说一些让人浑身起鸡皮疙瘩的话，好像她身边的每个人都在她背后窃窃私语，想要谋害她一样。在她的眼里，就连花草树木也变得诡异起来……"我就说柱子咋会娶上个那么漂亮的女人，原来是个精神病！"很多人都在背后嘲笑柱子。"冬花，你来，我有个事儿给你说。"后来，那些妇女只要一看到冬花，便故作神秘地向她招手，冬花便惴惴不安地走过去，可听到的却是她们模仿她的口气讲她的那些故事的翻版，她也听出她们是在故意戏弄她。一听她们这样对她说，她便悻悻地走开。有些大人还对孩子说，那个女人是个精神病，离她远点！可还有些爱搞恶作剧的半大孩子，也开始故意捉弄她，给她家门口或者她将要经过的路上放个死蛇、死老鼠，或者放些树枝、柴草把她吓住。一次，就把她吓得拼命地往家跑，跑得披头散发，一只鞋子都跑丢了，她成了一个"疯子"。柱子有的是力气，还有一门手艺，是个泥瓦匠，常去四乡八邻给人们修建房子。柱子很爱他这个媳妇，知道了她的精神病后，对她更是疼爱有加，怕她受到什么伤害。他要是得知村子里哪个小孩吓唬她，一定要找到他们家去，让他们家大人管教好孩子，"你这个小王八犊子要是再吓她，看我怎样收拾你！"当着大人的面，他常常这样骂孩子，直到大人一再赔不是。有了丈夫的疼爱和呵护，冬花的日子逐渐过得安稳，婆婆也对冬花一天天好了起来，盼着她生个大胖小子，让她早一天抱上孙子。冬花的肚子一天天大了起来。第二年，冬花生了，却是一个丫头，婆婆立刻换了脸色，侍候月子里的冬花也不再那么上心了。天有不测风云，孩子刚满两岁的时候，一场灾难降临到了这个家庭。柱子得了一场重病，不久就离开了人世。没有了丈夫，冬花头顶的天空坍塌了，她的婆婆经历了丧子之痛，把怨恨都撒在了冬花身上，说她是个丧门星，要赶她走。走就走吧，她也不想再待在这个家里了。刚开始，婆婆不让她带走孩子，后来想想也是个女娃子，带走就带走吧。

冬花带着孩子回到了娘家。这次回来再也不像以前回娘家了，可以给母亲哭诉在婆家受的委屈，她有了一种寄人篱下的感受，每天都要看人脸色，除了母亲会心疼她。更让她想不到的是又一场噩梦降临到了她的身上。那天，家里只剩下她和那个"哥哥"，不想那个"哥哥"竟对她心生邪念，企图强暴她。她拼命地挣扎，喊道："我要给我妈说！我要给你爸说！"可那个"哥哥"没有丝毫的畏惧，他淫笑着说："你告去吧，看谁会相信你的话。"要不是紧要关头邻居来敲门，她一定就难逃他的魔爪。她把这一切哭诉给母亲，母亲刚开始不信，虽然两人不是亲兄妹，但组合成了一家人，他怎么能干出这样灭绝人伦的事！母亲心里又觉得不放心，便开始留意，偷偷地观察。一次，真的发现那个继子对女儿动手动脚，她立即冲上去扇了继子一耳光，大骂他是个畜生！

三

冬花没法继续在家里待下去了，她要去城里打工。她的表姐几年前去了南方一座城市，现在已经在城里买了房，她想去投奔表姐。母亲想了想，女儿没结婚前就要出去，却一直没能出去，终于嫁了出去，却是这种结局。现在要再找个人家更不好找了，不如就让她出去散散心吧，说不定还能碰上个好人家，也就同意了。"你去吧，把娃给我，我给你带。"母亲说。"妈，我带着她去。"冬花对母亲说，说得很坚决。母亲看拗不过女儿，只好同意了。冬花离家的那天，母亲哭了，千叮咛万嘱咐，又给冬花的表姐打电话，说冬花没出过远门，脑子有时又不清醒，让她一定要照看好冬花。

　　来到了那个城市，表姐带着冬花到大大小小的酒店餐馆里应聘，可冬花没有文凭，又不像男人有的是体力，似乎在城里只有去饭馆里端盘子。表姐领着她到一家大酒店应聘，酒店经理看她人长得还可以，就是气质差了些，便让她先留下来试用一段时间。"我们这是服务行业，一定要微笑服务。"一个高挑个子的领班开始笑盈盈地教冬花一些服务礼仪。"嗯。"冬花低着头小声回答。"你会不会笑呀？你笑一个。"冬花僵硬的脸上挤出一丝苦笑来。"你怎么笑得比哭还难看！这几天你好好练习练习笑，对着镜子练习，一定要笑得让人看着舒服，让顾客满意。"冬花对着镜子练习笑，她看着镜子里笑着的自己，越看越陌生，越看越恐惧，啪的一声，镜子掉落在了地上，碎成了几块。冬花开始第一次给客人上菜，她端着一盘菜，向一张桌子走去，边走边提醒自己，要微笑服务，可越想着要笑，越笑不出来，心里越发紧张。快走到饭桌跟前，正在谈笑，等待上菜的一桌人目光都投向了她，她慌忙夸张地笑出声来，这怪异的一笑吓坏了食客，一桌人瞬间鸦雀无声，不知她要干什么。她吓得变了脸色，浑身发抖，手一哆嗦，又是啪的一声，手上正端着的一盘菜掉落在地上，盘子碎了，一盘菜溅得满地都是……只干了三四天，她便被辞退了。"你怎么连个盘子都端不了！"表姐责怪她。"我怎么这么笨，连个盘子都端不了……"冬花自言自语，她的心里难受极了，恨不得找个地缝钻进去。后来，表姐又带她去过几家饭店应聘，可都是没干几天，便被辞退了，酒店员工和客人都说她笨手笨脚，什么活都干不了。她不好意思再让表姐陪她去找工作了，只好自己一个人硬着头皮又去了几家小餐馆，终于一个善良的餐馆老板娘看她可怜，把她留了下来，只是让她打扫打扫卫生，在后厨帮帮忙，一个月管吃，还有两千块钱的工资。冬花满足了。

　　工作稳定了下来，冬花在餐馆附近租了间房子，那就是她们娘儿俩的家了。白天，她去餐馆干活，把孩子放在家里，一有空就回去看看。孩子到了上学的年龄，她就把她送到了学校，每天按时接送。孩子一天天长大，她对孩子的管教也越来越严格：在学校里不能和男同学说话，更不能有任何交往；一放学就赶快回家，上学路上不能和任何陌生人说话；除了上学、回家，哪儿都不能去……她还经常用她经历的那些"事"教育女儿。在她的教育里，这个世界上到处都是陷阱，到处都是敌视的眼光。孩子小的时候还相信她，妈妈说的，能有错吗？有时会被妈妈的话吓得晚上都睡不着觉。可随着年龄的增长，孩子开始怀疑妈妈了，特别是看到人们对妈妈的态度，她也开始嘲笑她，只要一听到妈妈给她讲那些，便立即说："妈妈，你再别神神道道了！"她要求越严，孩子的抵触情绪越大，你不让我这样，我偏要这样！母女之间的一次激烈冲突终于在孩子十五岁那年爆发了。孩子离家出走，走出家门时还大声地对母亲喊："我再也不回家了！"气归气，可一个女孩子离家出走，怎能让人放得下心？走出家门不一会儿，冬花就慌忙出门寻找，边走边喊，越找越急，可直到天黑，也没有找到女儿。她焦躁不安地报了警，心中有了一丝不祥的预感，脑海中闪现出很多可怕的念头，女儿是不是遇到了坏人？被绑架了？被拐卖了？她甚至想，女儿是不是已不在人世了，她越想越恐惧，像疯了一样在大街上边跑边哭喊女儿的名字，不幸就这样发生了，她在急跑着过马路时被一辆小车撞倒了，流了很多血，很快被送进了医院。孩子没事，深夜里孩子孤独又胆怯地在大街上走，被一位好心的路人送回了家，要不是遇到好心人，真不知那晚会发生什么事。可孩子这一出走的代价却太惨痛了。在医院里，孩子看着身上缠满纱布的妈妈，悔恨交加，哭着说都是她害了妈妈……

望　山

　　初秋的一天，一个只有上百户人家的小山村里顿时炸开了锅："望山"和"望水"都考上了大学！对于一个被重重大山包围，从未走出过大学生的小山村，这无疑是个天大的喜讯！"望山"，"望水"，一个男孩，一个女孩，听名字好像是兄妹俩，实际上他们来自两个家庭。两家离得很近，两个孩子也前后相差几天出生，两家父母便看着眼前的山水给他们取名"望山"和"望水"，也为了让两家关系走得更近。但欢喜的气氛只在两个家庭里短暂地飘过，随即两家父母的心头便是愁云密布，因为大学学费对他们来说显得太过高昂。

　　望山和望水从小学到高中一直都成绩优异，是全村人的骄傲！收到大学录取通知书的当天，他们相约去看望小学的王老师，那是一位年过古稀、一个人在这座小山村的小学里默默支撑奉献了近半个世纪的老人。老人如今已是风烛残年。他拉着两位得意门生的手，祝贺他们金榜题名。老人说，考上大学，是人生的大喜事，大学的学费他会想办法解决的。

　　送走了两个孩子，老人便拄着拐杖，在山村里挨家挨户地请求大家一同资助两个孩子上大学。老人在山村里德高望重，只要他出面，各家都会尽力的。几天后，老人便让家人把两个孩子找来。他的心情显得很沉重，凝视着自己两个学生青春的脸庞，眼神里满是爱怜和希望。他终于开了口，声音显得有些嘶哑："我老了，手脚都不灵便了，说不定哪天就走了，可我们这山村里不能没有老师呀。"两个孩子看着老师，不知该说什么，也不知老师还要说什么。终于，老人缓慢却又满含期待地对他们说："你们两个能不能留下一个，继续支撑这所小学？"考上大学，走出大山，是他们梦寐以求的心愿，如今梦想成真，谁又愿意失去这美好的一切？沉默，长时间的沉默，老人的心里似乎犹豫斗争了很久，终于还是说出了最残酷的现实，他愧疚地说："我已找遍了我们这个小山村的每家每户，可家家都不宽裕，借到的钱只够你们一个人上大学。"话一出口，两个孩子的心都揪在了一起。只能一个人去上，另一个人的希望就要破灭。老人无可奈何地缓缓说出了他的想法："孩子，老师对不起你们，你们抓阄吧。"

老人写好了纸片，揉成一团放在桌上。两个孩子你看看我，我看看你，心里有说不出的滋味。师生三人凝视了纸片很久，望山伸出了手，随意拿起一个纸团，打开静静地一个人看着看着，时间仿佛凝滞了，没人能够体会到那一刻他的内心经历了怎样剧烈的思想斗争。他强装轻松地说："我是'留下'，望水，你上大学去吧。"说完，随即便揉起纸片同桌上那个纸团一同扔掉。两个年轻人默默地告别了老师。

谁也没想到，几天后，便传来了老人病危的消息。等望山赶到老人家里，老人已奄奄一息了。老人看到望山赶来，立刻便强撑着坐起，颤抖着拉起望山的手，泪流满面地说："孩子，老师……对不住你，你考上大学，老师我……是应该想尽一切办法……让你上的，可我没有做到……我知道山里太苦闷，……没有老师愿来这儿，我真担心……哪天我一走，孩子们再无处上学……"

开学的前一天，望水来找望山，他们相约去爬山，第一次拉起了手。她羞涩地对他说："你放心，大学毕业后我还会回来的，到时我们就在一起！"望山的眼里闪出一道亮光。

从小学到高中，望山和望水就一直在同一个班级，小的时候两人还常在一起玩耍，大了后就几乎没再说过几句话。望山甚至连看一眼女生也觉得脸红心跳。

上了初中后，学校在山外三十公里的镇上。他们都住校，一个星期回一趟家。虽然他们两人同路，可每次在路上骑着自行车都从来不走在一起，总要相隔一段距离。每次回家和返校，都是望山先出发，望水紧跟着出发，望山骑慢了，望水跟着慢；望山骑快了，望水也跟着快。偶尔很久不见望水跟来，望山便会在路上磨磨蹭蹭，特别是在那最艰险的一段山路前，他总要看到望水过来，然后一前一后骑行。在望山的心里，一直把望水当妹妹看待，当然，兄妹之情里也包含着青春期的懵懂爱恋。

望水在几乎全体村民的相送下像公主般地告别了生养她的小山村，风光无限；而望山却黯然神伤地走进了那所破旧简陋的山村小学。

望山寒窗苦读十余载，本想着可以走出大山，去山外拥抱壮丽的明天，没想到曙光已在眼前，命运却逼得自己用双手蒙上双眼。一想到望水在大城市里幸福地读书，快乐地生活，那种苦闷和失落更是难以言说。那段日子，望山整日神情恍惚，特别是看到那些调皮捣蛋的孩子，就感到心中有一股无名的烦躁和愤怒！对他来说，只有盼到望水的来信才会兴奋异常。没过多久，只有二十几名学生的学校却乱成了一窝蜂，村民们的怨言和不满也逐渐表现出来。

那个学期末，在全镇的小学统考中，望山的山村小学排名最后。以前一直是第一，这次却是倒数第一！家长们坐不住了，纷纷找到学校，让望山把心思放在教学上，更有一个家长甚至来到他家里质问他："你想不想教了？不想教就算了！""算了就算了！你以为我想一辈子待在这个穷山窝里当个孩子王！"望山怒气冲冲地回道。父亲狠狠地扇了他一个耳光，怒斥他不争气，说他们虽穷，却从没这样在全村人面前丢过脸。望山一气之下跑出了家，跑到村后的山坡上王老师的坟前，他把满腔的委屈和苦水倾倒给九泉之下的老师。他请王老师原谅他，他要走出大山！

不知在王老师的坟前呆坐了多久，望山猛然回头发现身后已站了很多村民和孩子。那位到家质问他的家长走上前来，拍了拍他的肩膀，满含歉意地说："孩子，我知道你心里很苦闷，我们全村人都对不起你。你虽没能考上大学，但你是我们心中最好的大学生！"

望山发誓一定要争个第一，让全村老少再次对他刮目相看！从此，他以校为家，备课，上课，批改作业，教学的每一个环节都一丝不苟。他甚至给每一个孩子都分别制订了教育培养计划。他用爱心和耐心感动着孩子们，孩子们也用勤奋和努力回报着老师。在又一年的全镇小学统考中，山村小学的成绩终于名列前茅！

争回了"第一"，爱情却渐渐离他远去。望水的信越来越少，在她毕业前夕，他接到她的分手信，她说，山里太苦，她不想一辈子待在大山里。

他早就料想到会有这一天，但当这一天真的到来的时候，仍然悲伤至极。他决定去省城找她，他想挽回这段爱情。他安顿好了学生，收拾好行装，离开了大山。第一次来到山外的大城市，宽阔的街道，高大的楼房，穿梭的车辆人群，令他一阵炫目。他顾不上欣赏这里的繁华，只想尽快找到她。当他好不容易找到她就读的那所大学，只看看那气势恢宏的校门，他就禁不住地感叹：大学就是不一样！走进散发着阵阵花香书香的大学校园，看到朝气蓬勃的同龄学子，他的心中除了羡慕便是失落和伤感。偌大个校园，该去哪儿找她呢？望山一时茫然不知所措，就在校园的林荫小路上走着，寻找着，竟真的看到了望水的倩影，她穿着时尚，举止高雅，和原先那个纯朴的山村女孩判若两人。

他惊喜地喊着望水的名字，望水一看到是望山，吃了一惊："望山！你怎么来了？"表情中似乎对他的突然造访有一丝不悦。他们走在校园里，两个人心中都有说不完的话，但此刻却都默默无语。特别令他们感到不自在的是，走到哪里，都会引来同学们的侧目甚至围观，望水赶忙把他带到校园里一处僻静的角落。他也感到了她的冷淡，开口便问："你不是说好毕业后还回大山吗？"望水没有直接回答他，她说："你知道我刚进大学时同学们怎样嘲笑我的吗？我的衣着、我的说话甚至我的名字等等一切都是他们城里人嘲笑的对象，和他们在一起我显得格格不入！我努力地改变着自己，努力地适应着这里的一切。如今，我已不再是以前的我，我不再是丑小鸭……我已适应了城里的生活，我不敢想象又让我重回到那个穷山窝里，将如何再生活下去。是的，封闭贫穷可以改变，可那改变太漫长，我已失去了信心。"一番话也触到了望山的痛处，他情绪激动地反驳道："山里人怎么了？我还觉得山里好呢！山清水秀。你怎么连自己的家乡也不喜欢！"他只是一时激愤罢了，贫穷落后就算再美的风景又有谁会喜欢？"贫穷就没有一切！是命运改变了我。"她冷冷地回答。"命运？"望山本想说出那次抓阄的真相，但他还是忍住了，那次是他抓到了"上学"那张纸片。

走在繁华的城市街头，望山愤愤地想："凭什么别人在城里追求她的幸福未来，而我却要在山窝里默默奉献自己的青春？"思前想后，他决定也待在城里。他要在城里活出个人样来！挣钱给她看看！望山开始了自己的打工之旅。一次次地求职，一次次地碰壁，最后为了能有一口饭吃，再苦再累的活他都愿意干。山里的孩子什么苦没吃过？可他最终发现，不是只要能吃苦受累就能挣到钱！

那天傍晚，望山买了一份当地的晚报，百无聊赖地翻着，看着，却意外地读到他的那所山村小学全体学生和家长们写给他的一封信，信中孩子们深情地向他呼唤："老师，我们需要你！"那一刻他泪流满面，一下子感到了自己存在的价值，立即买了张车票，回到了他的山村小学，回到了孩子们身边。

从此，望山的心中有了一个坚定的信念：哪怕再艰苦，他也要把这所山村小学办下去！他给一个个孩子插上知识的翅膀，又教育他们热爱家乡，建设家乡。

春去秋来，寒来暑往，年轻的望山也逐渐变老，他越来越强烈地感受到了孤独。每天晚上，当他把最后一个孩子安全地送回家后，便关好校门，坐在自己简陋寒碜的办公室里，翻开孩子们那一本本作业，认真地批改。多少个夜晚，只有孤灯相伴，但看到一个个懵懵懂懂的山里孩子在他的精心教育培养下长大成才，甚至走入更广阔的天地求知深造，他的心中就油然而生一种莫大的成就感。特别令他感到欣慰的是，每个孩子，不管是走出大山的，还是继续留在大山里的，他们都怀着同一个心愿，就是要让大山的明天更美好更灿烂！

　　大山里的故事逐渐在山外传扬，大山里的秀美景色也被走出大山的孩子们拍成照片发到网上，迷醉着越来越多的城里人。后来，一条曲折却平坦的柏油马路延伸到了大山深处，出山进山一下子便捷了很多。人们纷纷来到大山里观光旅游，山里的核桃、板栗、柿子等山货也被源源不断地运到山外。更让望山老人感到高兴的是，突然有一天，几个朝气蓬勃的年轻人来到山村小学，他们刚从大学毕业，是来这儿支教的。老人欣喜不已，他又像几十年前他的小学老师那样给几个年轻人讲起了他的山村小学和孩子们。最后，他郑重而严肃地对这些年轻人说："我老了，力不从心了，这儿的孩子就全交给你们了。"当把一切安排妥当，几天后，老人便离开了小山村。后来，听人说，在省城的一所大学里，常会看到一个老头正襟危坐在教室后面，专心地听课，认真地记着笔记……

城市浪人

一

认识老邱已有十多年了，当时我还是小刘；转眼我都成老刘了，老邱却依然是老邱。

第一次见到老邱是在一个初秋时节，那时我刚调到一家杂志社工作。一天早上，大家正在编辑部办公，静悄悄的，突然门外传来高亢的吟唱声，就像《水浒传》里水泊梁山上那些好汉们无拘无束快活地吟唱。

来编辑部的，一般都是投稿的作者，毕恭毕敬的，生怕给编辑留下不好的印象。这是谁呀，像回他家一样！正想着，一位身材高大、头发花白却精神矍铄的瘦削老头晃了进来。我一看，以为来了个"叫花子"，只见他的穿着单薄而寒酸，又脏又破烂，外面已寒气逼人，他还穿着短袖，特别是那裤子短得已提到了脚踝，鼻子冻得红肿，一进门就不停地咳嗽。"叫花子"咋跑到这儿来了？却看大家都没反应，继续低头办公，似乎都司空见惯了。他紧步走到每一个办公桌前和每一个人握手，可以看出，大家都认识他，却又都显得很冷漠，没有一个人站起身，握手似乎也是他硬拉着每个人的手来握。当他走到我的桌前，伸出那双黑黢黢的大手时，我站了起来，被动地和他握手。他的眼里闪出亮光，惊喜地问我："你是新来的吧？"我笑着说："我刚分来几天。"寒暄过后，他便从他的皮包里掏出一沓稿纸来，说这上面是他写的几首诗歌，让我看看能不能在杂志上发表。原来他就是来投稿的，并且也一定来过多次了。

我大概翻了一下诗稿，字写得很工整很硬朗，显然还是下了些功夫；再看内容，也完全不同于那些"老干部"。这也不难理解，老邱一天风餐露宿，饥一顿饱一顿，哪会写"老干部"那样悠闲自在的诗篇，仔细读来，个别诗句还闪耀着一点思想的火花。可从每首诗的结构来看，却东一句西一句，比较散乱。我便推脱道："这些诗作你先放在这儿吧，能用的话我再告知你。"我本想把他打发走，谁知他却一下子来了兴趣，大谈起诗歌来，我听得不耐烦了，坐下干我的事，时而抬头搭理他一下。他站着说了一会儿，又坐在旁边的沙发上继续说，自顾自地东拉西扯，没有一个人回应他。他终于也感到无趣，便说："那你们忙，我走了，我还要去找一下宣传部的张部长。"

老邱落寞地走了，没有一个人相送。他走后，我便小声问旁边的同事："这个老头是干啥的？"同事带着嘲讽的口气对我说："那是'老邱'，是个农民诗人，都快七十岁了，二十一世纪的'孔乙己'！"同事这样一说，我的心里对老邱倒有了一丝同情和怜悯。

老邱是一个居住在偏远农村的老农，可他却从年轻时就不务"农"事，不安于现状，偏偏喜欢舞文弄墨，喜欢过城里人的生活。可一个农民，首先要懂得苦，把地种好，像他那样整天东游西逛的，让一家人跟着喝西北风，谁愿意跟他过？结婚没几年，老婆就跑了，给他留下一个三岁的儿子。老邱带着孩子饥一顿饱一顿，勉强把孩子拉扯大，也给他找了个媳妇，成了家。从此，老邱也没什么牵挂了，彻底成了城里的游荡者。

二

老邱总是手提一个破皮包，包里装一支破笔、一个破本子，再加一个破手机，这便是他的全部行头。老邱虽然不是单位里的人，但他比单位里的那些干部职工还积极。其实，他也没有明确的目标，似乎到哪个单位找谁都可以。他既不是来告状申冤的，也不是来找领导签字的，他就是想向领导谈一下他对当前国内外大事的看法，汇报一下他当前的"工作"和以后的"计划"。你别看他只是个老农民，除了不关心自己的小家之事，国事天下事他都事事关心。当然，老邱最关心的是文化，怎样繁荣当地的文化事业，怎样以文化带动经济发展，他都能说上个一二。可领导们一天多忙啊，哪有那个闲工夫听他瞎扯。其实，仔细听听，他有时说的话还真是针砭时弊，能说到点子上。

刚开始，他还可以随便进出各单位。后来，管理日渐严格了，那些门卫都知道老邱这个人了，或者是经过了领导授意，就不随便放他进去了。每当这个时候，老邱便愤愤地与门卫争辩："党政机关不是老百姓进的吗？""老百姓有事当然可以进！""我也有事啊！""你有什么事给我说。""给你说管用吗？"两人争得脸红脖子粗，最后老邱要么硬闯进去，要么软硬兼施也进不去，老邱就只能在大门口"守株待兔"了。很多次，我上班路过市委大门口时，看到老邱胳膊下夹着他那个破包就站在大门外面。烈日下，寒风中，他总是伸长脖子期盼着他要找的领导出现。老邱每天除了到各机关事业单位乱窜，就是打电话。他破包里的破本子上除了记着一些他随时想到的诗句，便是密密麻麻的电话号码，几乎全市各单位、各阶层人士的电话都有，甚至也有市委书记办公室的电话。

当然，老邱最常来的是我们编辑部，有时一天来几次。他把我们这儿当成了他在城里的"根据地"，可以随便地来，随便地走。也许他觉得我们文化人不像那些政府机关的官员，有那么多的条条框框，在我们这儿可以不拘小节、无拘无束，想说什么就说什么。每次一进门，便往办公室中间的沙发上一坐，开始自顾自地诉说他最近遇到的一些困惑和烦恼，以及他对文学的认识和看法，全然不在乎别人在不在意他的存在。老邱有时说得情绪激昂，唾沫星子乱溅；有时又情绪低落，垂头丧气，一定是遇到了什么难事。老邱坐着或者站着絮絮叨叨地说上一会，没有一个人回应他，他便落寞地离开，临走时又讨好似的向我们要个信封，要张报纸。看着老邱离去的背影，我不知道他又要去哪里，去找何人。老邱常会说："×××让我到他那儿去，××领导又让我去谈工作。"好像他一天比谁都忙。可他每次拿起他的破手机拨通号码后，大着嗓门喊："喂，是×××吗？"那边问："你是谁呀？"老邱赶忙满怀期望地报上姓名"我是老邱啊。"一听就知道他们是老朋友了。可那边语气一下子变得冷冰冰，"你有啥事？"或者一句话不说就挂了电话。而老邱并不生气，只是说，这电话怎么又断了……而更多的时候，都是人家早就标识了老邱的号码，一看又是他的电话，直接就挂断了；或者直接设了黑名单，他永远打不进去。

三

老邱是这么招人烦，可他也有鄙视的人。老王是我们当地一位德高望重的作家，出了好几本史料类图书。可老邱一说到老王，就带着一脸不屑的神情说："他写的那些书算什么书？都是东抄西抄的，哪有他自己的东西，有谁看？擦屁股我都不要！"别看老邱没写出什么作品，可他对文学的认识还是有水平的，说起来头头是道。

老邱一再询问我，他的那几首诗歌能否发表，而我总是以"稿件要经过三审才能发表，你再等等"敷衍一番。现在电子邮箱里的稿件浩如烟海，打印得工工整整的邮寄稿件也厚厚一摞堆在那里。其实，我一直就没打算选用那些诗，也根本就没再翻看它，我只是不想一口回绝他，让他太失望。终于在一个月后的一天，老邱又来询问，我便直截了当地说："你那些诗歌不适合在杂志发表。"老邱显得有些激动，他大声说："我知道你们有你们的标准，发不发是你们的事，但写不写，投不投却是我的事……"他说得很坚定，有一种不达目的誓不罢休的决心！

真是不打不相识，从此老邱还把我当成了他的"忘年交"，有事没事总爱给我打电话。一天中午，老邱的电话又来了，他显得很兴奋，说他在我们本市的晚报上看到我发表的一篇散文，觉得写得很好，我忙客气地说"谢谢"。但他接着却说文章中还有一些问题想和我商榷，说他想和我交个诗友，并让我周末和他去大街上捡矿泉水瓶，卖了钱，晚上一块去夜市吃喝，说那才叫"浪漫"！我差点笑出声来，他还要和我"商榷"？我一个堂堂的杂志编辑，去和他捡破烂，以后还怎么抬头做人！

最可笑的是，一天，市里文艺界的一位老领导给儿子在酒店办结婚喜宴，亲朋好友纷纷去酒店贺喜。可老邱不知怎么就知道了，他也许觉得那位老领导也是他的朋友，不请他也应该去的。可别人都是穿戴一新带着礼金去的，老邱有钱送礼吗？新郎和新娘在酒店门口迎宾，场面真是喜庆而热烈。到了酒店门口，老邱显得与众人格格不入，要不是大家都认识他，他准会被赶走，一个"叫花子"还想喝喜酒。站在门口迎宾的新郎新娘看到老邱来了，两人的表情显出了不悦，但大喜的日子又不能生气。只见老邱大大方方地走到一对新人跟前，说了一番贺喜的话，新郎新娘早就听得不耐烦了，没想到老邱又像变戏法似的从衣袖里抽出一枝鲜花来，双手捧到新娘子面前，说："今天你们结婚大喜，我也没什么带的，就给你送枝鲜花吧。"那朵小花大概还是老邱在来时的路边采的。

四

老邱身上只要有点钱，就会打电话请这个吃饭请那个吃饭，可谁会去呢，和老邱在一起吃饭不丢人吗？你好意思让他掏钱吗？最让人烦的是老邱常在深更半夜给你打来电话，一接，他就情不自禁地感叹道："今夜的月亮真圆啊！夜色真美啊！"夏天晚上，老邱就睡在城市公园的长椅上；一到冬天，他就蜷缩在街边的自动取款机的小房间里。

老邱整天游走在城市里，没钱吃饭了，就到市郊的农家给人干点农活，混口饭吃，挣点零花钱，要么就是捡垃圾卖点钱糊口。老邱只有在城里实在待不下去了，才会回到他那偏远的小村里。可老邱不这样说，他说："过些天我要回到农村深入生活，积累一些写作素材。"我暗笑道："你就在社会的最底层了，还需要到基层深入生活？"老邱回去干几天农活，再从家里偷拿点地里收获的农产品出来，你可以想象，老邱在地里干活的情景和乡邻们嘲讽他的话语。老邱很少提及他的儿子，只有一次，他情绪很低落地对我说，他和儿子吵架了，接着又叹口气说："我们干的事他们那些人都不懂。"神情里流露出一种"燕雀安知鸿鹄之志哉"的无奈和悲哀。

老邱不愿意待在农村，宁可在城里流浪也不回去，可在城里，除了碰壁，就是吃闭门羹，又有谁会在乎他的存在呢。老邱真正令我们厌恶是在去年夏天的一天。那天中午，天气很是炎热，我们几个编辑正在认真地看稿件，突然，老邱粗鲁地推门进入编辑部，只见他满脸通红，衣服敞开着，一身的酒气。老邱喜欢喝酒，他的身上常装着小瓶的劣质白酒。这老邱要是在编辑部耍酒疯可成何体统！还没等他说话，我赶忙把他往外拉。他一下子显得激动万分，把脚上的一双烂鞋踢出去几米远，光着一双黑乎乎的脚板站在地板上，顿时编辑部里臭气熏天。我慌忙小声指责他："老邱，你这是干什么？你冷静点！你看把人都熏成啥了……"我向两个刚分来的女大学生望去，只见她们掩住口鼻，面露不悦。谁知，老邱更加激动，他几乎要跳起来，大声喊："我就是不冷静，我就是不冷静。"喊着喊着竟哭出声来……老邱意识到了自己的不雅和失态，慌忙找来鞋子穿好，连声说对不起，对不起，低着头退了出去……我觉得，老邱肯定不好意思再来了。

可没过几天，老邱又来了。这次，他显得有些难为情。他走到我的办公桌旁，低声问我："你能借我三块钱吗？我想回家，身上没钱了。"我当时衣袋里只装着一张五十元钱，我把手伸进了口袋，却又有点舍不得，这钱借出去就等于白给，他会还我吗？说不定以后会一次又一次地"借"，可不借，他是要回家呀。正在我犹豫不决的时候，旁边一位同事听到了，便对老邱说："来来来，我这儿有五块钱，拿去吧。"老邱千恩万谢地走了。

过了好久，老邱终于又出现了，又是高声吟唱着进来。只见他抱着一个纸箱子，一进编辑部，便走到上次借给他钱的那位同事身旁，大声说，这是从他们家地里刚摘的葡萄，专门带给这位同事的，并说上次借他的五块钱过几天再还他。我们都吃了一惊，那一箱子葡萄足有五六公斤，市场上一公斤葡萄都卖八元钱了！那位同事忙惊喜地说："谢谢，谢谢"，并说，"给我一箱子葡萄了，那五块钱还什么！"然而老邱却说："这是感谢你的，借的钱是一定要还的，我这几天干点活，挣了钱一定还你。"

我脸上火辣辣的，我并不是羡慕那箱葡萄，我是对我的冷漠和自私感到惭愧，我忽然想起"滴水之恩当涌泉相报"这句老话，然而我又从老邱的感恩里感到了一丝悲凉……

五

我一直想，老邱也许就这样在流浪中终了。他都是七十多岁的人了，身体一天不如一天，日子也一天比一天艰难。有时，我也想劝劝他，让他安心待在家里颐养天年，可他能待得住吗？跑了大半辈子，也许他觉得城里再苦，再看人脸色，也比待在那个偏僻的农村好些。

老邱越来越像一个乞丐，在大街上睡，捡垃圾吃。一次，我走在大街上，忽然看到老邱正在一个垃圾箱里翻找东西。当我走近的时候，老邱翻找到了一袋不知是馒头还是包子。老邱也看到了我，但他并没有觉得难为情，对我说："你看，吃的东西，就这么扔了，真是可惜。"我知道老邱一定是饿了，一阵心酸涌上心头，我对老邱说："走，我请你吃饭。"老邱也没推辞，跟着我走进了一家饭馆。我想与老邱保持一定的距离，可老邱却对我有说有笑，真像老朋友一般。当进门的那一刻，饭馆里的服务员和食客们都把目光投向了我们，老邱泰然自若依然大声地说笑，可我感到很难堪，恨不得找个地缝钻进去。我给老邱要了两个肉夹馍，递给他，准备赶快离开，可老邱的眼睛却向每张桌瞅去，当看到有一张桌子上食客都离席了，桌上还剩了很多饭菜，他走过去对服务员说："这些饭菜倒了也可惜，要不你给我打包让我带走吧。"

老邱每次进城的间隔时间越来越长，编辑部偶尔会有人提起他："老邱好长时间没来了，也不知道他最近过得怎样？""大概都死了吧。"有人笑道，语气里听不出一丝的同情和怜悯。

快一年没见到老邱了，我们都以为他真的已经死去了，他的存在与否又有谁会去关心呢。忽然一个初秋的早上，老邱又来了，又是未见其人先闻其声，像有什么喜事一般"喜形于声"。一进门，我们每个人的目光都投向他："老邱，这么长时间你不来，我们都以为你死了呢。"一位同事笑着说。老邱也不生气，高声回道："咋会死呢，你们看我还比过去活得更好了！"老邱的精神状态真的比过去好了很多，虽然更消瘦了，脸色却红润多了，还穿上了一身西装，只是西装穿在他的身上显得很别扭；脚上也穿了一双皮鞋，只是落满灰尘，看不出原来的颜色。老邱依旧是热情地伸出手和每个人握手，以前那双黑黢黢的大手也洗干净了些。他握完手，然后从新换的崭新的黑包里掏出一沓名片来，很郑重地一一发给我们，只见上面赫然印着"沙枣花诗社社长"。

　　啊，老邱当诗社社长了？我们看着名片，正在疑惑不解，老邱朗声笑道："哈哈，我们这个诗社，立足农村，面向城市。"说着，又从黑包里掏出一本打印的名叫《沙枣花》的诗刊让我们看，说这里面都是他们村的农民诗人写的诗。他一边给我们翻看一边大声朗读，读得抑扬顿挫、声情并茂。啊，又冒出来这么多的"老邱"来？老邱接着便眉飞色舞地给我们讲村子里的美丽乡村建设和发生的喜人变化：村民们住进了富民安居房，村里坑坑洼洼的泥土路修成了平平整整的柏油路，路两边还装上了路灯……更令他欣喜的是，在他的培养和带动下，幸福美好的生活激发了村民们的创作灵感，他们开始学习用诗歌的形式记录生活的点滴和对党和政府的感恩之情。村里成立了沙枣花诗社，他被推选为社长，他们有自己的刊物《沙枣花》，在上面发表的诗歌，村里还会发稿费。现在村民们创作诗歌的积极性很高哩！我听得入神，对老邱说："农村现在这么好，怪不得你不来城里了！"老邱笑了，笑得阳光灿烂。

　　我认真地翻看着那一首首整天和土地打交道的农民兄弟姐妹写的诗歌，虽然读不出多少诗歌的韵味，有点像大白话、顺口溜，但他们的感情是真挚的，散发着泥土的气息。我对老邱说："这些诗作我选上几首，修改后发在我们的杂志上。"老邱握着我的手，久久不愿松开，激动得连声说"好"。

心　月

又一次回到了老家，我不知是不是应该再去看看心月。

一

我和心月已经认识好多年了，是在网上认识的。一开始我们只是普通的作者和编辑的关系。我喜爱写作，自己绞尽脑汁写出的东西能够在报刊发表当然是最有成就感的。远离家乡在外漂泊的我，更期盼的是自己的文章能够在家乡的报纸上发表，让家乡的亲朋好友读到我的文字，了解到我的所思所想，那种被亲友关注被幸福包容着的感受真的是让人陶醉。我期盼着能够认识家乡关中平原那个小城唯一一份报纸的副刊编辑老师，这样自己的拙作在浩如烟海的稿件堆里也许会被多一分关注。

功夫不负有心人，我终于从一位文友处要到了那位编辑的QQ号，听说还是一位美女编辑。我便试着向她发出添加好友的请求，验证信息里我写道：一位远离家乡的新疆作者。我其实没有抱多大希望，一般来说，女性都不会随便添加陌生男子为好友的。可令我没想到的是，我的请求被她立即通过，像是也很急切地想认识我。与编辑成了"好友"，我一下子觉得家乡的报纸也成了我的亲人。她便是心月。

我们在QQ上的交流渐渐多了起来，我对心月的了解也多了一些。她是在新疆伊犁出生长大的，怪不得我的"请求"这么快被她通过，她一定是看到家乡的作者觉得特别亲切。其实新疆很大，我是在离伊犁近一千公里的吐鲁番，但对于远离家乡的她，只要是新疆人，都是她的老乡。现在，她工作在我的家乡，我生活在她的家乡，这种特殊的"老乡"关系更是一下子拉近了我们之间的距离。心月和我从只谈稿件写作的问题开始，渐渐地也谈一些工作生活中的烦恼琐碎事情。

心月似乎过得很不如意，显得孤苦无依，她总是怀念过去的幸福生活，抱怨现在生活的小城环境太差，看不到蓝天白云；抱怨人与人之间都充斥着焦躁和势利；抱怨在单位里，她总是默默无闻地干最苦最累的活，却又得不到同等的回报。心月似乎已把我当成了她的倾诉对象，生活中遇到不顺心的事，便在QQ上发来一段话，有时连一句问候也没有就发来一段莫名其妙的文字，她说她的，不管你在不在线，回不回复；有时聊上几句，可再细问，又没了下文，像一只鸟儿飞来又飞走。心月在QQ上的个性签名是"心若不伤，岁月无恙"，我感到在她的身上，一定发生过很多故事。

二

真没想到，我会和心月在一次文学笔会上相遇。那是我们认识两年后的盛夏时节，一个西部散文笔会在新疆举办，我有幸被邀请参加。报到的那天中午，我住进主办方安排的宾馆，翻看来自全国各地的参会人员名单时，惊喜地发现，名单里竟有心月的名字，就来自家乡小城的那个报社，这应该不会是重名吧。啊，真是天赐良机，这次可以面对面地与仰慕已久的美女编辑交流！我赶忙给心月拨去电话，认识两年了，却是第一次给她打电话。我听到她的声音，竟是那样的甜美和动听。她也很是惊喜，说："真是太巧了，我还想来参会没有认识的人呢，有你在，我心里终于踏实了些。"她说她坐火车大概下午才能到。我开始期盼着与心月的相见。

傍晚的时候，终于等到了心月来报到。心月边走边接着我电话的身影映入了我的眼帘，她身材娇小，一袭白裙，拖着一个黑色的皮箱。当我们走近时，她很自然地向我伸出手，我倒显得很拘谨，有点胆怯地、象征性地和她握了握，握手过后，我才放松了些，和她寒暄了起来，就像故人相见。我帮她提行李，忙前忙后办理报到住宿手续。安顿好了一切，一位文友给我发来短信，说晚上我们十几位熟悉的新疆文友在一起小范围聚餐。我便对心月说，晚上我们有个活动，让她一个人下楼去吃饭。谁知心月立即用渴盼的语气问我："我可不可以参加你们的聚餐？我想认识一下家乡的文友。"我犹豫了几秒钟，随即便满口答应。我给组织这次活动的老师汇报了这个信息，他热情地说："那就带来呀，大家都认识认识！"

时间快到了，我过去敲开了心月的房门。她正在收拾打扮，像是准备出席一场非常隆重的活动，还问我："你看我这样穿着行不行？"我连声说"好"。我带着心月赶到聚餐地点，大家都坐好了，美味佳肴摆满了一桌，但没人动筷，一桌人谈笑着恭候我和心月的到来。

一看我带个美女进来，大家立即停下各自的话题，一双双眼睛向我们投来一道道亮光，热情地鼓掌欢迎。我从来没有享受过这样的待遇，真有点受宠若惊，一下子竟羞红了脸。可心月却很大方地向大家问好。落座后，我红着脸向大家介绍心月，当说到心月是我的朋友时，有几个文友便开始说笑起哄："是女朋友吧？"可心月也不气不恼，始终笑吟吟地和大家打招呼。该她自我介绍了，她款款地站起身，笑容满面地说，她就是新疆人，生在新疆，在家乡长大，一别就是几十年，这次回到故乡，心情万分激动，希望大家多多关照。大家又纷纷鼓掌：欢迎心月回家乡！

那天，组委会安排我们去伊犁的那拉提草原采风。大巴车出发了，我和心月坐在一起，我又是很不自然，手脚都不知该怎样放，可心月却把她的欣喜之情完全表露了出来。伊犁就是她的家乡，她在车上尽情地给我讲述她记忆中伊犁草原的美景。我想象着，在一望无际的大草原上，各种野花盛开，再和一位美女编辑悠闲地散步，那种情境，真是再幸福不过了。

三

草原到了，真是比我想象的还美，我和心月在一片青翠得让人不忍踩踏的草"毯"上漫步。

忽然，心月笑着问我："那你是怎样来到新疆的？"这个问题很多人都问过我。新疆是一个五湖四海的人汇聚的地方，有二十世纪五六十年代支边来的，有全国十九个省市对口援疆来的，也有新时代大学生志愿服务西部计划报名来的……我虽然也是大学毕业后来的，可我却是因为家乡大学毕业生太多，不好找工作，不得不来到遥远的新疆寻求一份工作。

那年大学毕业，跑了好多场人才交流招聘会，递交了上百份求职自荐信，工作依然没有着落。那就到人才缺乏的地方去吧。我开始热切地关注起西部大漠新疆来，那是一块蒙着一层神秘面纱的疆域，我终于下定了去新疆的决心。当时正好有一家来自新疆吐鲁番的企业来西安招聘，我成功应聘。吐鲁番有闻名世界的葡萄沟，有《西游记》里的火焰山，在我的心目中她是一个神话般的地方，没想到我竟要到那里去工作和生活。

流火的七月，我告别了父母，告别了家乡，孑然一身踏上了西行的列车。车窗外，绿色逐渐地减退，景色也越来越单调，过了甘肃武威，眼前已成了开阔的荒漠景象。有时火车飞驰上一两个小时也看不到一点人烟，偶尔一些风景如画的村庄也是一掠而过，满眼都是戈壁和荒山。以前只知道新疆遥远，可当我经历了几天几夜的煎熬，才对她的遥远和荒凉有了最深切的体会。

吐鲁番终于到了，来之前，我就做好了充分的心理准备，可真正来到这里，我的心还是凉了半截。这里太荒凉了，荒凉得让人有一种与世隔绝的感受。更令我恐惧的是这里的风沙，刮起风来飞沙走石天昏地暗，有时一刮就是两三天不停，待在半米厚的土坯房里也让人心惊胆战。

我给心月讲述我刚来到这里的心情和感受，心月叹口气说："你也算坚强，当时环境那么艰苦你都坚持下来了！"

"不坚持下来，难道又回老家吗？"我笑着说，忽然觉得不应该给心月说这些，"对不起，我不应该说你的家乡不好，她现在也是我的第二故乡。"我有点不好意思。

"当然，'谁不说俺家乡好'，新疆是我的家乡，是最美的地方，这里有草原、雪山，牧场，羊群，可对于一个从繁华的关中平原来到遥远的新疆，陌生的环境，又没有亲人关照，刚开始肯定会不适应，况且新疆有些地方确实很艰苦。我也能理解你当时的心境，就像我刚去你的家乡。"心月笑了。

"那你是在新疆成的家？你妻子也是新疆人？"

"是的，但她的父母是几十年前从四川迁居到新疆的，她是在新疆出生长大的。"

"那你应该珍惜你的妻子，她在你最孤独无助的时候接纳了你。"心月若有所思地说。

我真的应该感激妻子一家，在遥远的异乡给了我一个温暖的家。

那年春天，公司里有位热心的大姐为我介绍了单位附近村子里的一个女孩，她叫苹，长得很清秀。

可我真没想到苹家竟那么穷。第一次去她家，按照我们事先约好，那天早上，我骑辆自行车气喘吁吁地赶到苹家所在的村口，她已等在了那儿。她带着我曲径通幽般穿过几条村中小道，终于在一个用树枝木棍搭成的栅栏门前停了下来。我跟在苹的身后，忐忑不安地走进院门。

几间低矮的用土块垒成的小屋便映入眼帘，一个矮胖的老妇人一手叉腰站在土屋的门框里。女友告诉我，这是她的母亲。我心里胆怯起来。没想到从这位未来的丈母娘的眉开眼笑里，我这个准女婿竟然过关了。进入小屋，光线昏暗，看不到几件像样的家具，可我却感受到了家的温暖。

认识交往了几个月，苹便嫁给了我。她嫁给了我，而我却住进了她家。岳父母给我们收拾出一间小屋，虽然房子狭小得只能容下一张床，但我躺在床上很温暖、很幸福。我是个异乡人，岳父岳母也是异乡人，老屋为我们这一家异乡人遮风挡雨。

婚姻生活总会有"七年之痒"。刚结婚那几年，我和妻子的吵架几乎是家常便饭。我不会哄妻子开心，妻子做错一点事我都要逼着她承认错误才肯罢休。

终于，在一个狂风大作的夜晚，我和妻子却在家里吵得不可开交。我说这个家拖累了我，说我每天从单位回来，还要去地里干农活；妻子忍无可忍也反唇相讥，说我连个房子也没有，她便嫁给我，说我没什么本事只会在家里作威作福！岳父，那位平日少言寡语的老人也一下子暴怒起来。他瞪着眼睛对我吼道："你要是没有责任心的话就离开这个家……"好，走就走！我翻箱倒柜收拾我的衣物，可当我背起那个破包刚跨出家门，一股狂风袭来，我打了个趔趄，差点摔倒。那一刻，妻子一下子跑到我的身后，抱住了我……

那个夜晚，我躺在床上，望着窗外的明月，想起遥远的家乡和年迈的父母，泪水一下子溢满了眼眶……妻子轻轻地推了推我，低声对我说："对不起……你知道我是鼓了多大勇气才说出这三个字的吗？……以后，你心里不管有什么怨气，都千万别在我父母家里对我吼叫，以免他们伤心，等我们有了新房，你打我骂我都行……"我第一次对妻子和这个家有了一种负疚感。是呀，岳父母把女儿嫁给我，不图我什么，只希望我对他们女儿好。

我擦干了眼泪，一字一句地对妻子说："就算我心里再烦再闷再苦再累，也要在家里，在岳父母面前保持一张笑脸。"于是，我们便有了一个婚姻的约定。生活依旧，烦恼依旧，但我努力地克制着自己。虽然有时感到压抑，但正是这种压抑，让我们体会到了宽容的甜蜜。后来有几次，我差点又旧病复发，但每次我刚要发作时，妻子便把食指放在嘴边，做个"嘘"的动作，笑着悄声对我说："别让我爸妈听见。"我的怒气便一下子烟消云散。妻子也变得更加贤惠，她总是细心地把我随手乱扔的东西整理好，等我需要时又一一给我找出来。我喜爱写作，每次写好一篇稿子，她便是我的第一位读者，读后总不忘鼓励我："老公，我相信你会成功的！"就这样，我们的爱情如一杯醇酒越品越醉人……

"那你是怎么离开新疆去到我老家那个小城的？"我终于把我深藏内心的疑问小心翼翼地提了出来。

"说来话长。"心月只说了简单的四个字便陷入沉默。

其实，我还想问她丈夫的，可我没敢说出口。从她的神情判断，"他"应该是不在了，永远不会回来了。我怕问起她的丈夫会令她伤感。

忽然，心月惊喜地喊道："这儿有'勿忘我'！"顺着她手指的方向，我看到草丛中开着几朵淡蓝色的小花，心月边喊边轻盈地跨过去，蹲下身，爱怜地抚摸着小花，像遇见故人般的惊喜。我走过去，也蹲下身来抚摸那一簇簇硬币大小的小花，它五个淡蓝色的花瓣中央有一圈黄色的心蕊，煞是惹人怜爱。这就是"勿忘我"？我虽然在文学作品里读到过这种花的名字，却是第一次见到这种花，看她对"勿忘我"爱怜的神情，我觉得，这一定是她最喜欢的花儿。

我有一种预感，觉得她丈夫的消失很可能就与"勿忘我"有关。我想到了那个古老的传说：一天，古代欧洲有一位骑士和他的恋人在多瑙河岸漫步，忽然，恋人看到水边草丛中盛开着一簇簇美丽的淡蓝色小花朵，便要采来插戴。骑士为表达自己对恋人的爱情，涉水去采，不料在采花时失足落入水中。这时海潮汹涌而来，骑士沉重的盔甲使他无法游动，甚至无力呼吸，在即将被海浪卷走时，骑士绝望地把花抛向了岸上的恋人并大声喊道："别忘记了我……"从此，那淡蓝色的小花便被人们称作"勿忘我"。

我隐约感到在心月和她丈夫的身上也一定发生过一个凄美悲壮的故事。

短暂美好的笔会结束了，我把心月送上返程的火车，心里忽然觉得空落落的，有一种失落感。分别的时候，心月送给我一本她新出版的书《勿忘我》，她说，书里面有她的故事。心月的文字很纯净很清新，既有南方女子的娇柔淡雅，又有北方女子的刚强豪迈，似乎又流露出一种忧伤的、让人怜惜的味道。我对她的经历有了大概的了解。

四

心月真的经历过很多世事。小的时候，在广阔的伊犁草原上，她挥杆放羊，那一群羊儿是她的伙伴，累了，便躺在柔软的草毯上，眼望蓝天白云，无忧无虑。别看她是个女孩子，在草原上骑马扬鞭也毫不怯场，飒爽英姿，像个小花木兰！在她的文字里，故乡的山山水水给她带来了无尽的快乐，是她人生中最幸福的时光。可命运在她初中毕业那年出现了转折，她跟随父母迁居到了她们的祖籍地陕南小城安康，相比伊犁的广阔和大美，安康更多了些江南水乡的灵奇和俊秀，她也很快便喜欢上了那里。

再后来，便是遇到了生命中的"他"。她的丈夫是一名铁路建设工人，常年奔波在祖国各地的建设工地，铺轨架桥，她便跟随着丈夫穿山涉水，成了一名"路嫂"。在一个地方多则半年少则几天，人走家走，待的都是一些自然环境恶劣的险峻艰苦之地。她虽不是什么大家闺秀，却也算得上小家碧玉，从小到大，都没吃过什么苦，可跟随丈夫的那些年，却吃尽了苦头：他们住的是简易狭小的板房，炎炎夏日，板房里酷热难耐，蚊虫乱飞；寒冷的冬天，又四面透风，滴水成冰。可这都不算什么，可怕的是，板房里常会有花花绿绿的蛇儿光顾，地面上常会出现成群结队黑压压一片的蚂蚁，吓得她花容失色；更可怕的是，遇到狂风暴雨，小屋便在风雨中飘摇，他们甚至担心屋顶会被掀飞，小屋会被冲走。但这些她都不怕，能和丈夫在一起，再苦再累她也无怨无悔，她觉得每天都是那样的新奇和快乐。以前，她在家里连做一碗蛋炒饭也搞得手忙脚乱，但为了苦累了一天的丈夫回家能吃上可口的饭菜，她学会了在拥挤的既是卧室又兼作厨房的板房里，有条不紊地做着一道道美味佳肴。特别是他们的女儿出生后，日子过得更加甜蜜：她每天抱着咿呀学语的女儿期盼着丈夫早点回家；阴雨天气，几平方米的小屋里搭满了孩子的尿布片片，满屋子都是孩子的尿臊味，但她却闻出了一种异样的馨香来；孩子长到一岁多的时候，路也走得稳了，开始爱串门了，常常一个人从这个板房跑到那个板房，院子里的工友们也都很喜欢孩子，总会把孩子打扮成各种逗人的小模样，然后用手机拍成照片拿给她看，笑得她直不起腰来。

对她来说，那是一段幸福难忘的岁月，虽然生活条件很艰苦，居无定所，却也快乐无比，有深爱她的丈夫和可爱的女儿，有关心他们的领导和友善的工友，可以欣赏到祖国各地的壮美景色，可以呼吸到山野田园里最新鲜的空气，还有那么多美丽的小花"勿忘我"。在心月的文字里，常常会提到那个"勿忘我"的野花，她说她最喜欢的花儿就是"勿忘我"。淡蓝色的小花，在这个喧嚣的人世间，总是静静地盛开在僻静的角落里，不炫目，不张扬，却又渴望阳光的照耀。心月说她在家里就养了很多盆"勿忘我"，不管家搬到哪里，"勿忘我"都是一定要带走的。

可谁能料到，这段幸福的婚姻生活却在她人到中年的时候戛然而止，就像一叶在碧波荡漾的大海上欢快地漂流的小舟一下子被搁浅到了一个孤岛上，从此，她的生活里再也没有了丈夫的身影。她带着只有几岁的女儿来到了我的家乡——关中平原上一个举目无亲的小城里。在当今这个竞争激烈的社会，她没有文凭，又人到中年，生活的艰辛可想而知。很长的一段时间里，她都是生活在社会的最底层，走马灯般换了一个又一个工作。

她常常干着别人不愿干的脏活累活，与各色人等打着交道，心中却在追寻着另一种颜色的梦。她开始学习写作，写她的人生经历和生活感悟，靠微薄的稿酬补贴家用。后来，她便凭借着自己高质量的文学作品被小城的那家报社聘用。

没想到心月的人生经历竟然如此的艰辛跌宕。那么恩爱幸福的一家人到底发生了什么？我真的不敢胡思乱想。我在心月的书中阅读着、翻找着、搜寻着，试图在字里行间寻找蛛丝马迹，可我什么也没发现，她的丈夫到底去了哪里，还是？

五

谜底是在我上次回老家时来到心月家里才揭开的。

上次回老家探亲可比这次要激动得多，有了和心月在新疆相遇的经历，这次回到我的家乡——她生活的小城，我们又可以相见，甚至还可以到她家里坐坐，想想都觉得很美。到家的第二天早上，天还没亮，我便起了床，洗漱完毕，收拾打扮了一番。这时，母亲已开始在厨房做早饭，我走进厨房，对母亲说："妈，早上我不吃饭了，我有事要到城里去。"母亲心疼地责怪道："昨天才回来，今天又要跑出去？"我说我要去见个同学，和人家都约好了。母亲伤感地笑着说："你回来就不是看你妈来了……"我忙安慰母亲："妈，这个假期有十多天时间呢，今天回来我都在家里陪您。"

我这样急切地进城，并不是想见我的什么同学，我想见的便是心月。我骗了母亲。回老家的信息，我在一个星期前已在微信上告知了心月，她回道："欢迎游子回家乡，回来后联系。"

我在村口坐上了去城里的班车，不到一个小时就来到了市区。下了车，我心不在焉地转了转，便掏出手机准备给心月打个电话，可这个时候，心里却胆怯了起来。虽然我和心月已经见过一次面了，但那次是偶遇，这次我回老家，她是否愿意让我去家里坐坐我还是心里没底。她在她社交平台的公告栏就写着这样几句话："本人愚钝，不善交际，无约勿访，家中不会客。"她不善交际，我更不善交际，我怕打电话给她没有思考回旋的余地，要是一紧张，意思表达不清楚，或者说错了话让她误解，就不好收场了。

思来想去，我决定还是先发条短信过去。怎么说呢，我算是一个"作家"，文字表达是我的强项，写得肯定要比说得好。我小心翼翼地写好短信："心月你好，我现在回到老家了，就在城里，你在家吗？"短短的一行字，却在心里斟酌推敲了无数遍，比写一篇文章还用心，然后一点发送，接着就是急切而又忐忑不安地等着她的回复。我想，她也许会以各种理由婉拒我。

苦等了半个多小时，终于等来了心月的电话。她说刚忙完家务，才看到我的短信，没想到我这么快就从新疆回来了，她邀请我到她家里来坐坐，并短信告知我详细地址。去她家里？看来心月还是很重视我这位朋友的，虽已是人到中年，能被美女请到家里做客心情还是蛮兴奋的。家乡的小城我还是比较熟悉的，但找到心月所住的小区我还是问了好几个路人。快到了小区大门口，我又把皮鞋擦了擦，把衣服整理了一番。猛然间，我看到一位女子娇小的身影正在向我这边张望，走近几步，我看清楚了，她就是心月。到了大门口，她笑盈盈地迎上前来问我道："我这儿是不是不好找？"边说边热情地伸出手来。

六

心月住在一栋老旧的楼房里，在昏暗狭窄的楼道里，堆放着各种杂物，散发着一股股烟熏霉烂的气味。她领着我上楼，边走边让我注意脚下，她自嘲地对我说："你看我这儿像不像个贫民窟？"我不知该说什么，心想，看来心月真是过得很不如意。可是进到她的家里，我即刻便感受到了满屋温馨淡雅的气息，虽然房子不大，却收拾得井井有条。客厅里一个十几岁的小女孩正在看电视，看我进来，问候我"叔叔好"，心月说，这是她的女儿，家里就她和女儿两个人。我"哦"了一声，她没有提到她的"丈夫"，看来和我猜测的一样，她丈夫肯定不在了，我千万不能问。

在狭小的客厅里，我一边局促不安地和心月聊着，一边喝着她泡的香茶，环视着房间的陈设，掩饰着自己的紧张。这时，我看到窗台上养着几盆淡蓝色的花，我起身走过去，一眼就认出，就是"勿忘我"。心月也随着来到窗前，对我说："看，我养的小花'勿忘我'。"我注视着这淡蓝色的小花，又想到了她的丈夫，想问又不敢问，怕引起她伤感，赶忙转换话题。

正在闲聊的时候，忽然心月的手机铃声响了，只见她拿起手机看了一眼，便喊来了女儿，把手机递给她；女儿拿起手机，即刻便跑进她的小房间，我想，肯定是孩子的同学打来的电话，有什么小秘密，不让我们听。不到一分钟，小女孩便从房间里跑出来了，欢喜地对她妈妈说："我爸爸马上就下火车了，我这就去接他！"说着，便兴冲冲地在门口换鞋准备出门迎接爸爸。一听孩子的这句话，我惊出一身冷汗，啊！她爸爸——那个"他"还在？还马上就回家了！这可真让我猝不及防，我向心月望去，她倒显得很平静，但我从她平静的表象下似乎又读出了一丝狡黠，她难道是要让我在她的丈夫面前尴尬和出丑？想到这儿，如坐针毡的我觉得还是走为上策，于是匆忙结束聊天话题，站起身，准备告辞。

"你坐呀，走什么走？你是不是听孩子说她爸回来了，就不敢在这儿待了？"一看我这么紧张，心月忍不住笑了。

"不是，我还有点事儿……"我不敢看心月的眼睛，我低着头，面红耳赤，支支吾吾地说，恨不得找个地缝钻进去。

"你别紧张，他是过来看他女儿的，陪他女儿看场电影，不到家里来的，我们早已离婚了。"心月说得很轻松随意，像是说别人的事情。

一听此话，我又一下子惊得说不出一句话来。这几分钟的时间，我的心中便经历了两次的惊涛骇浪！我曾猜测了好多种可能，可从来没想过她和他会离婚，脑海中一丝这种念头都没闪过。她在她的书里回忆往事，一口一个"我老公"，叫得是那样的亲昵，谁又能想到他们早已成了陌路人；就算回忆他抛家弃女后她们母女俩过的孤苦无依的生活，她也没有流露出丝毫的恨意和怨言。我倒吸了一口冷气，现实和我猜测的截然相反，她的丈夫，现在应该说她曾经的丈夫，在我的心目中曾是那么好的一个男人，那么高大的一个形象，一瞬间，就崩塌了；我想象的他们深厚的夫妻情感也在那一刻彻底瓦解，这么几年，我都在"寻找"的那个"他"，竟然还苟活在这个世俗的人间。

"你不知道吗？我还以为你都知道了。"心月笑着问我，眼里也是很惊讶。

"我真的不知道，真没想到会是这样，心里只是隐约有种不好的感觉，又不好意思问你。"我低着头怯怯地回答。

"我们已经离婚五年多了。"心月叹口气，略感伤心地说。接着，便回忆起了那段不愿再回首的往事："……那年，他调回省城一家建筑企业，我们终于结束了漂泊不定的工作，也在城里买了楼房……可谁知，这个时候他有了外遇，人家都不爱我了我还待在那里干啥，我便带着孩子离开了那个家，再也不想回去。"心月说得很轻松，像在说别人的事情，可我的心里却很沉重。我试探着问她："你和孩子她爸还有没有复合的可能？毕竟你们也有一个可爱的孩子，那样也是一个完整的家庭。"她又笑道："文人就是迂腐，人家早就另成新家了，离婚不到一个月就又结婚了。"我看着眼前的心月，不禁想这么好的妻子他竟也不懂得珍惜，我的心中对那个负心的男人蓦地升腾起一腔怒火！我愤愤不平地问心月："那你不恨他吗？"心月笑了笑，说："我又何必怀恨在心呢？恨又有什么意义呢。"

沉默了许久，心月也许感到这个话题太沉重，忽然笑着问我："那这么几年，你觉得我是怎样过的，你想到的是什么？"我又一下子紧张得说不出话来："我想……是不是……"心月看着我，脱口而出："你是不是以为他已经离开了这个世界？"啊！我慌忙掩饰，说："我猜测来猜测去，却真没想到你们是离婚了。"心月的眼神里满含忧伤，她说："我只是当他已经消失了，去了一个我永远也找不到的地方……我如果恨他，恐怕那段最美好的岁月也会被笼罩上阴影；如果我整天只是在仇恨中生活，也许人早就垮了……"

心若不伤，岁月无恙。

我望着眼前的心月，一下子感到她憔悴了许多，我不知道这漫长的五年她是怎样挺过来的。我问心月："你还这么年轻，不想再找一个吗？""我也想有个完整的家呀，现在有孩子在身边还不觉得什么，就怕将来孩子考上了大学，离开了家，家里就剩下我一个人的时候，那时就真正感到了孤单，人老了还是要有个伴的。"心月神情落寞地说，"亲戚朋友们也为我介绍了好几个，可要么他是挑三拣四挑花了眼的'钻石王老五'，要么就像我那段失败婚姻中的他，忘记了过去的人……"

我的心头猛然一惊，自己不也差点就成了那个迷失自我的人吗？想想我在遥远的新疆和妻子"千里姻缘一线牵"，结婚几年后终于有了自己的小窝，家徒四壁，每天粗茶淡饭，一个月也难得吃上一次肉，妻子穿的衣服都是最便宜的地摊货……那样艰苦的日子，可妻子不离不弃，陪着我风雨同行；日子一天天地好起来，可随着婚姻生活的日渐平淡，随着妻子容颜的日渐衰老，自己不是也开始嫌弃她，向往着"围城"外面的生活……

忽然，心月半开玩笑半认真地对我说："你看我过得这孤苦伶仃的日子，你在你的亲戚朋友里也帮我找个好人家吧？"我立即信誓旦旦地答应："你放心，你要是不找个好人家，老天真是不睁眼，我就当是为我妹妹挑选，这事包在我身上了！"心月笑了，眼眶里却含着点点泪花，可随即笑容便淡去，叹口气说："这么多年，那么多关心我的亲友，都找不到一个合适的，你又能认识谁呢？"我叹口气，自言自语道："是呀，我又能认识谁呢？"

"不去想这些不愉快的事了，该走的会走，该来的也会来，快快乐乐过好自己的每一天。"一阵沉默过后，心月朗声笑道，她又注视着窗台上的"勿忘我"，说："你看那几盆'勿忘我'开得多好，它们的名字虽然叫'勿忘我'，可在哪个角落它们都是阳光般地开放。就算整个世界都忘掉了我，我也要快乐地生活。"心月笑得很灿烂。

············

一年多没见心月了，我也问过她找到好人家没有，她都是说，还是老样子。我走在家乡小城的大街上，几次掏出手机，想给心月打个电话，可想了想，又把手机放回口袋。我还是默默地祝福她幸福吧。

爱怕来不及

一

　　娟子陪护着丈夫已经在医院住了快一个月了。她的丈夫五年前患了脑梗，从此便开始行动不便，走路都需要人搀扶。后来每年都要复发一次，一次比一次严重，以前那个健壮如牛的小伙儿最后就只能躺在床上，生活完全不能自理，身体也一次比一次肥胖沉重。只见他躺在病床上，五大三粗、黑黑壮壮，已完全不能动弹，也不能说话，只有眼珠子可以转来转去，像是被捆住了手脚的鲁智深，柔弱的娟子伺候丈夫已显得越来越吃力了。

　　娟子不时艰难地为肥胖的丈夫翻身，擦汗，接尿，接屎，每一个动作都要使出她全身的气力，累得都快要瘫软。可她的脸上却始终挂着笑容，说话也轻声细语；而那个庞然大物般的丈夫似乎也觉得接受妻子的伺候理所当然，隔上一会儿便用含混不清的字音让妻子给他翻个身。有时候刚翻完身坐下，他又开始使唤她，娟子便笑着说："你一天都能翻八百遍身，你先静静躺一会儿，让我喘口气儿。"可话还没说完，她又开始在丈夫身上忙活，看不出一丝的嫌弃和抱怨。

　　娟子的丈夫虽然病得很重，他们每天打的饭也最便宜，可他们又看起来很幸福：开饭了，娟子打来一碗稀粥，她喝完上面的清汤，把下面的米粒喂给丈夫；买来一袋圣女果，用开水烫过，又一个个剥去果皮，塞进丈夫嘴里……每次给丈夫喂食，娟子总是边喂边笑着轻声给他说话，哄着他吃，像哄着自己的孩子……

　　病房里的另一床是个八十多岁的老人，老人是娟子陪护丈夫这次住院的第三个病友了，前天下午来的。老人身体也很肥胖，病得也很重，还患有哮喘，不时就出现呼吸急促甚至喘不上来气的紧急情况。陪护老人的是一位三十来岁的女人，一看就是农村来的，黑瘦黑瘦的，穿得很朴素，甚至有点土气。可她是大爷的什么亲人娟子却猜不透。年龄看应该是大爷的女儿或者孙女吧，可没听她喊一声"爸爸"或者"爷爷"，当然也不敢猜想她是大爷的"少妻"。这个女人在老人身边几乎寸步不离，每隔一会儿就问一声大爷："你感觉怎么样？"没有称呼，她对大爷说的每句话都是以"你"或"我"开头，语气说不上热情也说不上不热情；她的动作很麻利，虽然也很瘦弱，但一个人为老人翻身显不出吃力的样子，应该是经常干农活的。

二

　　第三天的早上，这个谜底揭开了。天刚蒙蒙亮，两个女人便都忙开了，她们各自打来一盆热水。娟子给她的丈夫翻身，把毛巾打湿，给丈夫擦脸、擦手，边擦洗边像哄小孩似的笑着问丈夫："昨晚睡得怎么样，做了个什么好梦？"那个"鲁智深"又是一阵咿咿呀呀，娟子忙阻止他："好啦好啦，我听到了。"

　　而另一边，黑瘦的女人也在给大爷翻身擦洗，她依然是面无表情默默地做着这一切，像是在擦拭一件器物。

　　"芳芳，芳芳……"忽然，老人用微弱的声音喊道。

女人愣住了，正在给丈夫擦手的娟子也听到了，也愣了一下，连她丈夫的眼睛也向大爷的床边转去。

"我不是你女儿'芳芳'，我是你们雇来的护工，我叫春燕。"没想到女人冷冰冰直截了当地回答。

娟子的目光立即投向了春燕，对她这个直接而生硬的回答表示惊讶和抱怨，也可以想象到大爷听到这个回答该是多么的失望和悲伤。空气像凝固了一般，每个人都觉得尴尬不已。

沉闷的空气中，娟子和春燕忙完了一切，那位大爷躺下又睡着了。娟子把春燕叫到病房门外，两人小声地聊了起来。

"你刚才不应该那么对大爷说，你想大爷听后多么伤心呀。"娟子说。

"我也是心里生气，那个'芳芳'心也太狠了，她爸现在都病成这样了，说不定哪天就走了，她也不来看一眼？……"春燕气愤地说。

娟子这才对大爷的家庭情况有了一些了解。大爷是个退休干部，老伴刚去世不久。他有两个女儿，"芳芳"是他的小女儿。可她们现在都不管老父，也不知是不孝还是有其他原因。

"要不大爷再叫他女儿'芳芳'的话你就答应一声，大爷那时也是迷糊了，等他清醒了就说'芳芳'又走了。"娟子对春燕出主意，春燕点了点头。

娟子也对春燕的情况有了一些了解，她家住在城南的塬上，丈夫几年前就去世了，留下她一个人带着两个孩子，一个男孩，一个女孩，一个上小学，一个上初中。家里地少，都在山坡上，靠天吃饭，日子过得很艰难。她便在一家陪护公司找了个农闲时来到医院里照顾病人的活儿，挣一点陪护费补贴家用。

娟子和春燕渐渐地熟识起来了，一看到娟子为丈夫翻身，春燕便赶忙过去帮着推搡。

那位"鲁智深"躺在病床上，虽然不能动弹，眼珠子却转来转去，看到谁都想说上句话，可又说不出一句完整的话来，一个字都说不清。只要你一走近他的床边，他的眼光马上转向你，瞅着你，艰难地吐着字音，脸憋得通红。别人只好凑近他，可就算把耳朵凑到他嘴边也听不清，猜不出他在说什么，只好无奈又尴尬地冲他笑笑。但娟子却能听懂，只要丈夫嘴巴张开，刚发出一两个字音，她马上说："好了，别说了，我知道你想要干什么。"便立即按照丈夫的意愿去服侍他。

一天，另一个病房里一位陪护病人的中年男子来串门，在娟子的"翻译"下，两个男人谈得很投机。中年男人说，他以前在新疆工作，"鲁智深"一下子激动不已，脸上挤出一丝笑容来，说他以前也在新疆工作，铁路上的，新疆跑遍了，甚至全国各地都跑得差不多了；说他爱唱歌，在市里参加歌唱比赛获得过优秀歌手称号；他还爱打篮球，当过单位篮球队队长，但他不爱踢足球，他觉得踢足球很野蛮。两个男人谈得火热。

只要丈夫一说起他过去的经历，讲起他的辉煌岁月，娟子总是听得很仔细，很耐心，还不时地向丈夫提问，问一些细节，有时还要让丈夫讲上一两遍，似乎也听不太懂，说这些事以前怎么没听你讲过？

三

虽然两个病号都病得很重，但病房里的气氛却轻松而欢快。可几天后的一个中午，病房里来了一位三十多岁的壮汉，气氛一下子降到了冰点。

壮汉走到大爷床边，淡淡地问了句："大伯，你感觉咋样？"应该是大爷的侄儿，可他连大伯的手都不愿摸一下，接着却用颐指气使的口气对春燕说："照顾老人你不能闲着，要经常问问老人哪儿不舒服？"又指手画脚地指责说这儿没弄好、那儿要注意。春燕一声不吭，按他的吩咐去做。壮汉说完，便自顾自地躺在陪护床上，玩起了手机，不一会儿便睡着了，打起了呼噜。

等他走后，春燕便伤心地哭泣，原来这个壮汉就是老人的亲侄儿。老人的女儿都不管老人后，他便全权负责起了老人的生活，当然，老人的退休金，他也理所当然地代管起来。今天，他就是来医院缴费的。他只有在医院催要住院费时才会露面。

娟子和春燕开始对大爷以后的生活充满担忧，能放心让这样的人照顾吗？

"芳芳——芳芳——"又一个清晨，春燕正在给大爷擦洗，大爷又是用微弱的声音迷迷糊糊地喊。娟子的目光投向春燕，春燕显出不知所措慌乱的样子，等了一两分钟，似乎做了很大的思想斗争，她终于应道："爸，我是芳芳，我来看您来了。"只听大爷"啊"了一声，虚弱的身体里仿佛一下子注入了一股力量，他睁开了浑浊的眼睛，挣扎着抬起身，凑近他的"芳芳"，可看了又看，最后失望地摇了摇头："你不是芳芳。"又是一阵沉默。

过了好一会儿，娟子又把春燕叫到一边，开始商讨怎样让大爷的女儿芳芳来看望父亲。

"大爷，您知道芳芳现在在哪儿吗？她为什么不来看您？"春燕小心翼翼地问。

"唉，都怪我……"大爷悲伤地叹口气，眼角滚出两滴眼泪，便不再言语……春燕心想："我就猜到父女之间肯定有什么矛盾，要不父亲得了重病女儿怎么能不来看一眼呢？"可具体什么矛盾，她也没有多问。

"大爷，您有芳芳的电话吗？"过了一会儿，春燕又问。

"有。"大爷眼里闪出一丝亮光，忙摸索出他的老人机，在手机里找到了女儿芳芳的电话。

电话有了，可打个电话就能让芳芳来吗？两个女人心里都没底，不知该怎么劝芳芳。这时，那位"鲁智深"又开始咿咿呀呀地叫，很急切的样子，娟子明白了，他要给芳芳打电话。她笑着对丈夫说："你躺你的，你不用管。"可丈夫睁着牛眼，说得更用劲了，娟子知道，拗不过丈夫，只好对他说："好好好，让你说！"娟子忐忑不安地拨通了芳芳的电话，她已做好了被拒绝的准备，她想一次叫不来，打两次；两次不行，三次！

四

娟子简单地介绍了一下自己，再把大爷的病情告知了芳芳，不出所料，那边芳芳的态度很坚决："我不去，我不会原谅他的！""可他是你爸呀，大爷那么大年纪了，他现在唯一的心愿就是你能原谅他。"这时，丈夫"啊、啊"地叫，眼珠子瞪得很大。娟子把手机凑近丈夫嘴边，一通"啊啊呀呀"，明显看得出丈夫很生气，娟子赶忙又把手机拿过来，对芳芳说："芳芳姐，对不起，刚才是我丈夫非要跟你说。他已全身瘫痪了，完全不能动，说话只能这样。他的意思是，你爸现在最需要你，就别让他心里不安了。"电话那边，芳芳吃惊地"啊"了一声。娟子接着说："我看到大爷这几天病情很重，心里也一直在抱怨着自己，他的心里一直不安呀，你忍心让你爸带着遗憾离开这个世界吗？"

芳芳那边态度明显缓和了，她问了几句父亲的病情，最后说："我现在还有点事，后面再说。"便挂了电话。

那天晚上，娟子试着搜索芳芳的手机号加她的微信，不大一会儿，两人便加上了好友，聊了起来：

"你爸几次迷迷糊糊中都在喊着你的名字，他多想见到你呀！"

"你知道吗，是他害死了我的妈妈。"

"啊……"

原来，大爷性子急，脾气又不好，生活中经常和老伴为一些鸡毛蒜皮的小事争吵。那是一个寒冷的冬日，老两口又因什么事争吵，吃过午饭，大爷气鼓鼓地午睡，大妈心情郁闷地收拾完碗筷，便开始在火炉上热了一壶水，开始洗衣服。不知过了多久，大爷醒了，觉得外面静悄悄的，他想，老伴是不是出去了，便喊了一声，没有回应，他慢腾腾地下炕，扶着墙走出房门，猛然，他看到老伴直挺挺地躺在堂屋的地上，身旁是一盆泡在水里的衣服。他惊吓地大声喊着老伴，没有丝毫的反应，只看到她的腿在微微地抖动，不知她已在冰冷的地面上躺了多长时间。他慌忙往院外紧跑慢跑，边跑边大声呼喊邻居，可等救护车赶来把大妈送去医院抢救，已经回天无力了，大妈就那样无声无息地走了……

十多年前，大妈曾因跟大爷生气突发过一次脑出血，一下子就晕倒了，万幸的是当时出血量不大，且抢救及时，大妈住了半个多月院就痊愈了。出院时，医生一再叮嘱，千万不能劳累，也不敢再生气了，否则，后果不堪设想。出院后，大妈也一直乐观地面对生活，坚持锻炼身体，身体渐渐地恢复了起来。可大爷却并没有从老伴的这次大病中吸取教训，他觉得老伴永远也不会离开他。

芳芳和姐姐把母亲的去世怪罪在父亲的身上，怪他惹母亲生气又耽误了母亲的及时抢救。

娟子安慰芳芳："对不起，芳芳姐，又让你难过了，我能看出来，大爷的心里也非常难过，对自己悔恨不已。"

"现在悔恨有什么用，我妈再也回不来了……"

娟子不知道该说些什么，过了许久，微信里芳芳又给她发来一句话："能说说你和你老公的情况吗？"

娟子看了看已熟睡的丈夫，心情显得无比沉重。

"他的病我心里清楚，要再次站起来几乎不可能了。五年了，我日日夜夜地守护着他，我都不敢得一点小病，生怕影响到对他的照顾，但他的病还是一次比一次重。对我来说，明天便是黑暗的深渊，我真的不知道我还能坚持多久……"

"那你就没想过放弃吗？"芳芳的心也被深深地揪起，她不知道该如何安慰娟子。

"我从没有想过。现在，丈夫的世界里只有我一个人，只有我能听懂他的话，只有我能理解他的所需所求，没有我，他将无法活下去。每天，只有让他徜徉在往昔的回忆中才能缓解他内心的焦虑和不安，让好汉说说当年勇，才能增强他活下去的信心和勇气。过去，丈夫是我生活的依靠，是我幸福的港湾，我希望丈夫永远活在过去的岁月里；而现实，哪怕再苦再累，也让我一个人去面对，一个人承担，这也是我应尽的责任。"

娟子一口气写下了这么多文字，泪水打湿了手机屏幕，擦干后又再次打湿……她的心里似乎轻松了许多。

五

看着娟子那一个个沉重的文字，芳芳的心头猛然一震，她的眼前又浮现出了父亲苍老孤独的身影：

父亲一辈子就是脾气太坏，性格太耿直。小时候，她最怕的人就是父亲，父亲动不动就会大发雷霆，她和姐姐犯一点小小的错误也会被他训斥半天。她那时就想，永远不见父亲。可上初中时，父亲却要把她带到身边在城里上学，她心里一百个不情愿，却又无力违抗父亲的命令。在学校里她发现父亲和同事、领导的关系也处得很紧张。他常常为一些小事情和人争吵得脸红脖子粗，他心里不高兴，看不惯什么人，马上就要说出来，从不顾及别人的身份、地位和情面。

父亲和母亲，也争争吵吵地过了一辈子，家里难得有一天欢声笑语。退休后父亲回到农村，生活得不适应，他又把周围的人都得罪完了，谁也不愿意去招惹他，连她和姐姐都不愿和他说上一句话。他整天待在自己的小房子里，不说一句话，性格变得越来越孤僻。每天母亲把饭做好，给他端到桌上，他吃过饭，碗一放，便又回到他的小房子里闷闷不乐。两人一说话，就是争吵；可母亲离开家一会儿他就焦躁不安。长期的压抑郁闷，母亲的性情也大变，变得压抑和烦躁。

这么多年来，父亲的世界里也只有母亲一个人，只有母亲日日相伴地关心他、陪护他；而他，也只能任性地把心中那些坏的情绪一股脑地发泄给母亲。芳芳的心中隐隐作痛，也深感愧疚，父亲一生奔波劳碌，风雨中支撑着他们这个家，他说他一生最不愿向人低头求人办事，为此吃尽了苦头；父亲吃苦受罪，情郁于中，有时难免发之于外。如今，她和姐姐都走出了家门，有了好的工作，但正当父亲需要生活照顾和精神慰藉的时候，她们不是去走近他，开导他，却远避他，憎恶他……

现在，母亲走了，父亲的世界里唯一的一个能容忍他照顾他的人没有了，他该是多么悔恨和孤独啊。深夜，芳芳给娟子发去了一条微信："明天我去看我爸。"

第二天一早，芳芳就赶来了医院，可她却没能见到父亲的最后一面。谁能料到，春燕凌晨起来的时候，突然发现大爷呼吸急促，赶忙喊来医生，可经过一番急救，仍然没能挽回大爷的生命……

第二辑

那个温暖了我的冬天

等待一颗种子发芽

又是一个春光明媚的日子。一早起来，就听见儿子在院子里喊："我的种子发芽了！我的种子发芽了！"我走近一看，真有一棵幼苗从土里探出头来。看着儿子兴奋的样子，我的思绪又回到了童年。

小时候，我也是个喜爱栽花种草的男孩子。每年春夏，我家小小的院子总是被我装点得五彩斑斓，散发出阵阵清香。然而，最初的三次播种与等待的经历却让我终生难忘。

那年初春，母亲向邻居要来一些向日葵籽，准备种在田间地头。我想，要是在院里也种上几棵向日葵该多好！便趁机向母亲要种子。母亲吝惜地从手里捏出几颗向日葵籽，对我说："你先种上一颗试试。"我便郑重其事地在院里种下了一颗种子。

于是，我每天早上从床上爬起来，第一件事就是跑到院子里，在埋下种子的地方双膝跪下，身子趴下，眼睛几乎贴着泥土，看看那一小块地面是否已经开始隆起。然而一直等了五天，地面仍然纹丝未动，我终于等不及了，刨开泥土，却发现种子已经霉烂了。母亲走了过来，捡起那颗再也不能发芽的种子，说："记住！播种之前首先要选好种子。"我点了点头，挑选了一颗饱满的种子又埋入泥土里。

这一次，我比上一次更急切，一天几次地看！三天过去了，我终于发现我整天魂牵梦萦的那块地面裂开了一条小缝，我想肯定是我的种子要破土而出了！果然，一棵嫩芽正在新奇地向外张望！我轻轻地用一根小树枝撬开土盖，帮它破土而出！然而令我难过的是，经过一个中午太阳的暴晒，它便萎蔫了。母亲又走了过来，摇了摇头说："孩子，你太心急了！一颗种子在泥土里生根发芽，只有凭借自己的力量破土而出，它才能够享受灿烂的阳光。"

我又第三次种下了一颗种子。这次我把种子深深地埋入土里，耐心地等待起来。我足足等了十天，地面仍然没有丝毫反应！我疑惑地一点点刨土，发现了一棵粗壮的根苗——因为埋得太深，它蜷缩在一起，像个侏儒一般！颜色也已发黄发黑。母亲又走了过来，叹口气，自言自语道："没用了，埋得太深了，它在泥土里挣扎得太久，再也没有机会见到阳光了。"

之后，我终于种出了自己的幼苗，也终于收获了满院的芬芳！

我一天天地长大了。在后来的人生中，我常常想起母亲的那三句话。渐渐地我发现人生的奋斗历程其实就像一颗种子发芽，要想让自己的理想变为现实，首先要选好理想的种子；又要有顽强的毅力和足够的耐心；还要注意让自己心中的种子接近灿烂的阳光——不要把目标定得太高，让自己在黑暗中摸索得太久。

那碗牛肉水饺

又到了一年的新春佳节，每当这个时候，我便常会想起童年里的那碗牛肉水饺，那是我吃过的最香的水饺。可随着年龄的增长，我却越来越品味出一种苦涩的滋味。

饥饿是童年里留给我最深刻的记忆。那个时候，不管什么野菜杂粮，只要能填饱肚子就心满意足了；能吃上白面馒头，那可是我们最幸福的生活；要说吃肉，那简直就是梦寐以求。说到吃肉，现在想来那时唯一吃过的便是牛肉。那时候，农村还实行农业合作化生产，生产队里养的牛偶尔会病死或者老死，于是，每家每户都会分到一点点牛肉，吃牛肉水饺便是我们最幸福的记忆。想起那时的牛肉饺子，我的嘴巴里仍然是余香未尽。

那年冬天，天气特别寒冷。我们已经有半年多没有吃到牛肉水饺了，每个人的饭碗里已难得见到一丁点油腥。因为当时牛是生产劳动的主力，是不能随便宰杀的。马上就要过年了，我们多么想在大年三十晚上吃上一顿香喷喷的牛肉水饺呀。可是，我们小孩子只能望"牛"兴叹。那天，我们一群面黄肌瘦的孩子又跑到了生产队的饲养场，那位年老的饲养员正在给牛添草料。我们中一个大点的伙伴冷不丁地冒出一句："这牛咋还不死上一头呀。"话音刚落，那位平日里总是低着头弯着腰默不作声的老饲养员突然转过身来，瞪圆了双眼怒视着我们："滚开！谁敢再说一句，看我不打断他的腿！"我们吓得四散逃去。

大年三十到了，那天雪下得很大。中午时分，我们一群手拿弹弓的小伙伴在村子里四处游荡寻找着树上的鸟雀，想打下一只来烤着吃解馋。突然，我们得到了一个"振奋人心"的好消息：饲养场里一头老牛死了！啊，终于可以吃上牛肉水饺了！我们高兴得一蹦三尺高，一群孩子都呼啦啦地跑去了饲养场。那是一头瘦得皮包骨头的老牛，它已经被抬到了一处高高的雪地上，无声无息地躺在那儿，任凭宰牛刀划开它的肚皮、砍断它的筋骨。而那位老饲养员跪在雪地里哭得呼天抢地……

那个年关，各家各户都分到了一点牛肉，可大人们却一个个眼含泪水。大年三十晚上，零星的鞭炮声响了起来，整个村庄都飘出了牛肉的香气，妈妈也给我做了一盘牛肉水饺。饺子端上了桌，只有我一个人狼吞虎咽地吃着，爸爸和妈妈在一旁看着，只尝了一两口。

大年初一一早起来，我们一群小伙伴又聚在了一起，喜滋滋地叙说着那牛肉水饺的香味，可很多伙伴又都说，他们的爸爸妈妈没有吃几口。

后来我们才得知，那头老牛是被饿死的。大年三十的前一天，老饲养员没有给它喂一口草料。那天深夜，老饲养员辗转难眠，他终于忍受不了良心的煎熬……然而当他端着一筐草料走到老牛的食槽前，那头饥寒交迫的老牛已卧倒在牛栏里，奄奄一息了。在那个万家团圆喜庆祥和的日子里，它最终没能吃上一口草料便闭上了眼睛。临死时，老牛的眼眶里蓄满了泪水。

转眼，我已是个中年人了。改革开放以来，人们的生活一天比一天好。现在几乎天天都在过年，什么好吃的都吃腻了，可我们永远不会忘记那些年的苦难日子，不会忘记那头在大年三十的前夜被饿死的老牛。只有不忘记过去，才能更加珍惜今天的幸福生活。

一块蜂窝煤

北方的冬天总是异常寒冷的。对孩子们来说,最盼望的就是下雪,天再冷也要在雪地里玩耍,手、脸冻得通红却玩得兴高采烈。可有一年冬天下雪天拉蜂窝煤的经历却给我留下了刻骨铭心的寒冷记忆。

冬天的火苗比娘亲。在北方,蜂窝煤炉子是过去人们最常见的取暖工具,一家人围着小小的火炉,两只手拢在火炉上,火苗从蜂窝状的煤孔里飘舞出来,欢快地舔着手指,给人一种被亲情抚摸的温暖感受。记忆中,为了省煤,父亲总是把炉子封得死死的,火炉上只散发着一点温温的热气,一块煤有时可以烧上一天。

那年冬天,已到了寒冬腊月,家里的蜂窝煤也快要烧完了,眼看就要过年了,可雪下个不停,越下越大。这么冷的天,没有蜂窝煤烧怎么过年?那天早上,父亲决定冒雪去镇上买些蜂窝煤回来。他让哥哥和他一同去,说再过几天就过年了,再不买怕就买不上了。我兴冲冲地对父亲说:"爸,让我和我哥去吧,我们能买。"父亲身体不好,哥哥上高中,我也上初三了,我们兄弟俩拉一车蜂窝煤都没啥问题。哥哥也说,让父亲不要去了,让我和他去买,说我们轻轻松松就拉回来了。父亲看了看哥哥,又看了看我,想了想,同意了。父亲把钱交给哥哥,让他装好,说一块蜂窝煤一毛钱,可以买上一百二十块,剩下的钱我们在镇上饭馆吃顿饭。母亲给我和哥哥找出了最暖和的棉衣和手套让我们穿上戴上,叮嘱我们路上一定要注意安全，我和哥哥拉上架子车出发了。

在雪地里走可真是太愉悦了，踩在厚厚的白雪上，咯吱咯吱地响，雪花飘在脸上，像在和我们嬉戏。镇上并不远，不到一个小时就到了。买好了煤，哥哥问我："饿不饿？"我说："不饿。"他说："那就算了，我们不吃饭了吧，赶快回家。"我说："行。"路过一个饭馆，哥哥还是买了一个烧饼，撕给我一大半，我们边吃边拉着半车蜂窝煤往家赶。

可回去时，因车子拉了重物，比去时艰难了许多。雪却越下越大，飘落在眼睛上，眼睛都睁不开。路上的雪越积越厚，哥哥在前面拉，我在后面推，行进得越来越缓慢。不料在一条狭窄的小路上，车子剧烈地晃了一下，瞬间，车子和半车蜂窝煤都翻倒进了路旁的沟渠里，我和哥哥也随之栽倒下去，煤球滚落得到处都是。万幸的是，我们都只是擦破了点皮。顾不上疼痛，我们慌忙站起来，先把架子车拉上路，然后下去把掉落的蜂窝煤一块块捡拾上来，摆放在车上。白雪，黑煤，手抹黑了又被雪洗白，洗白了又抹黑，终于，都捡了上来，我们的手都冻僵了。可哥哥一数，少了一块，数了几遍，就是少了一块。到处找了找，都没有找到。我和哥哥都冻得瑟瑟发抖，可心里更冰冷，我知道，这一块煤是一定要找到的，不是怕回家后父亲责备，而是觉得第一次为家里做事就没有圆满完成任务。哥哥说："我们再找找吧，就算受点冻，可一块煤却可以烧大半天呢。"我和哥哥又仔仔细细地找，几乎把那一片雪地翻了个遍，终于，在一个雪窝里，我找到了那块蜂窝煤，抱着它，我激动得像找到了一块失而复得的宝贝……

回到家里，母亲赶忙抓起我冻僵的双手一边捂热，一边听我讲这次买煤的经过。听到我们兄弟俩在雪地里找寻最后一块蜂窝煤时，她心疼地流下了眼泪："傻孩子，一块煤找不到就算了，还非要在雪地里刨出那块煤来……"我的心里暖暖的，笑着安慰母亲，说不冷，我觉得我和哥哥圆满完成了父母交给的任务，心里有一种自豪感。

为了一块蜂窝煤，我们兄弟俩受了那么长时间的冷冻和煎熬，也许有人觉得不值得，但它却让我学会了坚持和忍耐。在以后的生活中，每当遇到困难和挫折时，我就想起那次拉蜂窝煤的经历，给自己打气，再苦再累也要坚持坚持再坚持。

"百灵"老师

小学三年级的时候，我们的学校分来了一位女大学生，教我们语文，这在我们那个偏僻得只能通自行车的小山村可算是有史以来的最大喜事！因为她是我们这所小学迎来的第一个大学生老师。

女老师姓李，不仅人长得漂亮，而且课讲得很好，特别是她爱唱歌，歌声像百灵鸟般清脆悦耳，我们都叫她"百灵"老师。就像花儿会吸引来蜜蜂，不久，我们学校里便常会有一位骑着飞鸽自行车的男子光顾，并且来得越来越频繁。那个男子又瘦又高，戴着一副金丝眼镜，穿着白衬衣，文质彬彬的样子。他是来找"百灵"老师的，我们小孩子都看得很明白，他是想追求她。而我们的"百灵"老师似乎对他也有一点喜欢，有一天我还看见"百灵"老师坐在那个男子自行车的后面，幸福地朝我们微笑。

听说，那个男子在县城里的政府部门上班，他的父亲还是一个什么局长，看来"百灵"老师只要嫁给这个男的，她就肯定会调离这儿，离开我们。以前那些来到我们这儿的老师都是没多久便会找各种门路离开我们这所小学校的。

可是我们真舍不得让我们的"百灵"老师走呀，这可怎么办呢？对，我们决不能让他带走我们的"百灵"老师！我和班里的王飞、刘虎商量，决定要给那个戴眼镜的家伙一点颜色看看，让他不敢再来找我们的"百灵"老师。我们该怎么教训他呢？他那样子看起来虽不是什么凶神恶煞，但对付我们几个毛孩子还是绰绰有余。谁敢靠近他呢？看来，我们只能智取，不可莽撞。经过观察，"眼镜"每次都是下午来到学校，傍晚的时候离开。我们决定埋伏在"眼镜"回去的路上吓唬他！

那天下午，"眼镜"又来了，我们几个估摸他快要回去了，便迅速赶到他必经路上的一处灌木丛中隐蔽起来。这是一处比较荒僻的路段，白天我一个人从此经过都感到害怕，但为了我们的老师，我们每个人都鼓足了勇气！等呀，等呀，天已完全黑了下来，半个月亮升起来了，我们都开始嘀咕着准备撤离。忽然，隐约传来自行车的声音，向路上望去，一个白色的影子越来越近⋯⋯

啊，一定是"眼镜"来了！我们个个立即精神抖擞，兴奋异常，每个人都捏着鼻子学起了各种令人毛骨悚然的怪叫。只听到"啊"的一声大叫，便看到那个白影子连同自行车一起摔倒在路上。只见他也顾不上疼痛了，慌忙爬起来，又是一阵狂奔⋯⋯我们都捂着嘴笑。

后来再没有看到"眼镜"来学校找我们的"百灵"老师。一年后，学校里又来了一位年轻的男老师，再后来，"百灵"老师和那位男老师便结了婚。

转眼，我们小学毕业了。继续求学，回家的次数越来越少，特别是大学毕业后，在遥远的异乡工作，回家乡的机会就更少了，一别就是两三年。去年，终于又回了一趟老家，回到了母校。李老师仍然在母校教书，几年前她的丈夫患病在床，儿子又在读大学，日子过得很是清苦⋯⋯她原来满头的秀发已变得花白，满脸皱纹，再也找不到年轻时的影子，但她精神很好。我的心里满是愧疚，终于说出了隐藏在心中几十年的那件往事。李老师静静地听着、听着，若有所思地说："那时候，他一直让我离开这儿，并说一定能让我在城里一个好的单位工作，但我怎能离开你们呢，我曾试图说服他和我留在这儿，那天晚上，他说让他再考虑一段时间，便闷闷不乐地走了……"随即，李老师爽朗地笑了，她说不是我们吓走他的，她就知道他不会再来的，他吃不下这份苦，是这儿的艰苦环境吓跑了他。

几十年来压在心头的一块石头终于落了地，可看着眼前早已青春不再的老师和她所处的环境，我的心情却依然沉重。

那段距离背后的故事

上学的时候，我一直是班里最瘦小的男生，学习成绩也很一般，我自卑、胆怯，干什么都没有信心和勇气。

高三那年，同学们都开始集中精力为心中的大学梦想做着最后的拼搏和冲刺，可我，似乎觉得大学与我无缘，整天总是心神不宁，我喜欢上了同班同学燕子。燕子和我住在同一个村子，家也离得不远，从小学到高中，我们一直都是同班同学。小时候，我和燕子还是很好的玩伴，可随着我们一天天长大，就觉得男女之间有了一条鸿沟，渴望走近却又不敢跨越。上了初中，燕子更是出落得亭亭玉立，又学习刻苦成绩优异；而我，却是整天待在被人遗忘的角落，我觉得我和她之间的差距是越来越大。

教室里，燕子就坐在我前面不远的地方。上课时，青春萌动的我，注意力常常被她那一头秀发吸引过去，我常常想，我要是能和她坐在一起该有多好。

教室里的距离似乎无法逾越，可有一片白杨林却令我心神向往。

那时，学校在离家十余公里的镇上，我们都住校，每个周末才能回一趟家。令我欣喜的是，同路的只有我们两个，路上还要经过一片静悄悄的白杨林。可我们却从没有同行过，每次我和她骑着自行车回家和返校，总是我先出发，她随后跟上，时间不约而同，似乎已形成一种默契。我在前她在后，中间总要相隔五六十米的距离。只有在白杨林里，她才跟我跟得很近，可那只有短短的几十秒钟。每当行进在白杨林里，我的心中一种护花使者的使命感和荣耀感便油然而生。

那天晚上，我躺在宿舍的床铺上，一种想向燕子倾诉的渴望像一股潮水不停地撞击着我的心扉。我拿出纸和笔，我要给她写封情书。我写呀写，可写着写着，一股悲凉的情绪又一下子蔓延在心头，我这是不是自作多情？我想象着她读了这些我精心拼凑的语句，嘲笑着把纸揉成一团扔掉……我写了撕，撕了写。最后，我决定就写上一句话："燕子，我们一同上学，一同回家，好吗？"我没有写我的名字，每个字也是一笔一画，工工整整写的，但我想，燕子一定知道是谁写的，因为那段距离是我们俩的秘密。

纸条写好了，可怎样给她呢？当面递给她吗？我没那个勇气。我绞尽了脑汁，终于决定趁下课教室里没人时把纸条悄悄塞进她的书包里。时机终于到了，第二天早上，第一节课刚一下，同学们便呼啦一下涌出了教室，教室里就剩下我一个人了。我手里捏着那张纸条，头脑里一片空白。不能再等了！我猛地站起身，跨到燕子的座位前，迅速翻开她的本子，把那张纸条塞了进去，赶忙向教室外跑去，在教室门口，差点和另一个正在进教室的女生相撞……

上课铃响了，我低着头忐忑不安地进了教室，坐在座位上，面红耳赤。

在等待中苦苦煎熬了一天，两天，三天……一直过了一个星期，那天我打开语文课本，忽然发现里面精心地夹着一张纸条——正是我夹在燕子的作业本里的那张纸条。只是在我的那行字的下面多了一句话："等到我们都考上了大学，我们再走在一起，我相信你也一定会考上的！"是燕子的笔迹！

我一定要考上大学！为了消除那段距离。我开始发奋学习，后来的几次考试中，我的成绩每次都有很大的提高。每次成绩提高，我都觉得我和燕子之间的距离在拉近。

那年高考，我和燕子都考上了大学，她考入了南方，我被录取到北方一所大学。

那天，我和燕子去学校取录取通知书，也许是因为我们都考上了大学，我们的心情都开朗了许多。我们第一次走在了一起，有说有笑。回家的路上，我鼓起勇气对燕子提起了那张纸条，没想到燕子大吃一惊，说她根本没看到过那张纸条。静默了片刻，她似乎想起了什么，对我说，肯定是那天她没翻开作业本就直接交了作业。她说记得有一天，班主任王老师把她叫到办公室，问起了我们在这条上学路上的故事，并说让我继续保持好那段距离。至此，我才明白，这一切都是王老师精心为我设的"计"，为了我，他一笔一画模仿着燕子的字迹，然后，趁着教室里没人时把那张纸条塞到我的书本里……

上了大学，我和燕子的联系便越来越少，我们都走入了越来越广阔的人生天地。

考　验

　　人的一生会面临很多次考验，很多人都是因为没有经得起考验而悔恨终生。在我的高考经历中，就曾因没有经受住一场风的考验而名落孙山。

　　那是我的第一次高考，那场考的是数学。天气很凉爽，偶尔还刮来一丝风，是考试的好天气。一开考，我便冷静地思考，认真地作答，做每一道题我都在心里默默地鼓励告诫自己：一定能做出来，千万不能出错。教室里静得出奇，每个人都在凝神静气地思考着、演算着，然而，却发生了意外。开考后不久，窗外"忽"地刮起一阵大风，瞬间，便在考场里掀起一阵波澜，甚至有几张考卷都被吹落在地上，其中竟有一张刚好落在了我的脚边。啊！这不是让我偷看吗？我眼前一亮，迅速向试卷瞟去。尽管监考老师眼疾手快，立即跑过来捡起了试卷，可我还是看到了一道填空题的答案。那道题我还没有做到，我不禁喜上心头，赶忙把答案填上。写那张试卷的同学可是我们学校的数学尖子。

　　我把题目做完了，还剩下好多时间，为了谨慎起见，心想还是再验算一下那道题吧。我读了读题，似乎还挺复杂，也许是已有了答案，并且是数学尖子做出的，应该不会错吧。于是那种攻坚克难的决心一下子削减了一半，心想算了，就是这个答案了。人往往是这样，一旦有了依靠，就失去了信心和动力。

　　考试终于结束了，我合上考卷，心情愉快地走出考场。可我的心情很快就由晴转阴，因为在和几个同学的讨论中我发现我抄到的那道题答案好像不正确。我又仔仔细细地和同学们演算了一番，真的是错了。其实我考前还做过几次这种类型的题，要是当时认真去做，一定会做出来的。我捶胸顿足，懊悔不已，那可是3分呀。我在考场上为什么没有静心仔细地思考演算呢？

令我备受打击的是，那次高考分数线竟划得那样绝情——我就差2分！那一刻，我体会到了伤心欲绝。因为2分，我没有考上大学。秋天里，我又无奈地背上铺盖卷回到了母校开始复读。

我怪那阵风害了我，心想要不是它让我侥幸看到了那位同学的答案，我一定会认认真真地做出那道题来。虽然第二年我终于考上了大学，但却因此而耽误了一年的宝贵时光。

可仔细想想，关风什么事呢？只怪我没有把握好自己，看了不该看的一眼，又轻易地把自己的命运寄托在别人的答案里。

那个温暖了我的冬天

我常常会想起那个冬天，那个在我失意落魄时温暖了我的冬天。

1996年的夏天，我从西北工业大学毕业，离开老家来到新疆吐鲁番，在一个生产食品饮料的小厂，从事了一种与我所学的无线电专业毫不相干的工作，我感到失落和苦闷，对这份工作提不起任何兴趣。我总想着在这儿混一段日子，找一个专业对口发展前景广阔的单位。于是，一有机会我便带着自己的毕业证书和个人简历去人才交流市场求职应聘。然而，我却处处碰壁，因为我只学了专业知识的一点皮毛，又没有什么实践经验。终于在一次求职中，我被新疆阜康市的一家保安服务公司经理看中。经理叫吾拉音，五六十岁的样子。他看了看我的毕业证书，热情地向我介绍了他们公司的情况：这是一家主要为企事业单位培训保安人员并给银行、商场等需要密切监视的部门销售安装一些电子报警设备的保安服务公司。最后吾经理递给我一张名片，言辞恳切地希望我能去他们公司工作。然而，我却对这个公司没多大兴趣，还是继续在原单位混着日子。

两年后的一个冬天，我下岗了，一下子感到没了工作的悲哀。猛然，我想起那位吾经理给过我一张名片，急忙找出那张名片，拨通了吾经理的电话。吾经理愣了一下，随即对我说："好，欢迎你来我公司！"我简单地收拾了一下行囊，来到了新的单位。我没有多少兴奋，只是想找个暂时落脚的地方，挨过这个漫长的冬天。那天晚上，吾经理热情地接待了我，在一个饭馆里置办了一桌子的饭菜并且请了他几位公安战线的好友作陪。席间，吾经理很是高兴，他带着自豪的口气向朋友介绍我，说我是名牌大学的毕业生，学的是无线电专业。看到满桌都是令人生畏的公安干警，那一双双锐利的目光刺得我浑身发颤。我不敢看他们，不敢多说话，甚至大气也不敢出，低着头，像个待审的犯人，心里只想着怎样蒙混过这个冬天。吾经理坐在我身旁，不停地给我夹菜，劝我多吃。我一整天都没好好吃过东西了，便自顾自地吃起来，不多一会，菜便被我一个人吃去了大半。后来，吾经理让我给桌上几位领导敬酒，我怯怯地说我不会喝酒，他也没怪我不懂事。吃过饭，我一个人走在路上，心中不断琢磨，那些干警们是在心中嘲笑我：还是名牌大学毕业生，一个呆头呆脑的饭桶！还是在暗自怀疑吾经理的眼光。

时间一天一天过去，吾经理一直让我跟着一位和我年龄相仿的小师傅学习安装那些电子报警设备。私下里，这位小师傅常常向我讲起吾经理，说他是我们这个小城公安局一位破案经验丰富的老刑警，在他手里曾破获过数起大案疑案！被称为"神警"！几年前他又创办了这家保安服务公司。我心里暗笑道：还是"神警"，怎么就没有识破我的"庐山真面目"呢？我就那样整天跟着别人跑来跑去，根本没有想着用心去学些东西。

转眼三个月过去了，我的冬天即将结束。那天早上，吾经理让我一个人出去给一个单位安装报警设备，我一下子傻了眼！愣了半晌，最后还是结结巴巴地答应了。可想而知，我什么也没干成。那天晚上，我思前想后，决定不辞而别，就像那个滥竽充数的南郭先生一样灰溜溜地溜走。我简单地收拾了一下行装，第二天天刚蒙蒙亮，就悄然离开了那个公司。走在大街上，我一下子茫然无措，该到哪里去呢……我打开了背包，猛然发现了一个信封，打开一看，里面装有三百元钱，还有吾经理给我的信，信中写道："小刘，从你来公司的那一天起，我就知道你不会久留的。我知道在你的心里根本看不起这份工作，你肯定是遇到了什么难处无处落脚才来到我这个公司的……其实第一次见到你，我就看出来了，你除了一纸文凭外再也没有什么东西可以炫耀。但我想只要你踏实学习，要学会什么东西是很快的。这次我本想让你跟着别人学点技术，没想到你什么也没有学到，你荒废了这个冬天……请你记住，一个人应该有宏伟的志向，但也要有脚踏实地的作风！人生难免会有不如意，但是，无论如何我们都不能敷衍生活、虚度人生……"

我一下子羞愧万分。春天在不知不觉中来到了人间，我忽然发现路旁花木上那些在寒冬中孕育的苞芽正在竞相绽放。我猛然醒悟过来，我已经辜负了一个冬天。后来，我来到吐鲁番一个偏远的乡村中学当了一名老师。我认真地上着每一堂课，认真地批改着每一本作业，闲来无事，我还会拿起笔来，把我的人生经历、思想感悟写下来，渐渐地开始在全国各地报刊发表文章。因为自己的写作成绩，十年前，我又被调入当地一家杂志社当了一名编辑。我常常回想起人生路上的那段经历，时时告诫自己：不虚度每一天，走好人生每一步。我感恩那位吾拉音经理，是他用宽容之心温暖了我的那个冬天，并引导我走出了人生的低谷。

第一次送礼

那年，我大专毕业，来到一所偏僻的乡村小学任教，心中很是失落，整天只想着混日子。在那个最高学历只是中专的教师队伍里，我也总觉得自己高人一等！我觉得我被大材小用，想着以后找人托关系调到一所好学校去。

没想到几年过去了，我的愿望非但没实现，在学校里的地位也一日不如一日，甚至连一向令我沾沾自喜的文凭也失去了光彩。学校里的大专学历已"遍地开花"，甚至还出现了一两个本科学历！形势所迫，我只好咬咬牙参加成人高考的函授本科教育，学"计算机科学与技术"专业。一年三四千元的学费，发上一大堆教材，老师面授时间也就一个多月，其余时间就靠自学。但平时工作都累得要死，谁有闲情去翻看那艰涩难懂的大书！三十几本书，有的只是看了看目录，最后也都稀里糊涂过关了。没想到剩下最后一门上机操作的课，却遇到了一位挺认真的老头——赵教授。终于，我被"卡"了下来，原因是我连上机的基本操作都不会。

同班的几位学友给我出主意："给赵老头提点东西，让他通融通融不就过去了吗？"想想也是，谁不清楚像我们现在函授学习不就是混张文凭吗？于是我打听好赵教授的住处，趁着天黑买了一大包水果，低着头，诚惶诚恐地找到了赵教授的家。那是我第一次给人送礼，我忐忑不安地按响门铃，门开了。一看到我手上提的东西，赵教授一下子就明白了。突然，他平静的脸上显出激动的表情，进而变得愤怒！大声说："你提这些东西干什么！"伸手就把我往外推。我结结巴巴地连忙向他解释说："您别误会，我只是想来看看您。"然而越解释他越生气，终于，门啪的一声关上了！我被关在了门外。第一次送礼就吃了个闭门羹！我狼狈地在门外站着。愤怒、沮丧、失落、自卑一下子涌上心头……就那样站着吧，怕门再也不会开，打道回府吧，又心有不甘。

大概过了十几分钟，我又鼓起勇气对着关上的门用乞求的声调喊："赵老师，我只想和您说几句话。"几分钟后，赵教授余怒未消地说："好吧，但把东西放在外面。"我只好一个人进去。坐下后，教授给我倒了杯水，我便向他讲起我的学习经历，讲起我的工作情况……说着说着，自己的眼眶也有了潮湿的感觉。赵教授一直沉默不语，终于他缓缓地对我说："这也怪我，没有多了解你的学习情况，没想到你上机能力这么差！但既然没有学好，就应该下功夫去学！你让我放你过关，让你拿着计算机本科毕业证却又不敢摸计算机，这不是让人说我误人子弟吗？"最后他说，"这样吧，从现在开始，你再认真复习复习课本，同时要多上机练习，有什么不懂的随时问我，一个月后再参加补考。"

我终于拿到了那张沉重的计算机本科毕业证书。我去感谢赵教授，他说："不要感谢我，这是你自己勤奋的结果。我知道，这证书里还有很多水分，希望你在今后的工作中不断学习、努力进取。记住——人的两只手是用来学习，工作和生活的，不是用来提着东西乞求别人的！"我认真地点了点头。

在以后的工作生活中，我勤奋努力，认认真真地过着每一天。因为我懂得，一切只能通过自己的努力获得。几年后，因为我的教学成绩和工作需要，我被调入县城的重点中学任教。

我想，那次送礼是我人生的第一次，也是最后一次。

当你失望地离开时

我第一次发表文章时已经三十岁了。从小学三年级起我就开始写作投稿，梦想着当一名作家，但投出去的稿件总是石沉大海。看着自己花费心血写出的作品一篇又一篇成了废稿，我开始灰心丧气。那天，天阴沉沉的，我鼓起勇气，决定去当地的一家报社看看，要是这次还不能发表就再也不写了，好好干干别的事情。我带着打印好的几篇小稿件，来到报社的编辑室，忐忑不安地把我的那一叠习作递给一位编辑老师。

那是一位年轻的女编辑，她接过稿件，似乎心不在焉地浏览着，翻看了两三分钟，便说："文字还需再好好加工，离发表还有段距离，继续努力吧。"说完便把我的那些作品放在桌旁，低下头准备干别的事。我恭恭敬敬地站在一旁，听到编辑老师说不能发表，心里失望到了极点。窗外一丝阴冷的风吹在脸上，更让我感到一阵悲凉。我默默地对自己说："你不是写作这块料，收心吧。"

我沮丧地从桌上拿过稿纸，什么也没说，便转身离开，想着自己苦熬了多少个日夜的心血就这样被编辑几分钟轻描淡写地给抹杀了，我的心中充满了愤懑！谁知一只脚刚跨出房门，忽然外面刮起一阵大风，我转过头去，只见那位编辑桌上的厚厚一沓稿件被吹得满地都是。我犹豫了片刻，又返回身来，把散落在地的稿件一张一张地捡起，整理好，放在桌上。那位女编辑虽没有说什么，但她把我的那几篇稿子又要了过去，说："下期给你选发一篇。"

我终于看到自己的文字变成了铅字。虽然编辑老师为我修改了很多，但我还是备受鼓舞，坚定地走在写作的道路上。如今，我已陆续在全国各地报刊发表了数百篇作品，但我永远忘不了第一篇作品的发表带给我的喜悦和信心。

曾经看过这样一篇文章：一个乞丐在一个垃圾箱里翻找东西，结果翻遍了垃圾箱，仍然一无所获。于是，他又认真地把翻落在地上的垃圾一件一件放回垃圾箱，转身准备离开。这时，在远处看到这一切的一位先生走了过来，掏出一张百元大钞，恭恭敬敬地递给乞丐，说："这一百元表示我对你刚才行为的赞赏！"

一个人的品质和素养往往表现在他失望时转身离开的那一刻，也许这时一个小小的善举会让你得到意想不到的收获，使你晦暗的人生柳暗花明。

一袋红樱桃

那是一个细雨飘飞的夏日午后，在父母的再三嘱咐声中，我结束了一个月的探亲假，乘车来到西安火车站，买好了返回新疆吐鲁番的车票。看时间离发车还有一个多小时，我就背着行李包在车站广场闲逛。

忽然，我发现离我不远的地方站着两个女孩，她们正瞅着我看。我看了看她们，觉得很陌生，也就没在意，继续走我的路。没想到那个年龄大点的女孩竟向我慢慢地走来，满脸焦虑又略显胆怯地看着我。我觉得很奇怪，就问："你有事吗？"她平缓了一下紧张的情绪，向我叙述了她们的遭遇。原来她们姐妹俩家在新疆哈密市，都在西安上大学，今天已买好了车票准备回家过暑假，谁知突然发现车票不见了！现在离发车只剩下一个多小时了，可再买两张车票还差几十元……没等她说完，我就想到准是遇到了骗子。

那位姐姐忽闪着一双清澈的大眼睛，满含期待的眼神望着我，也一再表示让我留下地址，回家以后一定把钱寄还给我并感激我的相助之恩；妹妹则低着头像是要哭的样子。我认真地看了看姐妹俩，心里顿生怜悯之情。一个人流落异乡为钱所困的经历我也是有过的，人们常说"一分钱难倒英雄汉"！何况还是两个女孩。然而想帮她们的念头只是一闪而过，我的耳旁立即回响起亲朋好友告诫我的话：如今在外，遇到什么引诱都切勿动心，碰到什么闲事也少管为佳。何况现在还是在一个人员混杂的车站广场。我又想起父亲曾给我讲过的几次被骗的经历，心里立刻紧张起来，想这两个女孩一定是想用花言巧语和这种可怜相来欺骗我这样的老实人，说不定后面还会有什么险恶的用心！于是，我带着无能为力的表情说："对不起，我身上也没带多的钱，你们还是另找别人吧。"便头也不敢回地走开了。然而，我总觉得姐妹俩无助地站在那，失望的眼神紧随着我，刺着我那颗冰冷自私的心。

发车时间快到了，随着拥挤的人流我踏上了火车，找到自己的座位，放好行李，踏实地坐好。我想着刚才发生的一幕，心中暗自庆幸又有一丝不安。然而，谁料到这一切只是个开始，我刚放下的心又提到了嗓子眼，因为我忽然发现那两个熟悉的身影又在眼前晃动，原来那姐妹俩又和我坐同列火车同节车厢！我暗自感叹：真是冤家路窄啊。姐妹俩从我眼前走过的时候，又深深地看了我一眼，眼里有了一丝笑意。那一刻，我觉得很尴尬，便把头低了下去。就这样，在火车的颠簸中，我也逐渐进入了梦乡。

第二天早上醒来，睁开眼睛一看，令我大吃一惊：对面座位上的乘客已经下车了，而那姐妹俩不知什么时候竟坐在了我的对面！我心中有了一丝恼怒，这两个女孩难道跟踪上了我？但转念一想，不就两个女孩嘛，我一个男子汉怕啥！那个姐姐开口问我早上好，我没好气地"哼"了一声，等我洗漱完毕却看见她从包里掏出一袋红艳欲滴的樱桃，放在我面前请我吃。那一颗颗诱人的红樱桃就像一面面童真的脸在向我灿烂地笑。我从来没有吃过樱桃，我想那一定是人间最好吃的水果。但是我抿了抿干裂的嘴唇，默默地警告自己："她们为什么要让我吃樱桃？也许有什么险恶的用心，我可千万不能因小失大。"于是，我微微一笑，把它推了过去，说我不想吃。接下来的时间，姐妹俩再没和我说过话，我也只是看看书，更多的时候把头扭向窗外，看着窗外越来越荒凉的景象。

又是一个夜晚到来了，我开始提高警惕，生怕我一睡着便会发生什么意外，出现什么闪失。但是渐渐地我越来越困，看着那两个女孩也偎依在一起，昏昏欲睡，我的神经就松弛了下来，不久就呼呼地睡着了。

又一个清晨，车厢广播里那悠扬的晨曲响起。我睁开惺忪的睡眼，发现对面座位上空空的，那一对姐妹已经下车了。我慌忙检查了一下我的所有行李，一件也不少，都完好地放在那。这时，我注意到桌上放着的那袋红樱桃，旁边杯子下面压着一张纸，展开一看，是一则留言："大哥，我们已经下车了。前天下午，我是低价卖掉自己心爱的手表才买上车票的。你知道吗？我们姐妹在西安火车站遇到你，就觉得像是遇到了我们的哥哥。真的，在我们的记忆里，哥哥就是你的模样和神情。当时，我们差点还喊出声来。三年前，哥哥为了供我和妹妹两人上学，不到二十岁就孤身一人去广东打工。三年中，他一直没有回过家，只是每隔一两个月就会给家里寄上点钱，让我们好好读书。我们也不知道他在外到底干些什么，每天一个人是怎样度过的……这袋红樱桃是我们姐妹俩几天前在山里摘的。路上口渴，吃上几颗吧……"

我的心中有一丝酸楚的感觉，原来姐妹俩把我当成哥哥看待，信任我，依靠我。而我却对她们心存介意，怀疑她们，敌视她们。我注视着那袋颜色变暗了，红红的汁水已经渗出，仿佛被泪水浸泡的红樱桃，满是愧疚。

你查过字典吗

大学毕业后，我来到一所中学教书，教初中语文。

在走上讲台之前，我想教书有什么难的，照着课本讲就行了，何况只是个初中语文。不就是读读课文、解释解释字词、总结一下中心思想吗？然而，越教我越发现文章结构的精妙，语言文字的深奥。特别令我头疼的是七八年前学过的课文，现在重新读起来还有个别字词读不准音！我只好买了本《新华字典》，把那些不敢确定读音的字词一一注上音，这样才不至于在学生面前出丑。

但渐渐地，我也变得懒散起来了，因为我掌握了一套"教学技巧"。如果课本上出现一个我不认识的字，我便对学生提问："谁知道这个字怎样读？这个字我们小学时就学过！"如果有学生举手回答我，我便问："你查过字典了吗？"但往往是学生们苦思冥想默不作声，于是我就给学生布置个作业："课后大家查一下字典，明天我再提问。"第二天学生们便争相告诉我那个字的正确读音。

然而有一次，课堂上又出现了一个生僻的字"杪"。我便提问学生，没想到一个平日里不大说话很不引人注意的学生突然小声说："老师，我知道！"我忙让他回答，他说："读'chāo'！"我一愣，又问："你查过字典了吗？"他支吾了一下，便大声回答我："查过了。"我迟疑了几秒钟，便大声向学生宣布："好，这个字就读'chāo'。"并热情地表扬了这位学生。

下课后，我再也没有想过那个字。谁知第二天，那个学生又来到我的办公室，低着头，嘴里嗫嚅着说："老师，昨天那个字我说错了，我没有查过字典。我也是以前听别人那样读的，其实它不读'chāo'，读'miǎo'。老师，我只是想在全班同学面前表现一下自己，想让同学们欣赏我……"我一下子脸色铁青，懊恼不已！但我又不好发作，只好说："好了，承认了就好，以后要养成认真查字典的习惯！"我不知道他是怎样走出办公室的。后来，我再也没有提起过这件事，也再没有给学生纠正过那个字的读音。

渐渐地，我感到那个学生好像背负了越来越沉重的思想包袱。他比以前更沉默了，课堂上再也没有举过手发言，我也再没有提问他。我甚至忘记了他的存在，他从此在我的视野里消失了。

转眼好几年过去了。有一天，我突然接到一封学生来信，信中写道："老师，您大概已经忘记我了吧？我就是那个给您说错了'秒'字读音的学生。那天回到家，我就查了字典。我一直想告诉同学们'秒'字的正确读音，但我没有那个勇气。我多么希望老师您能够给同学们纠正那个字的读音，但您也没有……这几年，我一直生活在愧疚之中，现在我在南方打工，虽然工作很苦很累，但我的身边却常常带一本《新华字典》，我已经养成了查字典的习惯……"

哎，真正应该愧疚的是我。从此以后，在我的办公桌的正中央，很显眼地摆放着一本《新华字典》，甚至我随身也常带一本小字典。每带一届新生，第一节课我首先给大家读那位同学的那封来信，以此警醒自己！每当课堂上遇到生僻字或者不敢确定读音的字，我便诚恳地告诉同学们："对不起，这个字等老师查过字典再告诉大家读音……"

担　保

二十年前，我还是一个毛头小伙，在一所偏僻的乡村中学教书，当了一名班主任，带了个全校出名的乱班。校长叮嘱我："哪个学生不听话，就打！"然而学生没有被我打怕，反而乱成了一团糟。其中有一个叫王小强的男生最令我头疼，这是一个大错不犯小错不断而又软硬不吃屡教不改的学生。我也令他叫过几次家长，可他好不了几天又"旧病复发"。我常想，班里要是少了这个学生，我可就省事多了。我也几次在校长面前诉苦，希望学校能开除这个学生。

那天，小强又犯事了，这次是犯了大事，据说是用刀刺伤了人。我赶忙把此事反映到了学校。最后，学校经过研究讨论，决定开除这名学生。我终于松了一口气，这个班里也终于少一个"祸害"了。

那天晚上，小强的父亲来到我家，他的情绪显然很激动："老师，我知道我的儿子有很多坏习惯。但是，我相信他决不会去用刀伤人！他是受几个社会青年引诱拉拢，跟着他们去打架凑热闹。当时他只是在一旁傻看，等刺伤了人后，其他人都一哄而散，现场只留下我儿子和那个受害者……最后我儿子便成了行凶者……"我不知该说什么。中年男人走了，挺直着身子走的。

那天，全校师生集合在操场上，校长在台上厉声罗列了王小强的数条"罪状"，全体师生静静地听着，只有小强像一个受审的犯人，低着头，泪流满面。最后，校长庄严宣布：学校经过研究，决定开除王小强！

猛然，我想到了那个男人，想到了那个父亲挺直的背影。不知是一种什么力量驱使我猛地站起身，我说："王小强不是行凶者……"大家震惊、疑惑、愤怒、嘲笑，最后我大声说："我以一名教师的名义担保，王小强会变好的！"我的眼光转向小强，我看到他抬起头来，看着我，满眼泪水，满含感激。

小强没有被开除，因为我的担保。

后来，小强真的变好了，所有的坏习惯都在他身上消失了。高中毕业后，他虽然没能考上大学，却坦坦荡荡地走向了社会，去了南方一座城市打工。

多年后，小强给我写了一封信，谈到了他的工作情况，并提到了那次担保事件。他写道："那次我真是受几个不良朋友的引诱去看热闹的，我真的只是一个旁观者……要不是您在全校师生面前敢于对我这样的坏孩子担保，我早已自暴自弃了。那时，我就想着要报复这个社会……但是，您用您一位教师的名义和人格为我担保，我应该对得起您的信任。"

合上信，我陷入了沉思。没想到，我当时的一句冲动之言，竟然改变了一个人。

其实，震撼一个人心灵的并不是大声地斥责、痛骂和无情地惩罚，有时需要的仅仅是理解的话语和信任的眼神。

收礼之后

妻子是一名初中老师，虽然只当个班主任，但每天她的电话却像条热线，学生找她，家长找她。

一天中午，我们正在吃饭，门铃响了。我走过去开了门，看到门口站着一个穿戴整齐，却一看就是民工模样的男子。他两只手里提着一箱牛奶、一袋水果，还有几袋蔬菜。我问他："请问你找谁？"他胆怯地问我："这是王老师家吗？"妻子一听是找她的，也走到门口。男子一看到妻子，忙说："王老师，您好，我是明强的爸爸。"我和妻子忙让他进屋。只见这位爸爸在门外就脱下鞋子，放在一边，只穿着袜子便进了房门，踩在地板砖上。我让妻子给他找来拖鞋，让他换上，又让他坐下一块吃饭。他忙摆手，说："你们吃吧，我吃过了。"看他坐在沙发上显得有些局促不安，我便找话题跟他聊天，想缓和一下他的情绪。几句话，他便谈到了他的孩子。他显出了酸楚的表情，难为情地说，他和妻子离了婚，一个人带着孩子从老家来到这里，在这里也没有买房，在附近的一个工地打工，暂时就住在工棚里。他说他住的工棚很拥挤，用水又很紧张，他平时干活很忙，孩子便住在学校，很少回来，就是父子相见，也都是默默无语。他这次来就想让我妻子多关心一下他孩子的学习和成长……说完了这些，他就要起身告辞。临走时，我提起他放在门口的东西，非要让他带走，男子涨红了脸，不住地把我往房子里推，自己像做贼似的慌慌张张地跑下了楼。

我追下楼去，他已消失得无影无踪。

进了房门，我和妻子商量，这位家长自己都过得这么寒酸，还给我们送这么多的礼物，我们怎么能收，又怎么能吃得下呀！可是又怎么能把礼物退回去呢？

想了想，我对妻子说还是把礼物折成钱再退给他的孩子，然而妻子马上反对，说这样会伤孩子的自尊的。孩子要是知道父亲为了他的学习去给老师送礼，心里一定不好受。想来想去，我终于有了主意。我对妻子说："你用奖励孩子的办法把这些'礼物'退回去。"

妻子说："明强是从老家四川转来的，瘦瘦小小的，平时总是低着头，默不作声，虽然没什么缺点，却也找不到什么优点呀，奖励他什么呢？"可妻子毕竟是老师，想了一会，她笑着说："我会找到他的优点的。"

果然几天后的一天，妻子一回到家便像完成了一项重大任务般对我说："我找到明强的一个闪光点了，明天我就给他一个奖励！"

"我一直在寻找给明强奖励的机会，我细心观察他，挖掘他身上的闪光点，然而，一个星期过去了，两个星期过去了，我还是没有在他身上找到奖励的理由。

"我有点急了，收了人家的礼，钱又奖不出去总觉得心里不安。于是，一个大胆的想法产生了：我准备把钱先预奖出去。我找来了明强，郑重地对他说：'老师想和你有一个约定。'说着，我把装着一百元钱上面写着'奖给王明强同学'的信封掏出来，对明强说：'这是老师给你的奖励。'明强一惊，愣愣地看着我。我接着说：'这是对你这学期所有表现的奖励。'明强更加疑惑地问：'老师，可这学期刚开始呀。'我心中有一丝慌乱，但随即便镇静地说：'这是预奖给你的，你是一个懂事聪明的孩子，我相信你不会令老师失望的。'明强看着我不敢接信封，我把信封硬塞到他手里，说：'老师都相信你，你难道对自己就没有信心？'明强迟疑了片刻，大声回答我：'老师，我有信心！'最后我对明强叮嘱：'这是老师和你两个人的秘密，里面有一百元钱，钱你不能乱花，可以买一些学习用品等，并且你要给老师汇报钱的用途。'"

钱终于出了手，我长长地舒了口气。

听妻子说，明强真的变了，各方面都表现得很积极，上课认真听讲，作业认真完成，成绩竟有了突飞猛进的提高。在那个学期末召开的家长会上，明强的父亲高兴地对我妻子说："老师，感谢您在我儿子身上所花费的心血。"我妻子有点不好意思地笑着说："其实我也没费什么心思，这都是孩子努力的结果。"

不过我也从明强的进步中学会了一些教育的艺术，那就是信任的力量！

亮亮的期待

　　花园村是个群山环绕的小山村，说是村子，其实只住着十几户人家。在这个村子里，亮亮家可算是最让人羡慕的一家。因为他有一个在大山外面的大城市里打工的妈妈，每隔几个月都会给家里汇来几百元钱，有时还会把大城市里孩子们常吃的零食给亮亮邮寄回来，这可让亮亮的小伙伴们馋得直流口水。

　　妈妈是在亮亮五岁的时候离开家的。妈妈对亮亮说："妈妈给你挣钱去，你在家里要听爸爸和爷爷奶奶的话。"妈妈留给亮亮的只有一张照片。每当想妈妈了，亮亮便会对着桌上镜框里妈妈的相片呆呆地看。妈妈偶尔会给家里来封信。有信的日子，爸爸便会坐在院子中央，一字一句地读着信；亮亮伏在爸爸肩头，贪婪地看着；爷爷奶奶坐在旁边，认真地听着……接着爸爸便会给妈妈回信，信中把每个人要说的话都写上。爸爸问亮亮要给妈妈说什么时，亮亮总是忽闪着一双晶莹的大眼睛，满含期待地问妈妈什么时候才能回家。

　　妈妈总是在信中给亮亮说，这段时间厂子里很忙，过段时间就回家看亮亮。妈妈还说等她攒够了钱，就把亮亮接到城里上学，那里的学校很漂亮，老师很好。

　　亮亮就期盼着妈妈快快挣钱，等妈妈攒够了钱，他就可以见到妈妈，就可以跟着妈妈去城里上学。

盼呀盼呀，盼了一天又一天，一年过去了，两年过去了，妈妈还是没有回家。

七岁那年，亮亮无奈地跟着爸爸走进山村里的小学。说是学校，实际上只有一名老师，二十几个学生。亮亮上学了，妈妈在城里给亮亮买了一个漂亮的小书包邮寄了回来。亮亮背着漂亮的书包，走在上学的路上，坐在教室里，引来小伙伴们羡慕的目光！

小山村里有一个小卖部，那是杨嫂开的，卖些日常生活必需品油盐酱醋等，也有一些孩子爱吃的方便面、火腿肠之类零食，都是从大山外面几十里外的镇上进的。亮亮是杨嫂小卖部里的常客，他上学正好经过小卖部。每天亮亮都要花几毛钱买点零食装进书包，这也让小伙伴们羡慕不已！

那天，亮亮放学回家，走在路上，闷闷不乐的样子。经过小卖部时杨嫂笑着问："亮亮，谁欺负你了？"然而，亮亮低着头，一声不吭，眼泪在眼眶里打转，许久才哭着小声说："我想考一百分。"杨嫂又笑了："考一百分有什么难的，好好学习就能考一百分！"然而亮亮哭得更伤心了，他说："我已经好好学习了，可今天考试，我还是有一道题不会做。"杨嫂安慰亮亮："没事，下次亮亮就会考一百分的。"亮亮还在哭，他说："我这次就想考一百分。"说着，低着头，垂头丧气地往家走去。突然，杨嫂喊住亮亮，神秘地说："你想考个一百分也没什么难的，我给你说，你去求求老师不就行了，如果老师不给你一百分，你就哭，就闹，就待在老师那儿不回家！"亮亮没说什么，他虽然觉得这是杨婶和他开玩笑，但第二天一早他还是去找老师了。

老师没有给亮亮一百分，亮亮哭着回来了。经过小卖部时，杨嫂又笑着问："亮亮，老师没给你一百分吗？我说你应该给老师带点好吃的东西，她就会给的。"

杨嫂给亮亮挑了几样零食，亮亮付了钱，衣袋里装得鼓鼓囊囊的，又去找老师。然而，亮亮又一次哭着回来了，这次哭得更伤心，因为老师不仅不给他一百分，还生气地批评了他，说："亮亮，你这么小就学会给老师行贿了！"

杨嫂忍不住笑了，她问亮亮："你为什么非要考个一百分呢，难道不考一百分你爸爸就要打你吗？"亮亮低着头，难为情地说："爸爸说了，只要我考试考个一百分，他就带我去妈妈那儿。可我已经考了三次了，都是差几分，我想要去找我妈妈……"说着说着，亮亮又哭出声来，杨嫂的眼眶也湿润了，她大声说："走，婶婶带你去求求老师。"然而，没走出多远，她又停了下来，对亮亮说，"婶婶和你一起回家，去找找你爸爸……"

妈妈的味道

妻子是个初中老师，又是当班主任，于是我们每天谈论的话题都离不开她的学生。班里的每个学生都像是她的孩子，每个孩子的温饱冷暖和快乐忧伤她都记挂在心上，特别是半年前，一个孩子还住进了家里。

那天傍晚，我和妻子都下班回到家。晚饭做好了，我们坐在桌前，刚准备动筷，妻子突然看着我，郑重其事地对我说："我想和你商量件事。"看她一脸严肃，我感到事态重大，忙问她什么事。她叹口气说："今天开家长会，会后一位家长迟迟不愿离开，问他还有什么事，他才难为情地说，'老师，我一个人带着我家小虎，经常照顾不上，我想让我儿子住在您家里，不知您愿不愿意？'"妻子说她一听到这话，当时也不知道该怎样回答，便说回家和我商量一下。

一听说和我们无亲无故的孩子要住在家里，我坚决不同意。我们都上班，下班便累得什么也不想干，家里来个孩子，要给他做饭，还要照顾他学习，干什么也都不自在。我问妻子："这个孩子的妈妈呢？"妻子接下来的话令我一下子心软了，她说："这个孩子没有妈妈，听别人说孩子的妈妈是被人贩子从贵州山区拐卖来的，被他爸爸买来做了媳妇。他妈妈曾多次试图逃回去都没有成功，后来便生下了他。可她依然没有放弃逃跑的心思和计划。终于在孩子六七岁的时候她一个人成功地逃走了，再没有回来过。"孩子是无辜的，想到他那么小就失去了母爱，在家里经常吃了上顿没下顿，我的心里一阵酸楚，便同意让孩子来家里住。

小虎来到了家里，我们给他安排了一个小房间。我对妻子说："把家里重要的东西都收拾好，这个孩子我们也不了解，还是要防着点。"小虎住在家里，谨小慎微的样子。虽然我表面上尽量表现出对他的关爱，似乎把他当自己的孩子一样看待，但孩子小小年纪，也能感受到自己在这个家里是个外人。

可这个孩子的一些举动仍然令我生疑。几次我在家里都无意中发现他做贼般鬼鬼祟祟的样子，一到晚上他便钻进我们给他安排的小房间里，把房门紧闭。房子里静悄悄的，也不知道他在里面干些什么。可我们似乎也没发现家里丢了什么东西。为了了解清楚小虎到底是个怎样的孩子，我还故意在房子的一些角落放些零钱"试探"过他，可我什么也没发现，他好像对钱视而不见。

那天吃过晚饭，小虎又一个人躲进了房间里，房门紧闭。我准备要进去看个究竟。我走到房门口，猛地推开房门，那一幕情景让我终生难忘：只见小虎坐在被窝里，手里捧着一条丝巾，头深深地埋在丝巾里。我看清楚了，那是妻子的一条丝巾。一见我突然推门而入，小虎猛然抬起头来，惊吓地待在了那里，我疑惑地问："你在干什么？"小虎慌忙将丝巾塞进被窝里，胆怯地看着我，身子都在发抖，在我的一再追问下，小虎才哭着小声说："那里面有我妈妈的味道……叔叔，我没有偷老师的东西，我一会儿就会把它放回原处……"我的眼眶一下子湿润了，还在厨房里忙活的妻子也听到了小虎的话，她缓缓地走到小虎的床前，把孩子搂进怀里，泪流满面……

一只流浪狗

那是去年寒冬的一个傍晚，我下班走在回家的路上，忽然路旁的林荫带里跑出一只脏兮兮的小狗，它对我摇着尾巴，像是遇见了久别的朋友。我刚想赶走它，却猛然发现这只小狗似曾相识，便蹲下身来仔细地察看，深信它就是一年前曾在我家待过几天的那只小狗。

那只小狗是朋友送给我的。他说家里的狗生了一窝小狗，家里成了动物世界，非要让我抓一只小狗去养。他还说："你如果不想养了扔掉也行。"他只是不愿意自己扔掉罢了，或者觉得我如果养了也不会扔掉。

小狗来到我家时，身长还不到一尺，走路也常会摔倒，憨态可掬。可妻子却一脸不悦，她爱干净，不喜欢家里小狗小猫到处乱跑。小狗在我家只待了几天便又被她送人了。虽然我只和小狗相处了几天，但和它产生了感情。我用手机给小狗拍了好多照片，没事时常打开手机翻看狗狗的照片……

现在，那只小狗成了现在这只小狗了，体态也臃肿了，肚皮都快拖到地上，但毛色花纹还是没有多大变化，特别是头上一处很特别的花纹斑点让我确认它一定就是我家的那只小狗，它一定是又被它的新主人遗弃了（或者已先后被几家新主人遗弃了），成了一只流浪狗。

小狗围着我转，还想往我身上蹭，我惊喜过后便是伤感，像是久别重逢一位落难的朋友。看着这只可怜的小狗，我真不知该怎么办，叹息了片刻，我决定还是赶快离开它，任它流浪去，我能收留它吗？可我刚转身离开，小狗竟机灵地跟在我身后，寸步不离。

我想呵斥它离开，可又于心不忍，只好让它跟着，在心里却思索琢磨着该如何摆脱它的跟随。我漫无目的地在大街上转，寻找着一切可以甩开它的机会。天已完全黑了下来，街上的路灯全亮了，我也累得不想再走了，回头看看小狗，仍紧紧跟在我身后，一双渴盼又迷惑的眼睛瞅着我，似乎想问："主人呀，你要带我去哪里？"我心一软，哎，算了吧，就让它跟我回家吧。我一边往家走，一边想着回家后该如何向妻子交代，让妻子再次收留这只可怜的小狗。

终于走到了家门口，妻子看到我身后跟着一只脏兮兮的流浪狗，刚想责问我，我便赶忙向她解释，讲我的奇遇。小狗胆怯地瞅着我和妻子，那种凄楚的眼神使妻子也产生了怜悯之心。妻子苦笑着说："这只小狗还真跟我们有缘。"便也只好收留了这只流浪狗。但是，妻子不让狗在家里乱跑。我们在客厅外面的阳台上放了一个大纸箱子，算是给这只小狗安了一个家。

谁想到，几天后这只小狗竟产下了三只狗宝宝，我们一家惊喜不已。看着那一窝可爱的狗宝宝，我忽然想到这只流浪狗母亲一定是想给将要出生的宝宝找个安稳的家，偶遇我才一直跟我来到家里的。

我把我的这只流浪狗的故事说给几个朋友听，朋友们都很感动，但也有人产生了疑问，说刚出生不久的小狗我只养了几天，都相隔一年了，怎么还能认出我？我也很是不解。也许小狗对只当了它几天主人的我早就没有了印记，它看到谁都渴望被收留，只是遇到了太多的呵斥和踢赶，只有我，不忍心再次丢弃它才把它带回家罢了；或者也许，它根本就不是我的那只小狗。

这个座位还有人

那是一个寒冷的冬天，我乘坐一列火车回乡探亲。

傍晚时分，列车上来一位背着一个大包，领着一个三四岁男孩的女人，她气喘吁吁，满含期待的眼神东瞅瞅西看看，也不时地询问车上的乘客有没有座位。也许已经穿过了好几节车厢，问过了好多个乘客，却仍然没有找到一个座位，她便在我前面不远处的过道旁停下来，放下背包，又从背包里掏出几张报纸，铺在地上，抱着小孩蜷缩在那儿。然而，我却看到很多座位上躺着呼呼大睡的乘客。她显得很疲惫，也很无奈。每当有乘客要从她面前经过，她便立即收起脚，挪动身子给人让路，有时她睡着了，一些要通过的乘客便从她身上跨过，就这样，熬过了一个晚上。

第二天一大早，这位母亲又背起背包，领着孩子开始寻找座位。过了很久，我又看到她蹒跚着走了过来，脸上写满了失望。当她走到我身旁时，我拉住了小男孩，说："来，坐叔叔这儿吧。"女人很感激地铺张报纸又坐在我的座位边上，小男孩和我挤坐在一起。

女人和我聊了起来，聊着聊着，便开始抱怨，抱怨列车上的乘客只图自己安逸，一个人占着几个人的座位，抱怨世风日下，人心不古……

又一个夜幕降临了，列车将要停靠在一个车站时，我旁边座位上的两个**乘客**都开始收拾行李，准备下车了，一下子那个座位就要空了。大概是看这对母子挺可怜，其中一人便对妇女说："我们马上就要下车了，你带孩子来坐我们这吧。"妇女感激得连声道谢！

母子俩高高兴兴地在座位上安放好行李物品，幸福得像一下子从地上到天上！

然而，几分钟后，又陆陆续续地上来了很多乘客，只见这位母亲慌忙尽可能地用身子占满整个座位。有几个乘客从母子身旁经过时，询问座位上还有没有其他人，妇女立即换了一副面孔，冷冷地说："还有人！"小男孩疑惑地望着妈妈，小声问："还有谁？"妈妈低声呵斥："别说话！"

哎，人呀，为什么没有得到时总是抱怨，一旦拥有，却又不去设身处地体察别人的辛酸？

请你给我让个座

那天，我带着父母在城里游玩，在一个公交站点我们准备乘车。

车来了，但车厢里已站满了乘客，显得很拥挤，车下的人还在一个一个往上挤。父亲终于被挤了上来，还没站稳，司机已开始发动车。父亲慌忙对司机说："还有人没上来。"不想那个三十来岁的司机对年过花甲的父亲训斥道："你往后面走！你不走，后面的人能上来吗？"父亲更显得手足无措，不知该如何挤向后面。车厢里闷热难耐，看着白发苍苍的父亲站在公交车里被人拥来挤去，没人让座不说，还受到年轻司机的呵斥，我的心里真不是滋味。

车在又一个站点停了下来。这时车厢里已人满为患，车下还有很多人要上。只见人群中一位精神矍铄的老头手摇一把蒲扇从容不迫地上车，刚走进车门，司机忙扭过头对车厢里的人喊："哪位同志给这位老师傅让个座。"我一下子想到刚才他对父亲的态度，心中充满了愤怒！同样是老人，父亲看起来还要比眼前这个老头年纪大，为什么态度却差别这么大！

车厢里的人并没有给老头让座，我倒有点幸灾乐祸！然而令我诧异的一幕发生了：老头在我身旁一个小青年的座位前停了下来，面含微笑却又以命令般的口吻对小青年说："小伙子，请你给我让个座。"我吃了一惊，哪有要求别人给自己让座的？只见小青年斜着眼瞅了瞅眼前的老头，在众目睽睽下很不情愿却又不得不起身给老人让了座。

我开始对眼前的老人刮目相看！

我想，老人在自己的人生经历中一定也曾一次又一次地遭受过呵斥与冷眼，就像父亲今天的经历，他也一定遭遇过。但他不是退缩和隐忍，而是敢于挑战，敢于亮剑！并在一次次的挑战与亮剑中变得越来越自信和从容，也一次一次地提升着自己的尊严。

我们常常抱怨当前很多人道德沦丧文明缺失，但面对社会上种种不道德的事件、不文明的行为，我们又常常袖手旁观，就连自己的尊严受到挑战，面对强势，我们也是忍气吞声，于是，更助长了某些人的嚣张气焰，我们也变得越来越没有尊严。我想，只要我们每个人都能拿出老人这种"亮剑"精神，哪怕只是为自己活得有尊严，这个世界也一定会变得文明与和谐。

善良的欺骗

那天中午，他漫无目的地走在一座城市的大街上，看见远处一个蓬头垢面的女人正在一个垃圾箱里翻找东西。他快步走了过去，突然眼前一亮，他从她呆滞的目光里隐约找到了他丢失的女儿的一点印记。他再走近仔细看了看，竟然越看越像，最后竟抱起女子放声大哭。他确信眼前的女子就是他丢失了八年之久的"傻丫头"！

八年来，他已不清楚走遍了多少个城市和乡村的大街小巷，目光搜寻了多少个街巷的角角落落。他一边打工找活干，一边寻找他的"傻丫头"。他的女儿是因小时候得了一场病而变傻的，更令他悲痛欲绝的是在他的"傻丫头"十六岁那年，竟被一个人贩子拐卖了，从此杳无音信。

他欣喜地带着他的"傻丫头"回到了他那个小山村里的家。一进家门，他便兴冲冲地对妻子喊："傻丫头找到了！傻丫头找到了！"妻子也是一脸惊喜，抱着"傻丫头"左看右看，接着便放声大哭；他又对着八九岁的儿子喊："快叫姐姐，快叫姐姐！"儿子怯怯的，但也顺从地喊了声"姐姐"，在孩子的脑海里，根本没有姐姐的记忆。然而，他的"傻丫头"却目光茫然，她似乎还没弄明白这是怎么一回事。

亲戚朋友们都来了，他们在祝福这一家人的同时，也有人悄悄地问他："你能确定这就是你的'傻丫头'吗？"他便很自信地说："怎么不是，凭我的感觉我一眼就认出了我的'傻丫头'！"然而还是有越来越多的人对此表示怀疑，他们劝他还是做个亲子鉴定吧，那样才最可信，也最科学。

他感到很生气，心想："做就做吧，我要用事实堵住你们的嘴！"

他便带上他的"傻丫头"来到省城的一所医院，做亲子鉴定。在等待结果的那几天，他便带着他的"傻丫头"在城里到处转转，给她买她小时候爱吃的东西，他要好好给她补偿父爱。检测结果终于出来了，却竟是她和他没有丝毫的血缘关系！他一下子瘫坐在地上，仿佛被人抽去了筋骨。一张薄薄的纸就让他所有的希望与爱落空了。"不可能"！这是他的第一反应，然而工作人员告诉他"不会有错的"，并让他相信科学。

他痛苦地带着他的"傻丫头"离开了亲子鉴定中心，他再次仔仔细细地看了看他的"傻丫头"，真是越看越不像他的"傻丫头"！怎么办呢？他试图撇下这个傻女子。他借故让她等他一会儿，然后低着头迅速地消失在人流中。但没走多远，又觉得于心不忍，他呆立在一个角落里，心乱如麻。忽然，他看到那个"傻丫头"在人群中急切地寻找着，拉住一个又一个行人含糊不清地哭喊着"爸爸"。他的心软了，她也是爹娘身上掉下的肉呀……他又一次走近她，拉起她的手，带着她回家。一路上，"傻丫头"都拉着他的衣角，寸步不离。

到家了，他艰难地换上了一副笑脸，一进家门，就大声地喊："就是我的'傻丫头'，就是我的'傻丫头'！"几天后，他把妻子、儿子和他的"傻丫头"叫到跟前，指着"傻丫头"对妻子说："一定要看护好我们的'傻丫头'，别让她再跑丢了。"然后又严肃地对儿子交代："她是你的亲姐姐，你一定要好好待她，别以为她傻就欺负她。"最后他整理好行装，说要出去打工，养活一家人。

他又复印了厚厚一沓《寻人启事》，但这次却是两条寻人信息。

真爱无言

干什么事，我总是喜欢说了再做，对待爱情也是这样。

十多年前的那个春天，亲友给我介绍了一位女友，我对她是一见钟情，恨不得一天三趟去找她，那种感觉真是"一日不见，如隔三秋"。然而，女友却对我不冷不热。一天，我想试探一下女友对我有没有好感，便笑着对她说："我想给你送个礼物？"然而女友一下子便拒绝了我，脸上还有了一丝愠怒。我茫然不知所措，后来我几次去找她，她都没理我。还好，在我的苦苦追求下，一年后，女友终于成了我的妻子。

因为工作关系，我常要去外地出差，有时在大城市的商场超市里看到那些颜色鲜艳、款式新颖的女式时装，我也会产生给妻子买上一件的想法。每当这个时候我便会拿出手机给妻子拨打电话，说看到了什么款式的衣服，想给她买上一件。然而妻子便会在电话那端一再告诫我，让我不要买！说她有衣服穿，说我买的颜色式样也不一定适合她等等。其实我知道，妻子是舍不得花钱。不让买就算了吧，我也嫌挑选衣服麻烦，便心安理得地离去。有时在大街上不经意间看到礼品店里漂亮的小饰物、小物件，也会给妻子打电话，问她要不要？妻子总会说，花那钱干什么？说省下钱来还可以买几袋盐、几瓶醋。于是，我也就犹豫不决，最后也便不舍地离去。所以结婚已十余年了，我却几乎没给妻子买过什么东西，送过什么礼物。

那个情人节晚上，我下班回家，天已黑得伸手不见五指。家离得不远，我走在回家的路上，仍然可以看见路灯下那些抱着玫瑰花的男孩女孩在行人间穿梭。

这时一个小男孩朝我跑来："先生，买朵玫瑰花吧？"我又习惯性地准备掏出手机，却又不忍心看着寒风中小男孩失望的眼神，于是就毫不犹豫地挑了一支开得正艳的玫瑰花，欣然付了十元钱。

我第一次捧着一支红艳欲滴的玫瑰花，手竟有些发抖。刚转过身准备走，竟发现妻子在离我五六米远的地方一动不动静静地看着我。原来妻子看我这么晚还没回家，便从家里出来接我，我买花的一切她都看在眼里。

走近妻子，我发现她的脸上洋溢着幸福的微笑，眼里还有晶莹的东西在闪烁……妻子抱着玫瑰花，我拥着她回到家里。她特意找来一个空玻璃瓶，装上清水，然后把那枝玫瑰花精心地插入瓶里。她每天早上起床后的第一件事，便是凑到玫瑰花前幸福地看一看、闻一闻。一个星期后，那朵玫瑰花开始衰败，花瓣开始凋谢，但是妻子仍舍不得丢弃……

情人节的玫瑰送给谁

他是一个文学青年，写作是他的唯一爱好。那年，他认识了她，不久，他们便组成了一个家庭。

每次在电脑前打好一篇文章，他总是乐滋滋地一字一句读给她听，而她总是一边做着家务一边低头听着，似听非听的样子。然而他发给报社的稿子总是石沉大海、杳无音信。他苦恼、烦躁！这个时候，妻子总是安慰他、鼓励他，有时还要默默地忍受着他在家里的情绪发泄。终于，他的作品开始频频在当地的晚报上发表，他渐渐成了那个小城里小有名气的作家。每次，他兴奋地捧着那一张张稿费单炫耀似的在妻子眼前一亮，妻子总是淡然一笑。

日子就这样一天天过去，他写他的文章，她干她的家务。柴米油盐，一日三餐，甜蜜的爱情逐渐细化出种种不能承受的琐碎与平淡。他常常在他的小说世界里构建着感人至深、曲折离奇的爱情故事，不知感动了多少热恋中的青年男女，然而一回到现实生活，他却觉得和妻子之间可说的话越来越少。有时妻子听着丈夫的小说，也会幽怨地嗔问他是不是嫌弃她了？觉得生活太平淡了？他总是笑着对妻子说，那是小说，是虚构的。然而内心深处，他仍然憧憬着那种美好的爱情生活。

他终于有了自己的情人。

情人节的前几天，他又构思了一篇小说。他把现实中的自己与妻子写成小说中的男女主人公。男主人公越来越觉得妻子不适合自己，于是他找到了自己的真爱……小说的最后，丈夫毅然离开了妻子和家庭，和他的情人悄然来到了一个美丽的小岛上，过起了幸福的生活……稿子写好了，他没有读给妻子听，就忐忑不安地发给了当地的晚报。然而稿件发出去几天也没有得到回音。因为在往常，每次他在电脑上打好一篇文章，发到晚报的邮箱里，一两天后就会收到一封热情洋溢的回复，鼓励他，有时也会提出一些修改意见。于是，他便诚惶诚恐地仔细推敲和修改，然后又重新发送。

情人节终于到了，这天早上一起床，妻子就微笑着向他道一声"情人节快乐"，然而他却想着他的情人。这天傍晚，吃过晚饭，他想给情人送一束玫瑰花。他绞尽脑汁终于想出了一个漂亮的借口。妻子什么也没说，只是幽怨地看了他一眼。离家时，妻子说："外面天冷，穿厚点。"他穿上大衣走出家门，内心一阵狂喜！

他又走向了街边的一个报刊亭，买了那份熟悉的晚报，这已经成了他多年的习惯。他的那篇小说终于发表了。然而在昏暗的灯光下他又浏览了一遍小说，突然愣住了……原来在小说的最后又有了新的情节。他猛然惊醒，那是妻子改动过的……读着读着，他便泪流满面。

外面真冷，一阵寒风吹来，突然，手机的短信铃声响了，是妻子发给他的短信：外面天冷，快回家吧……他悚然一惊，一股暖流涌上心头。他猛然醒悟过来：真正的爱情是那样的深沉和质朴。这么多年，妻子总是把对自己的爱深藏在心底，不轻易流露出来。他满怀愧疚，赶忙跑向一个花店，精心为妻子挑选了一束红艳欲滴的玫瑰，立即向家走去。

他要向妻子表达自己最深的忏悔……

别逼着妻子承认错误

结婚几年来，我和妻子的大争小吵几乎成了家常便饭！我虽然懒散，却爱动脑，再复杂的问题我也会考虑得周密详尽；妻子虽然勤劳，想问题却很简单，常常在细节上露出破绽。但妻子即使做错了事也死不认错，偏偏我又最爱较真，非要让她低头"认罪"才觉得解气！不想妻子伶牙俐齿，我却笨嘴拙舌，常常是有理也被驳得无理，于是吵架在所难免。

终于有一天，妻子又做错了一件事。在铁的证据面前，妻子哑口无言，我抓住时机乘胜追击，妻子强忍着泪水睁着一双楚楚动人的大眼，还是一副死不屈服的样子！

每次吵架后总是妻子主动逗我，先和我说话。我这人天生自尊心强，爱面子，就是在自己老婆面前也不愿放下臭架子！妻子经常抱怨说，我们家她是男人，我是个女人！

然而这次妻子要同我冷战了：她做好了饭不喊我吃，不让我吃我就不吃！我自己煮方便面吃。一天过去了，两天过去了，第三天妻子依然不正眼瞧我。方便面已吃得我反胃，书房的地面已脏得难以下脚，书桌已乱得理不出头绪……我有点耐不住性子了，渐渐感到妻子的好：往日，妻子总是把书房给我整理得井井有条；衣服脏了，刚一脱下来，妻子便拿去洗；一天三顿，妻子总是变着花样为我做饭……细细想来，妻子整天要干那么繁杂的家务活，为这个家庭付出得太多了！烦琐的家务中出一点错有什么呢？何况爱占上风又是女人的天性，我为什么就不能宽容一下妻子呢？

越想越觉得对不起妻子，然而我还是没有勇气向妻子道歉。

那天晚上，我便拿出一张纸写下了这样一行字："不要逼着妻子承认错误。"算对妻子的道歉，也算自我反省！然后郑重地把它贴在我的书桌上。

没想到第二天早上起来，当我再次看到那张纸时，我发现我的那句话后面又多了一句话："老公，我错了……"

在走散处牵手

在那个群山环绕的小城里，爬山是小城人最好的休闲锻炼方式。其实那山也不是什么大山，就是个土塬，但岔道丛生，很容易迷路。他和妻子就是在一次爬山中相识的。那时，他是小城里一所中学的老师，她是一所小学的老师，都是刚分来的大学生。

一个周末，两个年轻人不约而同来爬山。刚走到山脚下，他便看到一个女孩蹲在路边揉脚，她不小心崴了脚。他走上前去，问她需不需要帮忙。她嘴上说不用，但心里还是希望得到他的帮助。小伙子走上前去，扶着她慢慢地往回走。一路上，他们从陌生到熟悉，谈教学，谈理想，聊得越来越开心，似乎有说不完的话题，相见恨晚。虽然那次没爬成山，但他们却收获了爱情。于是，周末相约去爬山便是他们一同度过的最美好最快乐的时光。每次爬山，他们一边攀爬，一边嬉笑打闹，说着笑着攀爬着，时光悄然流逝。

结婚后，生活便少了许多浪漫。柴米油盐，越来越琐碎繁杂的生活使他们很少再有时间和闲情逸致去爬山了。也使他们在性格，爱好，对生活的态度等等方面的差异一天天凸显出来，争吵愈加频繁，后来便是冷战。最终他们选择和平分手，好聚好散。那天下午，他们打算在分手前再相伴爬一次山。这次，他们没有牵手，两人一前一后，中间相隔了一段距离，他若有所思地走在前头，她低着头忧伤地跟在后面。虽然两个人都有很多话要对对方说，却又都开不了口，一路上，两个人都默默无语。

忽然，他扭头发现妻子不见了身影。以前爬山，也出现过这种情景，但等他一转眼，妻子突然就不知从哪儿冒了出来，银铃般的笑声能传遍整个山谷。有时她甚至会俏皮地从他背后蒙住他的双眼，故意用低沉的口气喝道："不许动！"可今天，他知道再也不会出现那种情况。他停下来等了几分钟，仍然没有看到妻子跟上来，这时才一下子慌了神，妻子是遇到了什么危险还是走错了道？他大声喊着妻子的名字，立即便传来她的回应。她真是走错了道，在一处岔路口，一分神，便走进了另一条山道。等到她发现看不到丈夫的身影，不由得紧走几步，依然没有看到他。山道上空无一人，她也开始恐慌起来，可一想到他已不再是往日的丈夫，又不愿喊一声他，当听到他喊她时，才赶紧回应。两个人的声音听起来似乎近在咫尺，却又看不见身影，更无法牵手。眼看着天色渐暗，两人都不自觉地加快了前进的步伐，想着山上的小道纵横交错，尽快在前面会合。可越急越慌越往前走越发现眼前的山路狰狞恐怖，两个人离得也越来越远，听到对方的呼喊声也越来越小。不知跑了多远，他才发现了就在不远处山腰上的她。但此刻他们之间却隔着一道深谷，恐惧、牵念、焦虑、悔恨……他终于冷静了下来，大声喊着妻子的名字，告诉她，他们应该同时沿着各自走过的路往回走。

他们同时转过身，往山下走去。虽然，回头的路也很不好走，需要凭着记忆找寻走过的路。他们相互鼓励，终于，越来越近了，都能听见对方的喘息。仔细寻找，伴着风的呼啸，他也听到了妻子的回应。于是，终于在黄昏的时候，他们在走散的地方牵起了手，汗水泪水满脸流淌。

从山上下来，他们谁都没有再提"离婚"这两个字，因为那次经历让他们各自都回过头来反省自己，找回了他们爱情的初心。

人生就如同爬山。一个人的奋斗求索之路，虽然曲折艰险，但只要朝着一个目标，一步一个脚印勇往直前，就一定能到达光辉的顶点。但两个人的婚姻生活之路是需要夫妻二人携手相伴的，这条路上玄妙复杂危机四伏，布满了迷宫，很容易走入异途。一旦走散，两个人都千万别再执意前行，一错再错。只有回头折返，也许回头的路很难寻找，但只要有足够的细心和耐心，就一定会重新牵起手来。否则，要想再走在一起就很难了。

尊重，是最好的帮助

　　我去年搬进了楼房，对门是一位老太太和她女儿一家，日子过得很是艰辛。老太太七十多岁了，头发已花白，背已弓成了九十度，然而，老太太却总也不闲着，每天起早贪黑背着一个破塑料袋子在小区的垃圾箱里，角角落落搜寻着烂纸壳子、矿泉水瓶等一切可卖钱的废品，似乎一刻也不愿闲着。

　　受老太太的影响，我六岁的儿子也开始把每次喝过的饮料瓶存起来准备卖钱。

　　那天，收废品的人来到楼下，老太太把她捡的一大袋废品拖到楼下卖。我便对儿子说："你看老奶奶生活那么艰难，把你的饮料瓶给奶奶卖了吧？"儿子想了想，答应了。我们父子俩把那堆瓶子装进一个塑料袋，我又从家里找出一些废旧的书刊，一同放到门口。我对老太太说："阿姨，这些你也拿去卖了吧。"老太太没说什么，便一一把它们装进袋子，又拖着袋子，一步一步地下楼了。谁知，晚上我们正在看电视，老太太敲开了房门，手里捏着几张纸币，说这是我们卖的废品有八块六毛钱，说着把钱放在门旁的鞋柜上退出了门。我忙走到门口说："阿姨，那是给您卖的！"但老太太摆摆手，坚决不要。

　　我想，可能是老太太觉得钱多，不能要。不久后，老太太又卖她的废品，我又把儿子的十几个饮料瓶放在门口。这次我对老太太说："阿姨，这几个瓶子也值不了几个钱，您就拿去卖吧。"老太太犹豫了一下，便把那些瓶子和她捡的废品放在一块卖了。

然而一天后，老太太又敲开门，端来一大盘包子，说这是她女儿刚刚蒸出锅的……

后来又有几次，我把儿子的饮料瓶让老太太卖，但每次卖后一两天，老太太都会给我们送来一些水果、蔬菜及孩子爱吃的零食。虽然我们也给老太太送过一点东西，似乎邻居间显得很亲近，但我总感到我那一两块钱的瓶子给老太太带来了很大的思想压力。

再后来，收废品的人一来，我便和儿子把他捡到的各种瓶子提到楼下自己卖。每次卖废品，老太太也显得精神焕发。有时我们不知道收废品的来了，她就会敲开门，高兴地告诉我们，我发现她的弓背也挺直了许多！

生活中有很多像老太太那样的弱势群体，他们活得卑微却坚强！其实，他们需要的并不是我们施舍的所谓的帮助，而仅仅需要我们放低自己的姿态，不在弱者面前表现自己的强势，并让他们不感到孤单。

别把自己当"上帝"

那是一次惊险的人生经历。去年夏天，我们几个朋友准备去伊犁游玩，在一个旅行社选择了包车服务，谈好了价钱，我们出发了。

车在高速路上飞驰，我们在车内昏昏欲睡。可不多久，一阵颠簸把我们惊醒，抬眼一看，车却走在一条路况很差的石子路上。我们中一位熟悉路况的朋友忙问，怎么走到了这里？司机忙回答，马上就又上高速了。谁知，在这段路上竟耽误了一个小时。

原来，是司机为了省一点高速的过路费，把车开到了一条便道上。可他对那条路不熟，又加上到处修路，绕来绕去，走了很多冤枉路。一车人很是不满，那位朋友更是对司机大加指责。他换坐到副驾驶的位子上，说："我们包了你的车，你要明白我们的关系就是雇佣关系！我们就是你的'上帝'，有这样为'上帝'服务的吗？"一路上又是指责又是呵斥，总之，是要把"上帝"的优越感发挥到极致。司机不停地道歉。

天渐渐黑了，可车却开上了一个叫"冰大阪"的山。山路很是艰险，两旁是万丈深渊，特别是山上竟下起了雪，路上结了冰，大雾弥漫。听说这儿是事故的高发区，曾有很多车翻坠到了悬崖下！我们每个人都屏住呼吸，心提到了嗓子眼。司机开得很谨慎，很缓慢……终于平安地翻过了山，我们悬着的一颗心也终于放了下来。

不久，车驶入了前面一个县城，我们那位朋友下车给司机买了两包好烟，对司机说："多亏你驾驶技术高，真谢谢你，让我们平安地翻过了'冰大阪'。"司机没有要烟，他只是说："你只要说声'谢谢'就行了。"那位朋友难为情地说："对不起，师傅，一路上不该对你那个态度，我明白了，我们不仅是雇佣关系，也是生死关系。"

我又想起几年前的一个冬天的晚上，我和一位朋友去街上找饭馆吃饭，在寒风中走了很长的一段路才找到一家小饭馆。走进去，吃饭的人很多，人声鼎沸！我们找了个座位坐下，可服务员忙得不可开交，根本没时间理会我们。我那位朋友急了，喊服务员，让倒茶水。话还没喊完，我赶忙劝住了，我说茶壶就在邻桌，说着就要去提。朋友按住我，说："我们是来吃饭的，就是他们的顾客，他们和我们就是服务与被服务的关系！'顾客是上帝'这个道理他们不懂吗？"我笑了，说："就因为我们消费了十几元钱，人家就低你三等！就要人家把你当'上帝'一样伺候？其实你想，要不是这儿有个饭馆，我们还要在寒风中走多久，甚至今晚还要饿肚子！"

吃过饭，我们付了钱，准备走时，老板说了声"谢谢"，我一愣，也对他说了声"谢谢"。走出饭馆，我觉得身上和心里都暖暖的。

总有一些人喜欢高高在上，真把自己当成什么"上帝"，对别人颐指气使！有时想想，真的很可笑。

小善化解大恶

那天，我乘车去一个偏远的乡里办事。在一个小村庄，车停了下来，只见两个流里流气的小青年晃进了车厢，他们吹着口哨、痞气十足！他们一落座便旁若无人地大声喧闹起来，全然不顾车上乘客的感受和反应！就在他们的后排还坐着一位女孩，我真替这个女孩捏一把汗。

这时，也许是车厢里太闷热，其中一个小青年脱下外衣，随手搭在车座靠背上。两个小青年的喧哗声越来越大，也越来越放肆起来，其中一个甚至还掏出一把水果刀，在手里摆弄比划着。车上每个人的心都提到了嗓子眼，空气紧张得令人窒息。女孩低着头，惶恐不安的样子，像只待宰的羔羊。我紧张地观察着这一切，想象着将会发生的可怕的一幕。

忽然，我发现随着车的颠簸，那个小青年搭在靠背上的外衣在逐渐地滑落，终于无声地掉了下来，正好掉在了女孩的脚边。我看到女孩显得越发紧张，犹豫了好几分钟，似乎经过了激烈的思想斗争，终于弯下腰，战战兢兢地捡起了那件外衣，轻声地对那个小青年说："同志，你的衣服掉了……"两个小青年同时把头转向女孩，嬉笑的表情此刻一下子凝滞了……看得出，他们羞愧万分，一直低着头，一言不发，直到下车。

后来，听车上一位乘客说，那两个小青年是当地的泼皮，曾因偷窃和抢劫被警方打击过。想想真是后怕，要不是女孩捡起了那个小青年的外衣，那天车上真不知道将会发生什么事情！

真没想到，一个小小的善竟然化解了即将发生的大恶！

孩子，妈妈看你来了

　　已经快一年了，张婶常会在梦中看见自己的儿子。梦见儿子小超回到家里，一进门，就迫不及待地从衣袋里掏出一叠百元大钞，兴奋地拿给她看，说："妈，我发工资了，这一个月工资我全孝敬您！"那可是孩子大学毕业参加工作后第一次领到的工资。看到儿子出息又懂事，她高兴得合不拢嘴。然而梦中惊醒，她又一下子跌入悲痛的深渊。她知道，这一切都只能在梦中实现。儿子死了，永远地离开了她。儿子小超的生命是被邻居家的小邱夺去的。每当想起这些，她就恨不得把那个小邱千刀万剐！

　　说起来，小邱也有个不幸的童年。

　　小邱的妈妈是在小邱三岁的时候和他爸爸离婚的。妈妈抛下他们父子独自一人离开了。从此，小邱便和爸爸一起生活，妈妈的形象在他的脑海里越来越模糊，最后便没有了一点印象。看到别的孩子都有妈妈，小邱也想妈妈，他甚至有时看到别的小朋友喊妈妈，自己也跟着叫，但常常会得到这样的回答："谁是你妈妈？你妈妈早走了！"于是，便引起小伙伴们的一阵嘲笑。每当这时，小邱便低着头，伤心地离开……人们便常常喊小邱是没妈的孩子。没妈的孩子变得越来越脏，越来越不招人喜欢，甚至小朋友们也常常欺负他。小邱就常常哭着跑回家，问爸爸："为什么我没有妈妈？"爸爸便吼他："哭什么，你妈早死了！"

　　七岁时，小邱被爸爸送进了学校。在学校里，小邱是穿得最破烂的孩子。他渴望能像别的小朋友有妈妈来给开家长会，他最怕老师同学问起他的妈妈。他的性格越来越孤僻，他的身影也越来越孤单，就连他家邻居和他一个班的小超也不愿和他走在一起。于是，没上几天学，他便辍学了，开始在社会上流浪，常常饥一顿饱一顿。

十几年后，小超考入了大学，小邱却因为偷窃被判刑入狱。小超大学毕业参加工作，小邱也从监狱出来。从监狱出来的小邱本想告别过去重新做人，但在社会上却处处被歧视，处处碰壁，父亲也不认他这个儿子。小邱感到悲伤和绝望，他开始自暴自弃。

那天，小邱在村外百无聊赖地游逛，遇到了小超。小超刚刚领了第一个月工资，骑着自行车春风满面地往家赶。

小超和小邱几年都没说过话了。可这次，小邱却拦住了小超，主动打招呼："大学生，借我点钱？"

小超没好气地说："没钱！"

"都工作了，哪会没钱？"小邱不相信，就要上来搜小超的口袋。

"你干什么，想抢劫嘛！"

"借点钱就是抢劫吗？"

小超也被激怒了，不知怎么就冒出一句："借钱，你去找你妈要呀，谁不知道你有一个大款的后爸。"自卑、嫉妒、屈辱、愤怒一起涌上小邱的心头，他一下子失去了理智，掏出随身携带的小刀刺向小超，血案就这样发生了。

小超死了，小邱也被判处死刑。被执行死刑前，法警问他："你还有什么想说？"小邱抬起头来，看着湛蓝的天空，说："我只想见我妈妈一面。"

清明节到了，那天张婶起得很早，她为儿子做好了他最爱吃的饭菜，挎上篮子走出家门。外面真冷，一阵寒风夹杂着细雨吹落在她苍白的脸上、单薄的身上，她不禁打了一个寒战。她想到她的儿子躺在凄冷孤寂的野地里，又一次泪流满面。她来到了儿子的坟前，为儿子摆好饭菜，又烧了一些纸钱，失声地痛哭："孩子，妈妈看你来了……"

她站起身来，撩了撩被雨水打湿贴在额头的头发，又向不远处的另一个新坟头瞥了一眼。那只是一个小小的土丘，似乎只是为了做一个标记，它就是杀害儿子的小邱的坟墓。她不禁心生些许的怜悯恻隐之情，他也是一个孩子呀，到死也没有见到妈妈的孩子。几个月前，在法庭上，小邱曾跪在她面前，请求她的宽恕，并说希望来生做她的儿子。张婶心里对小邱的所有怨怒此刻都消融了，她又挎上篮子，一步一步艰难地走到小邱的坟前，摆上一些饭菜，又烧了些纸钱，然后低泣着说："孩子，妈妈也来看你了……"

离家的孩子

张亮孤身一人来到这个南方小厂已经有三年时间了，他最期盼的就是收到一封家信。

那些年，人们的通信工具还主要是书信。离家在外的游子能收到一封家信，那种心情真是欣喜若狂！

可谁会给张亮写信呢？他连家也没有。每天送信的邮递员一来，厂门口传达室的门外便会挤满人。他们围在那张散放着各类信件的桌子旁，急切地翻找着、搜寻着，都希望能看到自己的名字。张亮从没走近那张桌子，他知道，那里根本不会有他的信。但每次进出厂门，从传达室经过，他都要向那边张望一眼。

可令张亮没想到的是，那天中午，刚走进厂区大门，传达室老王手里真的扬起一封信，对他喊："张亮，你来一下。"张亮疑惑地跑过去。老王对他说："这里有一封写给王强的信，一直没人领，你带到厂里问问。"张亮一下子泄了气。这个王强，张亮认识，王强前段时间因为盗窃厂里财物刚被开除，现在都不知道到哪儿去了。张亮想给老王说，可话到嘴边却没说出口，他默然地拿着这封信走了，边走边想："这封信里到底写着什么呢，我能不能拆开信看看？"

"反正王强已经走了，这封信也没人要了。"经过激烈的思想斗争，张亮还是忐忑不安地撕开了信封，抽出一张像是从学生作业本上撕下来的信纸，展开信纸，第一行字便是"孩子，这么长时间没有你的音信，爹妈想你啊！"张亮恍然听到爸爸妈妈召唤他的声音，远在天边又近在耳边，张亮急切地往下看，看着看着，眼泪禁不住流了下来……

这是一封父母呼唤儿子回家的信。原来王强是因为忍受不了父亲的责骂而离家的，之后已有三年多没有回过家了。几年来，父母四处打听询问，终于听说儿子来到这个城市的这个厂子打工，可因为路途遥远，他们又目不识丁，只好请人代笔为儿子写下这封家信。

张亮也是一个离家出走的孩子。

七岁那年初春的一天，因为他淘气，爸爸第一次打了他，他哭着跑出了家门，小小的心里便有了不回家的想法。在张亮的记忆深处，他清楚地记着那天的经历。他跑到不远的镇上，镇上可真热闹，有卖各种好吃的好玩的，可他没有钱，只能眼巴巴地看着。这时，一个像他妈妈年纪般的女人走到他身边，拉起他的小手，笑着问他怎么一个人在大街上，张亮低着头哭丧着脸说爸爸打了他。女人哄了哄他，又给他买了一把糖果，对张亮说："走，跟阿姨走，阿姨带你去一个比这儿更多好吃好玩的地方！"女人便带着张亮坐汽车，又坐火车，后来也不知道到了哪里，反正觉得离家是越来越远。张亮开始害怕起来，可身边没有一个亲人，他能找谁呢？最后，那个胖阿姨把他带到了一个他根本听不懂他们说话的村子里。他哭着喊妈妈，可那个胖阿姨指着一个黑黑瘦瘦的女人对他说："现在她就是你的新妈妈！"说着，黑瘦的女人便来拉张亮，并让他喊妈妈，张亮死活不喊，他想跑，可刚转身，便被胖女人抱住。从此，张亮便成了这家的儿子。之后，小张亮便学会了看人脸色，饱尝了寄人篱下的苦楚。他曾几次试图逃离这个家庭，可每次又都被抓了回去，抓回去便是一顿毒打。小小的亮亮无数次在心底呼喊着妈妈，甚至因为想念妈妈常常在梦中哭醒。张亮终于长大了，他终于离开了那个冰冷的家，开始流浪。他睡过桥洞，捡过破烂，什么辛酸都经历过，但他觉得都比那个没有温情的家好。

张亮含着眼泪读完了这封信，心情却越来越沉重起来，他该怎么处理这封信呢？把它私藏起来吗？信中的每个字都灼痛着他，特别是那句"你独自一人在外，千万要离坏人远点"更是如针锥刺着他的心。小时候，他就是因为一个糖果的诱惑，而落入了坏人的魔爪，经历了一个没有爸爸妈妈的悲惨童年。如今虽然逃离了那个家庭，但进入社会，面临的诱惑更多，没有了亲情的温暖和警醒，稍稍放纵自己，便会误入歧途，被坏人利用。想到王强已被厂里开除，张亮猛然打了一个寒战，他决定一定要找到王强，把这封信交给他，并给他讲讲自己的悲惨经历……

亲情的等待

　　他只是一名十六岁的少年，却因参与一起拦路抢劫案而被抓获归案。在案件开庭审理前，主审法官了解了这名少年的家庭背景，原来在他五岁的时候母亲就去世了，是父亲一手把他拉扯大。父亲只知道供他吃穿送他上学，而对他的思想成长却了解甚少，以致他在社会上结交了很多不良朋友，跟着他们从开始的小偷小摸到后来的拦路抢劫，在犯罪的泥潭里越陷越深。父亲刚开始也对他严厉斥责，苦口婆心地劝告，但看他屡教不改，也就渐渐地心灰意冷，不管不问。

　　开庭的前一天，这位主审法官又一次来到少年的家里，希望他的父亲能够出现在第二天的庭审现场。然而，这位父亲却坚决地说他没有这个儿子，他不想再看到他！任凭这名法官怎样说服劝导，这位父亲终不愿去参加儿子的庭审。

　　眼看开庭时间就要到了，少年多么希望他的父亲能出现在旁听席上。父亲一直没有出现。他失望极了，他甚至想着就这样自暴自弃。就在他对父亲的出现几乎不抱任何希望，而开庭时间也推迟了将近一个小时后，这名少年突然眼前一亮，他看到父亲在一名法庭工作人员的带领下，低着头坐在了旁听席的后面。那一刻，他终于悔恨交加泪流满面……

　　她还不到二十岁，却被查出患有白血病，必须做骨髓移植。骨髓移植只有在有血缘关系的父母兄弟姐妹间配对成功的概率才大一些，然而这时她才知道她是父母从小抱养的事实。经过多方打听，她才终于找到了她的亲生父母一家。一家人刚享受了团聚的欢喜，却又要面对残酷的现实。父母年老体衰，不适合给她移植骨髓，只能由她的亲姐姐去给她骨髓移植，姐姐同意和她去做配型，结果出来了，她们姐妹配型成功！然而这时姐姐却反悔了，不管医护人员如何劝说，给她讲骨髓移植不会对身体造成多大伤害；即使她给姐姐跪下请求，姐姐还是犹豫不决，最后竟避而不见。她伤心至极，痛不欲生，几次试图轻生，但都被医生护士及时发现并阻止。就在她几乎绝望的时候，姐姐终于来到她的床前，同意和她去做骨髓移植。她的手术成功了，她终于得救了！

他和她本是一对恩爱的夫妻，也有一个可爱的儿子，只是日子过得很清贫。终于有一天，一个有钱的男人的出现打破了他们平静的生活。这个男子用花言巧语欺骗俘获了她的芳心，她终于抛下丈夫和儿子，与那个有钱男子远走高飞。一年过去了，两年过去了，三年过去了，他始终没有妻子的任何音讯。亲朋好友都劝他再找一个，但他怕后妈会对孩子不好，对孩子造成肉体和心灵的伤害。甚至还有人为他抱不平："你妻子都不管这个家了，你也别管了，自己一个人在外面快活逍遥去。"但他总是坚决地摇摇头，他相信妻子只是一时糊涂，她最终还是会回来的，因为这个家有她割舍不断的亲情。他始终相信以后会让妻子看清那个男子的本来面目，会让她迷途知返，重新回到他和孩子身边。

终于在等到第五个年头的时候，他的妻子羞愧地站在了家门口……

朋友们，以上情节，都是生活中真实发生过的事例。列举这些，并不是让大家对人世间最可贵的亲情产生怀疑，只是想让大家明白，亲情有时也需要等待。

第三辑

一棵长在悬崖上的树

一棵长在悬崖上的树

　　不知是从高飞的鸟儿嘴里衔落的，还是被狂风吹来的，一粒小小的树种被遗落在了一座山崖上。因为有阳光的温暖，有雨露的滋润，这粒种子竟生根发芽了。

　　这里本不适合生长，但既然生命让它选择了这里，它就要努力地活下去。它纤细的根须从岩缝中汲取着营养水分，一丝一毫艰难地在坚硬的岩石上寻找可以立足的空间；幼小的茎叶尽力地向着阳光的方向伸展，一寸一尺地努力向上生长着。

　　一年，两年，三年；三米，五米，八米，它终于长成了一棵参天大树，遮天蔽日。

　　人总是会骄傲的，特别是那些从逆境中走来的人更容易骄傲。这棵大树也像人一样。它傲然地挺立在山顶，气吞山河。渐渐地，它嘲笑它脚下的岩石。这些岩石，曾经那样地拒绝它、排挤它，但它终于征服了它们。如今，它们蜷缩在它的脚下，是它来为它们遮风挡雨。它虬龙般强健的根系在岩缝里自由地延伸着，一块块岩石被它分解、顶起！它要让这些曾经那么顽固不化、冷酷无情的岩石崩裂，滚下悬崖，落一个可悲的下场。

　　事实就那样发生了。一天，一股强烈的山风吹来，这棵大树的身子被剧烈地摇晃着。它一下子慌了手脚，猛然间感到了恐惧，赶忙用它纵横交错的根系去抓固岩石，然而岩石都松动了，它脚下空空的，什么也抓不住。它被吹得连根拔起、轰然倒下，跌落到深谷里，摔得粉身碎骨。可它始终没有想明白：那么艰苦的环境下它都生存下来了，怎么一场风就毁灭了它？！

　　几乎我们每个人的一生中都经历过艰难困苦，然而当我们功成名就时，回首那段辛酸痛苦的经历，却很少有人不耿耿于怀的。我们应该感恩的不仅仅是那些在困境中帮助扶持过我们的人，其实，给我们带来痛苦磨难和不幸的人和事也同样应该感恩。

一个猎人的教训

一个老猎人带着一个小猎人一同去山上打猎。不料小猎人掉进了一个枯井里，摔断了双腿。枯井很深又很陡峭，他躺在井底等待老猎人的救援。然而，老猎人也束手无策，只好对枯井里的小猎人喊："你等着，我去找根绳索把你拉上来。"说完，便赶快四处寻找绳索。摔伤的小猎人等了一会儿不见老猎人来，求生的欲望使他顾不了许多，便鼓起勇气试着往上爬。他用左手撑住井壁，右手抓住井壁的小草，艰难地往上移动着身躯。终于，与井口只有咫尺之遥。

这个时候，老猎人来了，当他看到枯井里的小猎人身处险境时忍不住喊："你的双腿都摔断了，那些小草又怎能撑住你的身体？要是再摔下去可怎么办！"

快要爬出枯井的小猎人禁不住往下探了探头，黑洞洞的深井像个无底深渊，井壁上爬着各种各样奇形怪状的虫子，土唰唰地往下掉……他越看越恐怖，越想越害怕，两眼发黑两手发抖！他简直无法相信自己是怎样爬上来的。就在老猎人刚伸出手准备拉他时，他手中的小草被连根拔起，只听"咚"的一声，他又一次重重地摔到了井底。这一次他再也没有爬起来……临死时，他自言自语道："我已经爬了那么高了，就差那么一点点，别人不相信我，我怎么也不相信自己呢！"

其实，人生又何尝不是这样，当我们身处困境时，需要的是思考和智慧。我们应该冷静地分析现状，等待时机成熟，不可只凭一时冲动盲目行动；相反，当我们开始行动，奋力拼搏时，需要的是信心和勇气，千万别瞻前顾后，左顾右盼，甚至过分地夸大困难。相信自己，就算前途再复杂再危险也要奋勇向前！

一只水羚的悲剧

在非洲的草原上，一只猎豹正在追赶一只水羚，眼看着它们之间的距离越来越近，这时，水羚的眼前出现了一条河流。只见水羚奋起四蹄，一下子跃入水中。水很浅，还没不过水羚的四肢，但它却累得站不起身，卧在了水里。猎豹追到了岸边，它看了看水里的水羚，又看了看浑浊的河水，心想水一定很深，便无奈地在岸边来回踱步，最后只好悻悻地离开。水羚看到猎豹离它而去，才胆战心惊地侥幸逃回了家。水羚很是得意，心想："我卧在水里竟然保全了性命，这可是一个逃脱猎豹追杀的好办法！"

不久的一天，这只水羚又被一只猎豹追赶。水羚又是拼命狂奔，令它惊喜的是，这次，前方又出现了一条河流，水羚又是一跃跳进河里——河水也很浅，它暗自得意地仿效上次那样卧在水里。不一会儿，那只猎豹便追赶到了岸边，它看了一眼河水，几乎是毫不犹豫地跳了下去，扑到了水羚身上，啃咬住它的喉管……至死，水羚也没想明白，为什么上次猎豹放过了自己，这次却追到了水里，置它于死地。其实，水羚忽视了关键的一点：上次的河水浑浊不堪，这次的河水清澈见底。临死前，那只水羚悔恨不已："本来我还是有时间和气力可以逃脱的，可竟这么愚蠢地待在水里送死。"

这个故事对那些做事总喜欢生搬硬套的人无疑是一个沉重的警醒！其实，我们还应该懂得，千万别把自己的命运和希望完全寄托在别人身上，在困境中依靠自己的努力奋斗才最关键，也最可靠。

动物的陷阱

在一座深山里住着一位猎人，他整日背着一把猎枪在山林中穿行。猎人的枪法很准，并且每次打猎时，总要等到猎物靠近到足够近的距离才射击，以求十拿九稳、百发百中！山林中的动物们每天都生活在惶恐不安中，它们对猎人是又恨又怕。

一天，动物们聚集在一个隐秘的山洞里召开了一次山林大会，商讨怎样对付猎人。大家你一言我一语，商讨了半天，终于，一个妙计产生了。

那天，猎人又背着猎枪出发了。他走在山谷中，眼睛和耳朵时刻都在搜寻着猎物。忽然一只梅花鹿出现在猎人的视野里，它正在一块悬崖下的山间草地上悠闲地吃草。猎人立即放慢了脚步，悄悄地向梅花鹿靠近，而梅花鹿也像是丝毫没有发现猎人，仍在自顾自地尽情享受着鲜草的美味。那可是一只健壮的梅花鹿，越靠近它，猎人心中越是激动和欣喜！终于，离梅花鹿足够近了，正当猎人端起猎枪瞄准梅花鹿，准备射击时，悲剧发生了！一颗颗大大小小的石块从山顶上滚下，砸在猎人的头上、身上，不一会儿，猎人便毙了命。

原来，动物们正是抓住猎人"等到猎物靠近到足够近的距离才射击"这一点才设计引诱并砸死了他。

有很多人，干什么事情总希望万事俱备，等着条件成熟，这样不仅使自己丧失了很多机会，更重要的是我们只看到有利自己成事的条件在逐渐成熟，却忽视了潜藏着的不利因素在一步步增加，有时甚至会把自己置于危险的境地。

雨林人生

在非洲亚马逊的热带雨林里，生长着各种高大茂密的乔木。每年，雨林的每公顷土地上又会有十几万棵幼苗生根发芽。

然而，这些幼苗中只有很少一部分能够享受到从树冠层洒下的一丝阳光，成为雨林的幸运儿；但要想享受更多的阳光沐浴，它们必须迅速地"出人头地"！于是它们在与同伴的竞争中不断地向高处生长，最后，仅有不到1%的小树苗能够长成参天大树。但不幸的是，虽然这些高大茂密的乔木主干基部具有外露土面的板状根，构成扁平的三角形的板，有时高达三至四米，显得颇为壮观，也大大加强了巨树的支持力，可由于它们生长得过于迅速，最终导致头重脚轻。狂风的吹拂，病虫的侵袭，附生植物和绞杀植物的拖累，都可能让它们随时倒下。

而绝大多数幼苗都要在阴暗的环境里默默地等待，等待阳光的沐浴照耀。这些幼苗有的甚至可以等待十年之久。如果某一天它们身旁有一棵大树倒下，森林的树冠层留出一道空隙，阳光倾泻下来，它们便会恣意生长，长成一棵大树。

人们发现，也许是在潮湿黑暗中等待得太久，这些乔木的根会更加庞大和粗壮，它们的根系努力向深度和广度发展，占据着更大的地盘，更不容易倒伏！

其实人生也是这样，顺境也许会让一个人很快达到人生的顶峰，但很可能很快地让他从顶峰中倒下；逆境也许会让一个人在黑暗中求索奋斗太久，但却更能磨炼一个人的意志，让他的人生走得更加坚实、更加厚重、更加持久。